殺人鬼にまつわる備忘録

小 林 泰 三

JN190937

幻冬舎文庫

殺人鬼にまつわる備忘録

警告！

・自分の記憶は数十分しかもたない。思い出せるのは事故があった時より以前のことだけ。

・病名は前向性健忘症。

・思い付いたことは全部このノートに書き込むこと。

1

田村《たむら》二吉《にきち》は見覚えのない部屋で目覚めた。
軽いパニックになり、きょろきょろと部屋の中を見回す。
他には誰もいない。自分だけだ。
酷《ひど》く酔ったのだろうか？
二吉は昨夜のことを思い出そうとした。
そう。友人が繁華街でチーマーに絡まれているのを助けようとしたんだった。
友人は地面に引き摺《ず》り倒され、踏まれたり、蹴られたりしていた。
彼は激しく嘔吐した。
まずい。このままじゃ死んでしまう。
おまえたち、何してるんだ⁉
思わず、大声で叫びながら、友人に駆け寄ってしまった。
彼を助け起こそうとしたが、すぐに若者たちに捕まり、地面に押し潰されてしまった。

友人は若者二人に無理やり立たされ、頭を固定された。

別の若者が怪鳥音を発しながら、友人の顔面を激しく殴打した。

鈍い音と共に、大量の鼻血が噴き出した。

放せ！　すぐに救急車を呼べ、さもないとおまえら殺人未遂で、とっ捕まるぞ。

うっせぇよ、おっさん。

近くにいた若者はそう言うと、手にした金属棒を振り回した。そして、全身の力を込めて、額に金属棒を突き立てた。

ぼこりと嫌な音が頭の中に響き渡った。


じゃあ、ここは病院だろうか？　しかし、そんな様子はない。むしろ普通の部屋のように見える。じゃあ、誰か知り合いに助けられて、この部屋に泊めて貰ったのだろうか？　ひょっとして、チーマーに拉致されてここに連れ込まれたんじゃないだろうな。もし、拉致されたのなら、逃げ出すことを考えなければならない。

「誰かいますか？」二吉は声を出した。

返事はない。

その時になって、二吉は自分が見覚えのない服を着ているのに気付いた。おそらくパジャマだろう。

着ていた服は破れたか、血か泥で汚れてしまったのかもしれない。

ベッドは清潔そうだったが、やはり病院のものとは思えない。

家具は殆《ほとん》どなかった。ベッドの他にはテーブルとソファとテレビぐらい。壁は殺風景な白色だった。窓には暗めの色のカーテンが掛かっている。床はフローリングだ。病院にしては、ゆったりとし過ぎている。かと言って、一般の家にしては家具が少な過ぎるような気がした。

二吉は立ち上がると、頭や胴体に触れて怪我がないかを調べた。

特に痛みはない。

カーテンを開けると、強い日差しに一瞬目が眩《くら》んだ。しばらくすると、徐々に外の風景がはっきりしてくる。低いビルが立ち並んでいる。大都会ではないが、田舎という訳でもない。

この部屋も三階か四階ぐらいの高さのようだ。いずれにしても、全く見覚えがない。

ふと枕元を見ると、使い込まれているらしい大学ノートが置いてあった。

表紙にはマジックで大きく感嘆符と三桁の数字が書かれていた。

何だ、これは？　誰かが置き忘れていったのか？　それとも、俺に読めということか？

二吉はノートの中を確認するかどうか一分間ほど悩んだが、結局読んでみることにした。

この部屋に関する手掛かりらしきものは、今のところこのノートしかないし、枕元に置いてあったのは中を読めという意味なのかもしれない。仮にそうでなかったとしても、この状況下では、読んだことを強く咎《とが》められることはないだろう。
二吉は表紙を捲《めく》った。

警告！

赤く大きな文字が目に飛び込んできた。一瞬ぎくりとしたが、これは文字に過ぎない。警告音でも、警告灯でもないものにそれほど驚きはしない。二吉を動揺させたのは、むしろ次の一文だった。

・自分の記憶は数十分しかもたない。思い出せるのは事故があった時より以前のことだけ。

どういう意味だ？　自分とは誰のことだ？　これを書いた人物のことか？　そう考えるのが自然だろう。しかし、誰がこれを書いたのか？
文章はさらに続く。

・病名は前向性健忘症。

そういう病気があるのは知っている。しばしば映画やドラマで扱われているし、患者のドキュメンタリーも見たことがある。しかし、なぜノートにそんなことを？

二吉はその疑問への答えに次の瞬間、気付いていた。

もちろん、自分へのメモのためだ。なぜなら、その人物は自分が前向性健忘症であることすら記憶し続けていることができないだろうからだ。記憶が数十分しか保てないとしたら、日常生活にすら非常な困難を伴うだろう。まずは自分の状態を正しく認識することが大事だ。このノートはそのために書かれたものに違いない。

しかし、なぜそんな大事なノートが俺の枕元に置いてあったのだろう？　このノートの持ち主はこのノートが手元からなくなっておそらく途方に暮れているのではないか。もっとも、このノートが手の込んだ悪戯《いたずら》でないとしての話だが。

二吉の心の中にある疑念が浮かんだ。だが、彼は頭を振って、その疑念を振り払った。

たぶん気のせいだろう。

・思い付いたことは全部このノートに書き込むこと。

もちろん、どんどん記憶が消えていくのだから、メモは絶対に必要なはずだ。だとすると、このノートには持ち主のプライバシーに関わることも書き込まれているはずだ。このまま読み進めるのはまずいかもしれない。だが、読まなければ持ち主に関する手掛かりも摑めない。今は読むしかない。

二吉は自分にそう言い聞かせた。

・現在の状況は最後の書き込みで確認すること。
・筆記用具は常に数本用意しておくこと。
・このノートの最初の十ページには特に重要な事柄が書かれている。

具体的かつ簡略で的確な指示事項だ。このノートの持ち主は記憶障害があっても、判断力や論理能力は衰えていないと思われる。基礎的な思考能力の高さとこのノートのメモがあれば、日常生活はクリアできているのではないか。二吉はノートの持ち主について、そのように想像した。

・必要がないのに、このノートを読み通そうとすることは意味がない（読んでも時間の無駄である）。
・ノートが残り少なくなった時は、新しいものを買い、最初の十ページを丸写しすること。
・ノートの表紙には通し番号を記入すること。

なるほど。表紙の数字は通し番号か。
二吉はもう一度表紙を見た。
387。三百八十七冊目ということか。相当長くこの状況が続いているようだ。
二吉はノートの持ち主の現状を想像し、深く同情した。

・このノートには決して自分の名前を書き込まないこと。
・絶対に自分以外の者に見せないこと。

おや？　これはどういう理由でだろう？　自分のノートなら、名前を書く必要はないと言えるかもしれないが、紛失した場合、本人のもとに戻ってこない可能性がある。

そもそも、前向性健忘症には本人に病識がない――もしくは、周期的に病識を喪失する可能性が高いのだから、ノートに名前がなければ、自分のノートだと気付くことすら難しいかもしれない。

ノートの持ち主は何を恐れているんだ？

二吉は少し想像力を働かせてみることにした。このノートの持ち主の立場で考えてみるのだ。

ああ。そういうことか。名前を書かないのは当然だ。もし誰かがこのノートを見たら、持ち主に記憶障害があることに気付いてしまうだろう。そして、その人物が善良であるとは限らない。

例えば、知り合いを装って近付いてきても、記憶がないのだから、判断することはできない。おまえとはこれこれこういう約束をしていたと言われても、それを否定することもできない。

つまり、悪人に前向性健忘症であるという事実が知られてしまえば、いいように利用されることになる。単に財産を奪われるだけではなく、最悪、犯罪の片棒を担がされてしまうかもしれない。

しかし、この対策は両刃《もろは》の剣だ。持ち主自身が自分のノートであるかどうか、即座に判断できなくなってしまうことは容易に推定できる。

それを防ぐためには、もう肌身離さずに持ち歩くしか方法はないだろう。さすがに湯船には持って入らないにしても、入浴中も常に目の届く範囲に置いておかなくてはならない。

ただ、問題なのは、就寝時だ。戸締りをして一人で眠るにしても、通常、睡眠は数時間を要する。朝になれば、すっかり忘れてしまう。自分が前向性健忘症であったことも、そしてこのノートを書いていたことも。そして、毎朝、パニックとまではいかなくとも、軽い混乱を起こすことになる。

その混乱を最小限に止《とど》めるにはどうすればいいか？　このノートを目が覚めて最初に目に付く場所に置いておくしかないだろう。

例えば、枕元とか。

二吉は深呼吸をした。

そう。やはり、この可能性について検証しておくべきだろう。

まずは落ち着いてよく考えるんだ。昨日のことは覚えているか？

もちろん覚えている。友達を助けようとして、チーマーどもに袋叩きにされたんだ。

本当に？　その記憶は確実に昨日のものか？

二吉はもう一度自分の身体《からだ》の状態を確認した。目立った新しい傷はない。

だとすると、あの事件が起きたのが昨日だというのは怪しくなってくる。

　二吉はもう一度ノートの文章を見た。

「このノートには決して自分の名前を書き込まないこと」と書かれているからには、このノートの持ち主が二吉であったとしても、自分の名前は書き込まれていないだろう。

　だが、このノートの持ち主が二吉であるかどうかを確認する方法はある。

　二吉はノートをぱらぱらと捲り、書き込みのないページを探した。そして、そこに「自分の記憶は数十分しかもたない」という文章を書き込んだ。

　ノートの冒頭部分の書き込みの筆跡と比較する。

　同じだ。

　そう。最初から、これが自分の筆跡だということには、薄々気付いてはいた。だが、敢《あ》えてその考えを頭の中から排除していたんだ。自分の身にそんなことが起きているなどとは信じたくなかったからだ。だが、事実は認めなくてはならない。

　もちろん、このノートの筆跡が二吉の筆跡に似るように偽造されたものである可能性はあるが、そこまで手の込んだ悪戯をするやつがいるだろうか？

　いいだろう。どうやら俺は前向性健忘症のようだ。とりあえずそれは認めよう。

　間違いや悪戯の可能性も残ってはいるが、それらの可能性を検討する必要はあまりない。

　もしそうなら、一時間後にははっきりするはずだからだ。もし自分が前向性健忘症でないのなら、自分の間抜けさを笑えば済む話だ。だが、自分が前向性健忘症だった場合、急いで対策を打つ必要がある。なにしろ、数十分で記憶がリセットされるなら、纏《まと》まった行動はその時間内に収める必要があるのだ。

やれやれ。俺は毎朝、こんな調子で自分の状態を知って、困惑しているのか？

二吉はノートの冒頭に戻り、二ページを開いた。

○家について

・家の場所は下の地図を参照せよ。

家の場所はわかった。知識としては知っている場所だが、実際に行った記憶はない。だが、地図があればなんとか歩くことはできるだろう。

・表札は出していないし、郵便受けにも名前はない。

・名前を出していないのは、このノートに名前を書かないのと同じ理由だ。

・理由について、知りたければ七ページを参照のこと。

おや？　なぜ、表札を出さないのだろう？　ノートに名前を書かないのは、悪意のある人物に利用されないためだろうが、表札は関係ないような気もする。まあ、七ページを見ればわかるのだろう。まずはもう少しこのページを読み進めよう。

・鍵はこのページにテープでとめてあるはずだ。使った後は必ずまたテープでとめておくこと。

・部屋の見取り図は地図の下に書いてある通り。

マンションの一室らしい。３ＬＤＫだ。ベランダも付いている。

・テレビはあるが、できれば見ない方が無難だ。余計な混乱が起きてしまう。
・ただし、ニュースや天気予報なら構わない。重要な情報は必ずメモしておくこと。

確かに、長時間番組を見ていても、理解できなくなるだろう。ニュースぐらいなら、理解できるのだろうが、結局、記憶から消えてしまうとしたら、見る意欲が湧いてこない。

とりあえず、テレビを見るのは後回しにして、ノートを読み進めることにした。

〇日常生活について
・現在の住所には前向性健忘症を発症してから移り住んだ。
・したがって、土地勘は全くない。
・地図がなければ、移動は不可能と思え。
・近所での簡単な買い物についても必ず地図を参照すること。
・街に変化があった時は、面倒がらずに必ず書き込むこと。すでに何度も街中で途方に暮れたことがある。

なぜわざわざ土地勘のない場所に移り住んだのだろう？　このノートのどこかに理由が書いてあるのだろうか？

疑問は次々に湧いてくる。

街中で途方に暮れた時はどうやって家に辿り着いたんだろうか？　ひょっとして、この街には俺のことを知っている人間が多くいて、保護してくれたんだろうか？　俺は結構有名人なのか？

いろいろな可能性が頭の中を駆け巡る。

○収入について
・現在、無職である。就職活動もしていない。
・保険金が下りているため、当面の生活費は気にしなくてもいい。
・銀行通帳とカードは左の部屋の見取り図に印を付けてある場所にある。使った後は必ず元の場所に戻しておくこと。
・家賃・電気代・ガス代・水道代・電話代・新聞代は銀行引き落としにしてある。
・クレジットカードは使用できない。
・現金は充分な額を用意しておくこと。
・ただし、自分で管理することは難しいので、財布に大金は入れないこと。

　とりあえず困窮状態ではないらしい。不幸中の幸いと言えるかもしれない。これで貧乏だったら、目も当てられない。記憶が保持できない状態では、職業を持つのは不可能に近いだろう。アルバイトすら、簡単にはできそうもない。ただ、将来資金が底をつくような事態になった場合はなんらかのアルバイトをせざるを得ないだろう。どんなアルバイトなら可能か、考えておいた方がいいかもしれない。そして、アイデアは忘れずに書き留めておかなければ。

・現在、病院通いをしている。病院名は万城目《まんじようめ》総合病院。予約については、ノートの後の方の書き込みで確認すること。
・医師にもこのノートは見せてはいけない。
・見せろと言われたら、「プライバシーに関わることが書かれているので」ときっぱりと拒否すること。

医者も信用できないということか。ただ、それは少しやり過ぎのような気がする。そんな患者は困り者じゃないだろうか？

人を疑い出すときりがない。すべてが信じられなくなってくる。最終的には他人と接することなく、生活するしかなくなってしまう。

そもそも悪人を警戒しなくてはならないのは、記憶障害とはあまり関係ないのではないか？　騙《だま》される人間は記憶に問題がなくても騙されてしまうものだろう。

では、なぜ俺はここまで警戒しなくてはならないのだろうか？

やはり七ページに理由が書いてあるのだろうか？

二吉は七ページ目を見た。

・真相は八ページ目に載っている。しかし、刺激が強いので、まず深呼吸してから読むこと。

物凄く嫌な予感がした。おそらく二吉はそのページを何度も読んでいるのだろう。そして、その度に強い不快感を覚えたのではないだろうか。記憶には残らないものの、その不快感が積み重なり、意識下に蓄積されて、今の不安を生み出しているのだろう。

今、読む必要はないんじゃないだろうか？

読んでもどうせ忘れてしまう。わざわざ自分から進んで不快な体験をする必要はない。しかし、自分自身に関する秘密に対する強い好奇心が発生していることも確かだった。それがどんな不快なことであっても、すぐ忘れるなら、確認してもいいのではないか。たかだか数十分間、歯を食い縛ってベッドで蹲《うずくま》っていれば忘れることができるのだから。

二吉は八ページ目を開いた。

・今、自分は殺人鬼と戦っている。

あまりにも予想外の文章に笑い出しそうになってしまった。

殺人鬼と戦っている？　それは愉快だ。自分はその殺人鬼の名前も顔も知らない。そして、殺人鬼と戦っていることすらほんの数秒前まで忘れていた。

これはあまりにも不公平ではないか。あまりに不利過ぎる。

いったい全体どうして、そんな事態になってしまったのか？　自分が前向性健忘症であることすら受け入れ難いのに、その上殺人鬼と戦っているとは。

そうだ。こうしてはいられない。

二吉はノートを片手に部屋から出た。そして、家の中のすべての部屋を見て回った。もちろんクローゼットや箪笥《たんす》の中も確認する。そして、窓やドアに鍵が掛かっていることも確認した。

とりあえず当面の安全は確保できているようだ。

しかし、「殺人鬼と戦っている」とはどういう状況なのか？　今まさに殺人鬼と向かい合っているという事態ではないらしい。ある程度の距離を置いて戦っているということか？　少なくとも、向こうに殺意があるなら、俺ほど殺しやすい人間はいないだろう？　なにしろ、自分が狙われているということすら忘れてしまうのだから。ということは向こうには俺への殺意はないということか？　ひょっとすると、俺と戦っていることに気付いていないとか？　相手もまた前向性健忘症か？　いや。そんな状況で殺人鬼になどなれるものだろうか？

たった一行のことに次々と疑問が湧いてくる。

いや。あれこれ想像している時間が勿体《もったい》ない。こうして悩んでいる間に記憶がリセットされてしまうかもしれない。ノートの先を読み進んだ方がよさそうだ。

まあ、いずれにしてもリセットされるのは変わりないか。だとしたら、読んでも読まなくても結果は一緒だ。

とは言っても、好奇心は抑えられない。

とりあえずノートを読み進めよう。

二吉はベッドに胡坐《あぐら》をかくと、ノートの続きを読み進んだ。

2

物語は数日前に遡る。

雲英《きら》光男《みつお》はコンビニの雑誌の棚で、ぱらぱらと漫画雑誌を立ち読みしていた。

そこそこ面白い。だが、金を出してまで読みたいとは思わない。

もちろん、只《ただ》でなら読んでも構わない。

よし。只で貰うことにしよう。そう言えば、小腹も空いてきた。スナック菓子と唐揚げもいただくことにしようか。

雲英は店内を見回した。

はっきりとわかるカメラは一台。それ以外にも隠しカメラがあるかもしれない。

雲英はちらりと店員を見た。

今は深夜でもあり、店員は若い男一人だけだった。

これなら、仕事は楽だ。もちろん、数人いたとしても、俺に逆らうことなどできはしないが。

雲英はつかつかとレジに歩み寄った。

「なんすか？」店員は尋ねた。

雲英は店員の肩に触れた。「店長に、監視カメラのスイッチを切っておくように言われたよな」

店員は一瞬白目を剝くと、瞬《まばた》きを繰り返した。それから、軽く首を捻《ひね》った。そして、突然思い出したように、レジを離れると倉庫の方へと走っていった。

自由に店を出られる状態だったが、雲英は焦らずに店員の帰りを待った。下手に慌ててカメラに万引きの様子が録画されたりしたら、厄介だ。

まあ、そうなったらそうなったで、なんとでも逃げる方法はあるが。

面倒くさそうな様子で、店員が戻ってくる。

「どうかしたのかい？　えらく慌ててたが」

「ああ。ちょっと物忘れをしてしまって……」

「物忘れ？」

「ええ。監視カメラのスイッチを切っておかなくっちゃいけなかったんです」

「監視カメラを？　そりゃまた、奇妙な言い付けだね」

「俺もそう思うっすよ。でも、店長がそう言ったんで」

「それは確かかね」

「ええ。確かに聞きました」

雲英は満足した。

これは雲英の「超能力」なのだ。

相手に触れた状態で、言葉を発すると、それが相手に記憶として植え付けられる。

ひょっとすると、超能力などではなく、例えば催眠術のような、人間が元々持っている能力に毛が生えた程度のものかもしれないが、雲英は超能力だと思うことにしていた。実際の正体はどこかの科学者に調べて貰わなければわからないだろうが、雲英は科学者に調べさせるつもりはなかった。この「超能力」を持っていることは秘密なのだ。

「超能力」がいつ雲英に宿ったのかは定かではない。幼い頃、雲英自身はそれを特別なことだとは思っていなかったのだ。この力を幼い彼は単に「嘘」と呼んでいた。嘘を吐《つ》いて騙すというのはこういうことだと思っていたのだ。だが、ある時、それが特別なことだと気が付いた。他の子供の吐いた嘘を大人はすぐに見抜いたが、彼の嘘は決して見抜かれることはなかった。このことは彼の精神の発達に重大な影響を与えた。自らを神に愛された存在だと信じ込み、他者に対する共感や同情といった穏やかな感情が育まれることはなかった。

「レジ袋を一つくれないか」雲英は言った。

「はあ……」店員は判断が付かないようだった。

「袋ぐらい、いいだろう」

袋一つのことで、客と揉めてもつまらない。そう思ったのか、店員は無言で袋を差し出した。

このぐらいのことで「超能力」を使うまでもない。

雲英は棚から数冊の雑誌を取り出し、さらにスナック菓子とビールと一緒に袋に詰めた。

「じゃっ」雲英は店を出ていこうとした。

「あっ。ちょっと待ってください。お金払ってください」店員は言った。

「嫌だね」雲英はにやりとした。

「万引きしたら、警察に通報しますよ。カメラでばっちり……。あっ」

カメラのスイッチを切ったことを思い出した店員は慌ててレジから飛び出して、出ていこうとする雲英の腕を摑んだ。

「何をするんだ？　痛いじゃないか」雲英の顔に怒りが浮かんだ。

「お金払ってください。警察を呼びますよ」

「俺はもう代金を払った」雲英は宣言した。

店員は一瞬白目を剝くと、瞬きをした。そして、雲英の顔を見た後、その腕を摑んでいる自分の手を見た。

「何をしてるんだ？」

「えっ？……あの……困るんですよ」

「だから、何が困るんだ？」

「その……えっと……あれ？」

「これはまるで万引きを捕まえるような態度じゃないか」

「万引き……？」

「俺は万引きか？」

「あっ。いえ。お金は払って貰ってますから、万引きじゃありません」

「じゃあ、どうして俺は腕を掴まれているんだ？」

「えっと……あれ？」

「おい！　理由もないのに、腕を掴んでるのか？　暴行で訴えてもいいんだぞ」

店員は慌てて手を離した。しきりに首を捻っている。

自分の行動と自分の記憶との辻褄《つじつま》が合わず、混乱しているのだ。

雲英の「超能力」に晒された人間はたいていこういう状態になる。時には素晴らしく整合性のとれた芸術的とさえ言える偽の記憶を作り出すこともあるが、普通はこんなものだ。もっとも、雲英自身、記憶の辻褄が合うかどうかは、あまり気にしていない。混乱するのは、あくまで「超能力」の対象であって、雲英ではない。

店員は雲英が不正を働いたと思って、その手を掴んだのだ。その記憶自体は残っているのだろう。だが、雲英は自分が代金を支払ったという偽の記憶を乱暴に上書きしてしまった。だから、雲英の働いた不正は万引きではあり得ない。しかし、雲英が万引き以外の不正を働いたという記憶もない。となると、自分の行動の理由が不明になってしまう。

「で、どうなんだ？」雲英は苛立たしげに尋ねた。

もしここで店員がレシートを見せてくれと言った場合、雲英には提示できるものはない。

だが、雲英は全く焦ってはいなかった。

理由の一つは、自分の「超能力」に絶大な自信を持っていたからだ。雲英が代金を支払ったという偽の記憶は確固たる事実として、彼の脳に刻み込まれている。レシートの提示を求めることなど思い付くはずもなかった。

もう一つの理由は万が一、レシートの提示を求められたとしても、多少手間だが、今度はレシートを見たという偽の記憶を植え付ければいいだけだからだ。

「どうって何すか？」

「おまえ、俺の腕をいきなり摑んだんだよな。特に理由なく」

「ああ。まあ、そういうことみたいです」

「で、そういう時にはどうするんだ、まともな社会人として」

店員の目が泳いでいる。何かを必死に思い出そうとしているようだった。

「謝れよ」雲英は促した。

「俺が謝るんすか？」店員は玉のような汗をかいている。

「おまえじゃなくて、誰が謝るんだ？　悪いのはおまえで、俺は何も悪くないんだぞ」

「でも、それって……」

「それとも、何か？　俺が悪いってのか？　もしそうなら、何が悪かったのか教えてくれよ」

店員は唇を何度も舐《な》めた。感覚的には、悪いのは雲英であって、自分であるはずがなかった。だが、記憶を辿ると、雲英は何も悪くないのだ。

店員にとっては、非常に困った事態だ。

「すんませんした」店員はついに頭を下げた。

「何だって？」雲英は聞こえていたにもかかわらず、敢えて訊き返した。

「すんませんした」店員はもう一度言った。

「『申し訳ありません』だろ」雲英は高飛車に言い放った。

店員の目は泳いでいる。

雲英は鼻で笑った。

愉快だ。俺は記憶を弄《いじ》られて混乱してる人間を見るのが大好きだ。

「どうなんだ？　俺は店長に直接文句を言うこともできるんだぜ」

「申し訳ありませんでした」店員はついに諦めたようだった。仮令《たとえ》納得いかなくても、自分の記憶を信じない訳にはいかない。

「それだけじゃ足りない」

「えっ？」店員は驚いて顔を上げた。

「俺はまるで万引きをしたかのような扱いを受けたんだ。その程度の謝罪じゃ、許すことはできない」

「そんなこと言われても……」

「土下座しろ」

「土下座？」

「正座して、額を床に擦《こす》り付けろ」

「いくらなんでも……」

「おまえはそれだけのことをしたんだよ。出るとこに出てもいいんだぞ」

「出るとこって？」

「法廷だ。裁判所」

店員は一瞬ぎくりとしたようだったが、すぐ落ち着きを取り戻した。「いや。裁判所って言ったって、何の証拠もないじゃないですか。今は監視カメラのスイッチを切ってあるし」

「おい」雲英は店員の肩に手を置いた。「カメラはさっきおまえがスイッチを入れたんじゃないか」

店員は一瞬白目を剝いた。

「あっ。しまった。スイッチ入れたんだった。ありゃりゃ」店員の首ががくがくと震え出した。

　短期間に記憶を何度も書き換えると、たまにこういうことが起きる。脳が書き換えの負荷に耐えられなくなるんだろう。さらに続けると、どうなるか。死ぬか廃人になるのかもしれない。そのうち試してみよう。

「店長は今度客を怒らせたら、クビだって言ってたよな」

　店員は一瞬白目を剝いた。

「あはあ。まずい。店長が知ったら、クビだああ。クビだばはぁ」店員はだらだらと涎《よだれ》を垂らした。

「クビになりたくないんだろ。どうするんだ？」

「土下座しまひゅ」店員は落下するように蹲った。額が床にぶつかる音が店内に響き渡った。

　雲英は心地よい優越感に浸った。

「いいだろう。顔を上げたまえ」

　店員は床から顔を上げた。額が赤くなっている。

　雲英は店員の鼻の下辺りを蹴り飛ばした。

　店員の首は九十度以上仰《の》け反った。

「うばがばがばはばぁ!!」店員は鼻から血を噴き出し、喚き散らしながら、悶え苦しんだ。

雲英は髪を摑んで、店員の頭を持ち上げると、何度も床に叩き付けた。

「これだけで済んで、運がよかったと思え。ええと、慰謝料がいる。財布を出せ」雲英は店員のポケットから財布を抜き出し、中身を抜くと床に投げ捨てた。

「返……せ」店員が言った。「それは俺の金だ。ど……ろぼ……う」

身動きのとれない店員の喉を摑んだ。「口には気を付けろ。殺されてもいいのか？」

「殺しぇるものか。カメラで撮ってるんだひょ」店員は鼻血と涙と涎を垂れ流している。

「証拠はないんだよ。だけど、まあ今回は殺さないでおいてやろう。おまえは楽しませてくれたからな」

店員は喉から雲英の手を引き剝がそうともがいた。

「まあ。とりあえず、書き換えさせて貰うぞ。おまえは自分で転んで、怪我をした。俺はおまえに指一本触れていない」

店員は白目を剝いた。

「わっち。いち。いた。いたたたた」店員は血塗《ちまみ》れになりながら、床を転げ回った。

「おい。どうしたんだ？」雲英は尋ねた。

「転んで、顔を打ってしまいまひゅたたんぷひゅ」

もはや泥酔しているとしか思えない状態だった。

「ああ。ひょうだった。返ひてくだはい」

「何をだ？」

「俺の金、返ひてください」

「嫌だ。これは慰謝料だ」

「駄目。返へ」店員は雲英の足首を摑んだ。

雲英は舌打ちをして、摑まれていない方の足の爪先で、店員の目を蹴った。

「あふあふあふ」店員の目から血が迸《ほとばし》り、床の上を転げ回る。

「何すんだよ。警察、呼ぶぞふぞ」店員は震える手で、ポケットから携帯電話を取り出した。

「なるほど」雲英は叩き付けるように店員の顔を踏み付けた。「おまえはまた転んで目を打ったんだ。俺は手を出していない」

店員はびくびくと痙攣した。

「それから金はおまえが自分で使い切ったんだ。そうだ、仕事中にサボって風俗に行って使い果たした」

店員は小刻みに震えた。

激しい出血で床は血の海だった。

「ちっ。靴の裏が汚れちまったぜ」雲英は鼻歌交じりにコンビニを後にした。

3

警告！
・自分の記憶は数十分しかもたない。思い出せるのは事故があった時より以前のことだけ。
・病名は前向性健忘症。
・思い付いたことは全部このノートに書き込むこと。

そうか。俺は前向性健忘症になってしまったのか。

枕元にあったノートを読んで、二吉は落ち込んでいた。

困ったことになった。いや。今困ったことになったんじゃなくて、ずっと困ってるのか。

ひょっとして、俺は数十分毎にこうやって落ち込んでるのか？　いや。さすがに起きている間、意識は連続しているから、何もかも忘れるということはないだろう。自分の症状のことはいつも意識に上っているから、その都度新たな記憶になる。少なくとも、症状についてだけは、起きている間は忘れたりしないのだろう。でも、一度眠ると朝起きた時にはきれいさっぱり忘れている。そして、もちろん症状以外のこまごまとしたことは常に意識していられないから、起きている間にもどんどん忘れてしまうのだろう。

まあ。落ち込んでいても仕方がない。こうやって、生活しているからには、それほど不自由でもないようだし、そこそこ幸せに生きているのかもしれない。

まずは腹ごしらえをしよう。腹が満たされれば、誰でも多少は幸福な気分になれる。

台所に行くと、レトルト食品やインスタント食品が大量に転がっていた。

きっと、何を買ったか忘れて、外出の度に買って帰るんだろう。

とりあえずこれのどれかを食べてもいいが、ずっとこんなものばかり食べていたとしたら、栄養的に偏りが出そうだ。何か他に食べるものはないかな？

二吉は冷蔵庫を開けようとした。

おや。これは普通の冷蔵庫じゃない。全部が冷凍室になっている冷凍庫だ。しかも二台もある。

一台を開けてみると、殆ど空になっていたが、ラップに包まれた一キロほどの肉の塊が何個も見付かった。あとは冷凍食品が少々。

なんていう食生活だ？　だけど、どうしてこんなめちゃくちゃな食生活なんだ？　自分の病気に絶望して自暴自棄になったのか？

いや。それはおかしい。記憶が保持できないにしても、性格的に俺は自暴自棄になったりはしないだろう。現に今も自暴自棄にはなっていない。

　では、記憶障害のためにまともに買い物もできなくなったのか？

　それもおかしい。仮令記憶が保持できないにしても、買い物に行く時は、メモぐらい持つはずだ。

　となると、他の理由があるのか？

　まあ。とにかく何か食おう。腹が減ってはいい考えも出ない。

　玄関のチャイムが鳴った。

　部屋の中のモニターに訪問者の姿が映し出されている。

　相当高齢の老人だ。顔には見覚えがない。

　だが、向こうはこっちを知っているのかもしれない。そして、それを確かめるには直接話をするしかない。

　さて、どうしたものか？　この場は居留守を使って、食事をとりたいところだ。だが、この老人は現在の俺についてなんらかの情報を持っているのかもしれない。そして、持っていないのかもしれない。どちらかわからないから、せっかくの機会を逃すと後悔しそうだ。もっとも、その後悔も数十分ほどのことだろうが。

「はい。どなたですか？」二吉はドアホンのスイッチを入れた。

「わしじゃ。岡崎徳三郎《おかざきとくさぶろう》」

「わしじゃ」などと言うところをみると、俺のことを知っているようだが……。

「ええと。申し訳ないんですが、わたしはあなたのことを知らないんです」二吉は正直に話して相手の出方をみることにした。「記憶に問題がありまして……」

「なんだ。今日はもう自分の症状に気付いていたのか」徳三郎と名乗った老人はがっかりしたような表情を見せた。

「じゃあ、わたしが前向性健忘症であることをご存知なんですね」

「ああ。だが、そのことに自分で気付いとるなら、今日は出直すかな」

「ちょっと待ってください」二吉は慌てて玄関に走り、ドアを開けた。

鍵の開け方は身体が覚えているようだった。

老人はすでに立ち去りかけていた。

「待ってください。あの……岡崎さん」

「あ？」老人は振り返った。「何か用か？」

「あなたの方こそ、わたしに用があったのでは？」

「ああ。あったが、今日はもういい」

「どういうことです？　気になるじゃないですか」

「気にしなくてもいい。何か他のことをしていれば、一時間もすれば忘れちまうさ」

「その言葉、胸にぐさりときますね」

「だろうな。だが、それもすぐ忘れる」

「岡崎さん、わたしと知り合いなんですか？」

「徳さんでいいぞ。いつも、そう呼んどる」

「徳さん……そう言えば、聞き覚えがあるような、ないような」

「もう気が済んだかの？」徳さんはまた歩き始めた。

「待ってください。少し、お訊きしたいことがあるんです」

「何かな？　わしは時間を持て余しとる訳じゃないんだが」

「お忙しいのに、わざわざわたしを訪ねてこられたんですか？」

「そうだ。というか、あんたが自分の症状に気付いてたから、忙しくなった訳じゃが」

「忙しくなったのは、わたしに関係あるんですか？」

「まあ、そういうことだな」

「いったい何に忙しいんですか？　よかったら教えてください」

「ああ。いいとも。わしは暇つぶしを探すのに、忙しいんだ。だから、ここで油を売っている余裕はないんじゃ」

　この老人、一筋縄ではいかないようだ。

「もし、わたしが自分の症状に気付いていなかったとしたら、ここで何をするつもりだったんですか？」

「たいしたことじゃない。暇つぶしじゃ。一種のボランティアというところかな？」

「ボランティア？」

　全く話の要点が理解できない。

「つまり、あんたの話し相手というか……」

「話し相手？　でも、さっき、わたしと話している暇はないとおっしゃってませんでしたか？」

「そう。もう自分の症状に気付いているなら、意味がない」

「意味？　つまり、わたしに自分の症状を気付かせるのが目的なんですか？」

「まあ、それも含まれとるな」

「でも、それって一言で済みますよね。『君は前向性健忘症だ』とか、『そこのノートを見ろ』とか」

「一言で済ましては、面白みがなかろう」

「面白み？　どういうことですか？」

この爺さん、全く捉えどころがない。

「特に意味はない。生活には潤いも必要だということじゃ」

「つまり、一言で教えるんじゃないってことですか？」

「そうじゃ」

「ずばり言わずに、持って回った言い方をするってことですか？」

「今日はあんたが質問者になっとるな。まあ、それはそれで面白いか」

「ということは、いつもはあなたがわたしに質問しているんですか？」

徳さんは頷《うなず》いた。

「わたしが前向性健忘症だということを知っているのに？」

徳さんはにこにこしながら、頷いた。

どういうことだ？　記憶を保持できない人間に質問するとは？　俺が持っている記憶は症状が出る以前のものだけなのに。しかも、おそらく徳さんは何度も俺に質問をして、すでに答えを知っている。それに対し、俺は質問されたことすら覚えてはいないのだろう。

答えは一つしかない。つまり、徳さんは答えを得るために質問したのではなく、質問することと自体を目的として質問していたのだ。しかし、なぜそんなことを？

面白み。

徳さんはそう言った。そういうことか。

「つまり、あなたはわたしの記憶障害をからかって楽しんでいたのですね」

ふつふつと怒りが湧いてくる。

「まあ。楽しんでいたのは否定しないが、からかってはいないつもりじゃ」

「どういうことですか？」

「一種のゲームだ」

「ゲーム？」

「わしがあんたに課題を与えて、あんたがそれを解くんだ」

「そのゲームはわたしも納得してやっていたんですか？」

「いや。ゲームであることに気付けるかどうかもまたゲームの目的の一つじゃからな」

「意味がわからない」

「一種のロールプレイングゲームじゃな。わしが一つの謎解きのストーリーを提示して、あんたが解決する。その仮定において、あんたは自分自身の症状に気付くことが必要となる」

「なんだか、込み入った話ですね」

「いや。実際にやってみると、単純明快に思えるぞ」

「悪趣味です」

「どうして？」

「わたしはゲーム機じゃない」

「知っとるよ」

「あなたは毎日のようにここに来てゲームをしているんですね」

「あんたと一緒にな」

「わたしは楽しんではなかったでしょう」

「それはどうかな？　少なくとも、謎を解く時のあんたの瞳は輝いているように見えるがの」

「それはあなたの勝手な思い込みでしょう」

「じゃあ、どうするのがあんたの幸せかの？　毎日、謎を解くスリリングで刺激のある生活を送るか、それとも、鬱々と自分の症状を嘆き、時々食い物を買いにいく以外はじっと部屋に閉じ籠もり続ける暮らしを送るか」

「じゃあ、あなたが毎日ここでゲームをするのは、わたしのためだと言うのですか？　自分はボランティアをしていると」

「さっきそう言ったはずじゃが。まあ、わし自身も楽しんどるがの。まあ、楽しんでボランティアをやってはいけないという決まりはなかろう」

本当だろうか？　そんなことを実行する人間が本当に存在するんだろうか？

二吉は徳さんの顔をしげしげと眺めた。

徳さんはにたりと笑った。

二吉はぞっとした。

徳さんの瞳の奥に底知れぬ闇を覗いたような気がした。

駄目だ。これ以上、この老人と関わっては駄目だ。とんでもないトラブルに巻き込まれてしまいそうな予感がする。

「帰ってもらえますか？」

「なんじゃと？」

「今すぐ帰ってください」

「いいよ。さっきからわしは帰ると言っておる」

「そして、もう来ないでください」

「それは約束できんね」徳さんは微笑むとマンションの廊下を歩き出した。

二吉はドアを閉めると、その場にしゃがみ込み、両手で顔を覆った。

十分もそうしていたが、ふと思い付いて、ノートを手に取った。

徳さんと名乗る老人に気を付けろ。

そう書こうと思ったが、手が止まった。

本当に徳さんは自分の楽しみのためだけに俺を利用したのだろうか？　もし彼の言うことに一理あって、そのゲームが俺の生活に彩りを添えているとしたら？

二吉はノートの前で考え込んだ。

また、チャイムが鳴った。

徳さんが戻ってきたのか？　だとしたら、今度は絶対にドアを開けないぞ。

モニターを見ると、どうやら女性のようだった。

女性のようではあったが、二吉には自信がなかった。のっぺりとした馬面で男性が女装しているようにも見えた。目は小さく、まるで洞窟のようだった。背は相当に高い様子だ。年齢はよくわからない。三十代と言われればそう見えるし、五十代と言われてもそう見えるだろう。肌の色は土色なのに、ぎらぎらと脂ぎっていた。

二吉は理由のわからない強い不安を覚えた。先ほどの徳さんのこともあったのかもしれない。しかし、それだけとは言い切れない何か本能的な恐怖を感じたのだ。

居留守を使おう。

二吉は決心した。

しかし、女は立ち去らなかった。三十秒ほどすると、またチャイムを押した。

それでも、無視すると、二十秒後にまたチャイムを押した。

二吉はさらに無視を続けた。

女はさらにチャイムを押した。時間と共にチャイムを押す間隔がだんだんと短くなってい
く。初めは二十秒だったのが十秒となり、五秒となり、二秒となり、最後には連続して鳴ら
し始めた。そうやって、十分も鳴らし続けた。二吉は言いようのない戦慄を覚えた。

いったい何のつもりだ？

無意識のうちにモニターを見た。

二吉はぞっとした。女はドアのカメラにべったりと顔をくっつけていたのだ。殆どぼやけ
た目の周りしか映っていない。

まるで、カメラを通して、この部屋の中を覗こうとしているかのようだ。

もちろん、ドアカメラはドアスコープや鍵穴とは違い、覗いたからといって部屋の中を見
ることはできない。しかし、どうやら、この女はその理屈がわからないらしい。

二吉はこのまま居留守を続けようと強く決心した。

と、女は突然、どんどんとカメラの辺りを叩き始めた。

「開けろー!!」女は絶叫した。「開けろー!!　いるのはわかってるんだよ!!」女性にしては野太い声だ。すべての歯が犬歯のように尖《とが》っている。

これはさすがにまずい。

近所と親密な付き合いはないだろうが、ここで長く暮らしていくためには、隣近所とは友好関係を続ける必要がある。ドアの前で女が絶叫し続けているというのは、いかにも印象が悪い。

二吉は思い切ってドアホンのスイッチを入れた。

「ドアを叩くのはやめてください。壊れてしまいます。それから大声を出すのもやめてください」

「ほら。やっぱり居留守じゃない」

「すみません。手が離せなかったもので」

「言い訳はいいからさっさとドアを開けて頂戴」

「いや。すみません。開ける訳にはいかないのです。そもそもあなたはどなたですか？」

「わたしよ。わたしの顔を忘れたとは言わせないわよ」

妙なことを言っている。もし、この女が本当に俺のことを知っているのなら、人の顔を覚えられないことも知っているはずだ。

「申し訳ありませんが、本当にあなたのことを知らないのですよ」

「惚《とぼ》けるのもいい加減にして頂戴‼　恋人のことを忘れたとでも言うつもり⁉」

　恋人？　この女が俺の？

　二吉は自分とこの女が付き合っている様子を想像しようとした。だが、嫌悪感が先に来て、どうしても想像することができなかった。

　この女が絶対に嘘を吐いていると断言することはできないが、もしこの女と付き合っているとするなら、出会う度に相当な葛藤があるはずだ。それを了解していない時点で、この女の言葉は相当に怪しいと言える。

「誰かと間違っておられるんじゃないですか？　わたしは田村ですよ」

「田村。……そう。田村よ。わたしは田村と付き合っているの」

　しまった。不用意に名乗るべきではなかったか。

「田村何ですか？」

「はっ？」

「わたしの名前を知ってるか訊いているのです」

「だから、田村よ」女は口を半開きにし、はあはあと息の音を立てている。まるで走った後の犬のようだ。

「苗字《みょうじ》ではなく、下の名前を訊いているのです」

「あなた自分の名前もわからないの？」

「もちろんわかってますよ」

「じゃあ、なんで訊くのよ？」

「あなたがわたしのことを知っているかどうか確かめているのですよ」

「もちろん、あなたのことはよく知ってるわよ」

「だったら、わたしの下の名前を言ってみてください」

「言いたくないわ！」

「はっ？」

「あなたの下の名前は言いたくないの！」

「やっぱりわたしのこと知らないじゃないですか？」

「知ってるわよ」女の口からはだらだらと湯気を立てながら涎が溢れ出した。

「名前を知らないなら、知ってるとは言いませんよ。普通、恋人の名前は知ってるでしょ」

「それは、わたしたちは普通じゃないからよ」

「普通じゃない？　どういう意味ですか？」

「わたしたちというよりは、あなたがだけどね」

「わたしがどう普通じゃないんですか？」

「あなたは決して自分の下の名前を教えないのよ」

「わたしが？」

「そうよ」

「なぜ、教えないんでしょう？」

「知らないわ。どうして、あなたのことをわたしがあなたに教えなくっちゃならないのよ」

妙だ。

この女が嘘を言っているとしたら、なぜ本人の前で本人の知っているはずのことについて嘘を吐くのか？　ひょっとして、本当のことなのか？

いや、待て。別の可能性もある。この女は俺の前向性健忘症のことを知っていて、それを利用して俺を騙そうとしているのかもしれない
「下の名前がわからないのなら、あなたはいつもわたしを綽名《あだな》か何かで呼んでるんですか？」

「ええ。まあそういうところよ」

「どんな綽名ですか？」

「あなた自分の綽名も知らないの？」

「だから、あなたがいつも綽名でわたしを呼んでいるなら、当然わたしの綽名を知っているはずでしょ」

「はあ!?」

「あなたは綽名を教えないタイプの人なのよ」

「何が『はぁ』よ。早く開けなさいよ」

「あなた、わたしのことを綽名で呼んでいると言いましたよね」

「言ったかしら？」

「言いましたよ」

「だから何？」

「だったら、わたしの綽名を知ってるはずですよね」

「それはあれよ」

「何ですか？」

「つまり……言葉の綾《あや》ね」

「言葉の綾？」

「そうよ」女は言い張るつもりのようだ。

「じゃあ、実際はわたしのことを何て呼んでいるんですか？」

「だから、『田村』よ」

「えっ？　苗字で呼んでるんですか？　それも呼び捨てで？」

「今時の恋人はみんな呼び捨てよ」

「でも、苗字を？」

「苗字をよ」

「どうして、そんなことになったんですか？」

「説明してあげるからドアを開けなさいよ」

「それは別にあなたが説明しなくても、わたしも知ってるはずですよね。どうして、説明する必要があるんですか？」

「…………」

もちろん、この女が二吉の記憶障害のことを知っているのかどうか、鎌を掛けたのだ。

「それは……あなたが知らないふりをしているから、それに合わせたのよ」

うまく逃げた……つもりか？

「それじゃあ、あなたの名前を言ってください」

「どうして、わたしの名前を教えなくちゃならないの？」

「知ってるはずでしょ、恋人同士なんだから」

「そう。知ってるから教える必要ないわね。だから、教えない」

「矛盾してますよ。あなたはわたしの下の名前を知らない。そして、わたしもあなたの名前を知らない。そんな恋人がいますか？」

「だから、あなたはわたしの名前を知ってるって」

「じゃあ、言ってみてくださいと言ってるでしょ」

「ええと……夏生《なつき》よ」

予想通り聞いたことがない。

「下の名前ですか？」

「ええ」

「苗字は」

「言ってないわ」

「なぜ？」

「言う必要ないでしょ」

「あなたはわたしを苗字で呼んでいるのに？　今時は苗字を呼ぶんでしょ？」

「男と女は違うのよ」

支離滅裂だ。

「帰ってください」

女の表情は激しい怒りのそれとなり、ぶるぶると震え出した。

「開けろよ!!」女はドアを蹴り始めた。

こうなったら、仕方がない。

「警察を呼びますよ」

「えっ?」

「一一〇番すると言ってるんです」

「それは違うでしょ。筋違いだわ」

「今から掛けますよ」

「それは恋のルール違反じゃない?」

「もしもし警察ですか?」

実際にはまだ掛けていないが、二吉ははったりを掛けた。

「わかったわ。……じゃあ、次は法廷で会いましょう」女は捨て台詞《ぜりふ》を言うと、背を向けた。

そして、一度だけ振り返った。

女は黄色い歯を見せて笑った。

4

雲英は喫茶店の中から街を見ていた。

漫然と眺めている訳ではない。彼は獲物を探していたのだ。

そこそこ金を持っていて、かつ隙のある人物が理想的だ。

もちろん、隙などなくても「超能力」を使えば、無理やり隙を作ることは可能だ。だが、その場合はひと手間かふた手間余計に掛かることになってしまう。

まあ、極論を言えば、金を持っていないやつから金を絞り出すことだって不可能ではない。男ならタコ部屋、女なら風俗で働かせる。あるいは、犯罪に手を染めさせる。そんなことだって、やってできないことはない。だが、そんな複雑なことはしたくない。偽の記憶作りに失敗したり、辻褄が合わなくなってくると、帳尻合わせが大変なことになってしまう。ミッションは単純なのに越したことはない。

今、まさに落ち着いた感じの身なりのよいサラリーマンがゆったりと歩いて、雲英の視界を横切った。

ゆっくり歩いているということは時間に余裕があるということだ。無視される可能性は少ない。

よし。あいつに決めた。

雲英はレジの前に行くと、店員の肩に手を掛けた。

「俺はもう支払いを済ませた」

店員は一瞬白目を剝き、瞬きを繰り返した。

「ありがとうございます」彼は雲英に頭を下げた。

雲英は店を出ると、目的の男性へと真っ直ぐに向かった。

「やあ。久しぶり!!」雲英は背後から親しげに声を掛けた。

男性は振り向くと怪訝《けげん》そうに雲英の顔を見た。

無理もない。突然、見知らぬ男性から声を掛けられたのだから。

だが、知らない人間だと確信を持つこともできない。見知らぬ人間が親しげに話し掛けてきた時、殆どの人間は自分の記憶を疑う。

今、この人物はなんとかして、雲英のことを思い出そうとしているのだ。

「おや。覚えてないってことはないよな」雲英は手を差し出した。

男性は曖昧に笑顔を浮かべ、自分も手を差し出した。

雲英はにやりと笑った。

ちょろいもんだ。

握手した瞬間、雲英は言った。「俺はおまえの命の恩人だ」

男性は白目を剝き、瞬きを繰り返した。

これだけだと、いくらなんでも情報が不足しているように思える。だが、目の前の人物が命の恩人だと確信を持ってしまえば、あとは本人の脳が適当に辻褄の合う記憶をでっち上げてくれる。そもそも人間の記憶の原理はそのようになっているようだ。すべてのことを事細かく覚えている訳ではなく、核となるキーワードのようなものに圧縮して覚えているのだ。思い出す時にはその核を元に整合性のある記憶を形成する。だから、記憶は簡単に交錯してしまう。中学時代にあったと思い込んでいたことが高校時代の出来事だったり、ある友達との会話を別の友達との会話と思い込んでいたり、初デートの場所が自分の記憶と恋人の記憶で食い違っていたりするのは、そういう記憶の性質によるのだ。

しかし、情報量を絞り過ぎるのも問題だ。雲英が命の恩人だといっても、そのシチュエーションは無数に考えられる。あまりに大雑把なキーワードだけだと、雲英との会話がちぐはぐになってしまう。

雲英はもう少し状況を付け加えることにした。

「おまえはぼんやりして駅のホームから落ちた。危うく電車に轢《ひ》かれそうになった時に俺が勇敢にもホームから飛び降りて、おまえを助け上げた。今から三年前のことだ」

男性は白目を剝いた。

「ええ。もちろん覚えています。あの時はお世話になりました」一瞬で男性の顔が感謝の表情に変わる。ヒーローを見るような目つきで雲英を見ていた。

人に感謝されるというのは気持ちがいい。

「その後、どうかな？」

「おかげさまで、元気に暮らしております」

「なるほど。それはよかった」雲英は笑った。「しかし、こんなところで会うとは奇遇だな」

「はい。そうですね。一度お礼に伺わねばと思っておりました。ええと、お宅は確か……」

男性は首を捻った。

雲英は男性の肘を摑んだ。「俺はおまえに名前も住所も教えていない。『名乗るほどの者ではない』というやつだ」

男性は白目を剝いた。

「そうだ。教えていただいてなかったんでした。ご迷惑はお掛けしませんので、お名前と住所だけでも教えていただけないでしょうか？」

「どうして、俺の名前と住所が知りたいんだ？」

「それはもうお礼をさせていただきたいと思っております」

「礼？　礼だったら、今してくれればいい」

「今？」

男性は驚いたような顔をした。

「そう。今だ。今、忙しいのか？」

「はい。あの、急ぎの仕事の途中でして。三十分以内に先方に出向かないと、大変なことになりそうなんです」

なんだ。ゆっくり歩いているから暇だと思ったのに。

「悪いが、その先方は待たせておいてくれ」

「いや。さすがに、ちょっとそれはできかねますので、後日あらためてご挨拶に伺わせて……」男性は少しおどおどして言った。

「俺は今だと言ってるんだ!!」雲英は語気を荒らげた。

男性は目を見開いた。

「雲英が命の恩人である」という捏造《ねつぞう》された記憶から脳が勝手に作り上げたイメージと目の前の雲英の言動があまりに掛け離れているので、混乱しているのだろう。

だが、そんなことはどうでもいい。

「その『先方』と命の恩人である俺とどっちが大切なんだ？」

「それはもちろんあなたです」

「だったら、俺に付き合え」

「本当に、今じゃなくちゃ駄目なんですか？」

「どういう意味だ？」

「今、わたしたちは偶然ここで会っただけで、約束してた訳じゃありませんよね」男性は軽いパニックに襲われているようだった。

「なんだと？　俺が嘘を吐いているとでも言うのか？」

「そういう訳じゃありません。しかし、この仕事はとても大事なんです。もし失敗したら、職を失うことになりかねない。わたしには養わなければならない家族もおります」

「おまえの都合なんか、知らねえよ‼」雲英は言い放った。「俺がおまえを助けなかったら、そもそも仕事とか家族とか言ってられねえよな、死んでるんだから」

「はあ。そういうことになります」

「だったら、死ぬ気で俺に付き合えよ。自分の都合をくっちゃべってるんじゃねえ！」

「はい」男性は項垂《うなだ》れた。

なかなか素直な性格のようだ。これでもまだ逆らったら、もう一度「超能力」を使わなければならないとこだった。

まあ、それでもいいけど、短期間にあんまり使い過ぎると、様子がおかしくなるんで、下手に目立って厄介だからできれば回数は少ない方がいい。

「それで、御用というのは何でしょうか？」

「金だ」

「お金ですか？」

「今、手持ちがないんだ。急に入り用になった」

「いかほどご都合すればよろしいですか？」

「今、いくら持ってる？」

「えっ？」

「財布を出せって言ってるんだよ」

男性は明らかに躊躇していた。

面倒くさいな。

雲英は男性の額を摑んだ。「おまえは俺の命令は何でも聞くと決心した。死んでもいいと思っている」

男性は白目を剝いた。一瞬ではなく、十秒ほども白目を剝き続け、軽く痙攣を始めた。記憶の改変に対して抵抗がある場合は、書き換えに時間が掛かる。

結構、財布の中身を見せるのは抵抗があるんだな。まあ、俺には関係ない。

男性は突然嘔吐を始めた。服が吐瀉物《としゃぶつ》塗れになった。

雲英は冷ややかに見つめていた。

吐き終わると、男性ははあはあと肩で息をした。

「もう吐き終わったか？」雲英は尋ねた。

「あっ。はい」

「じゃあ、財布出せよ」

男性は無言で財布を出した。

雲英は中身を検《あらた》める。

紙幣が数枚。

「なんだ。全然だな」雲英は紙幣を抜き取ると、自分のポケットに入れた。

「銀行カードはないのか？」

「すみません。持ち歩かない習慣ですので。家に戻ればありますが」

「おまえが家までカードを取りに戻る時間がもどかしい。クレジットカードはあるか？」

「はい」

「出せ」

男性はごぼりと胃液を吐くと、カードを定期入れから取り出した。

雲英はきょろきょろと周囲を見回す。好都合にも、キャッシュディスペンサーを発見した。

「ついてこい」

男性はとぼとぼとついてくる。

「おまえが自分で限度額いっぱいまで下ろしてこい」

「はい」

男性が紙幣を持って帰ると、雲英はそれを引っ手繰《たく》り、ポケットに入れた。

「うむ。もう少し欲しい。消費者金融から引っ張るぞ」

「えっ？」男性は冷や汗をかき始めた。理性が記憶に対して精一杯の抵抗をしているのだろう。

「おまえ、今、免許証持ってるよな」

「はい」

「よし。それで、借りられるだけ借りてこい」

「いったい何に使うんですか？」

「命の恩人が言ってるんだぞ。理由なんか訊くな」

男性が消費者金融から出てくると同時に、雲英は札束を受け取った。

まあ、当座の金としてはこんなものかな。

「よし。後ろを向け」

「はい」

雲英は男性の頭に手を置いた。「おまえは俺の顔も声も覚えていない。今日、俺に会ってから今までのことはすべて忘れた」

男性はしばらく白目を剝いて硬直していたが、やがてがくりと膝をついた。

立ち上がり、周囲を見たが、特に反応はない。

自分の服が酷く汚れていることに驚いているようだった。

そして、時計を見て、悲鳴を上げた。

携帯を取り出し、電話を掛ける。

「すみません。突然、意識を失ったみたいで、気付いたらこんな時間でした。……えっ！すみません。今からすぐ伺いますから、どうかそれだけは。それをされるとわたしはもう会社にいられなくなります。あの……」

相手は一方的に電話を切ったようだった。

男性はしばらく呆然とした後、全力で走り出した。

5

北川《きたがわ》話し方教室。

目の前のドアにそう書かれている。
二吉は深呼吸し、手に持っているノートを捲った。

・自分は北川話し方教室に通っている。

では、俺は話し方教室に通っているのか。
しかし、今更なぜ習い事など？　何を習っても記憶することなどできないのに。しかも、人前で話をする必要があるとも思えない。仮にあるとしても、直前に話し方の本でも読むしか手立てではないはずだ。

・話し方教室に通っている理由については、三十八ページを読むか、先生に直接話を聞くこと。

向こうはこっちを知っているのに、こっちは向こうを知らない。そんな人物と会話するのは、とてもストレスが掛かる。ノートを読もう。

「あら。田村さん、もう来てらしたんですか？」背後から女性の声がした。

振り向くと、見知らぬ女性だ。

「ええと。すみません。あの……わたしは」二吉はどう答えようか迷った。

「心配しなくてもいいですよ。あなたの病気のことは伺っていますから」女性は微笑んだ。

「話し方教室の講師の北川京子《きようこ》です」

年齢は三十代半ばか。とびきりの美人ではないが、なんとなく、ひよこを思わせる可愛らしい顔つきは二吉の好みかもしれない。

ひょっとして、俺はこの女性が目的でこの教室に通っているのか？　まさか。いくらなんでも、この状態で恋愛をするのは無謀過ぎる。俺がそんな選択をするとは思えない。

「この教室に通っている理由はもうお読みになりました？」

二吉は首を振った。

「じゃあ、まずそこから説明します。中にお入りください」

教室内には机といくつかの椅子、それとホワイトボードとプロジェクターやカメラ、パソコンなどが並んでいた。

「そこの椅子にお座りください」

二吉はとりあえず椅子に座った。

「田村さんがここに来られたのは、病院の待合室で北条さんからこの教室の話を聞いたことが切っ掛けだったそうです」

「北条さん？」

「ええ。北条さんです」

「すみません。おかしなことを訊くかもしれませんが、北条さんって誰ですか？」

「おかしくありませんよ。あなたとお知り合いです。同じ病院に通っておられるそうです」

「その人もわたしと同じ病気なんですか？」

「持病はあるとのことですが、あなたとは同じ症状ではないと思います」

「わたしと知り合い……。会えばわかりますかね？」

「そのノートに特徴が書いてあれば、わかるんじゃないでしょうか」

「でも、一目でわかる特徴を摑んで人の外見を文章にするって大変ですよね」

「ええ。そうでしょうね」

二吉は溜め息を吐いた。「考えてみれば、先生、あなたもわたしの知り合いな訳ですね。なんて厄介な人生なんだろう」

「そうですね。厄介かもしれませんね。でも、あなたは挑戦を始められたんです」

「挑戦？」

「自分を表現するための新しい技能を身に付ける挑戦です」

「それは不可能ではないのですか？」

「いえ。あなたは気付いたそうです。気付いたというよりは、北条さんからの指摘だそうですが、前向性健忘症ではあっても、あなたには進歩が見られたそうです」

「進歩？　それは進歩ではなく、単なる変化ではないですか？　例えば、前にできたことができなくなったとか。前には覚えていたことが少しずつ抜け落ちていってるとか」

「そうではなく、新しいことができるようになったということです」

「新しいこと？　信じられないですね。そもそも何か新しいことができるようになったという自覚もありませんし」

「田村さん、この機械はご存知ですか？」京子はポケットから液晶画面付きの装置を取り出した。

「いいえ。たぶん、携帯電話か、カメラか、音楽プレーヤーの一種ではないですか？」

「どれも正解ですね。どれか一つというなら、携帯電話が近いです」

「すみません。今のは記憶していた訳ではなく、形や大きさから推測しただけなんです」

「今のが記憶だと言ってるのではありません。この機械が何かわからないというのを確認しただけです。ここに文章が出ているのがわかりますか？」

　そこには、百科事典の記述のようなものが書かれていた。「手続き記憶」という項目の冒頭部分だ。

「この文章を読んでください」京子は二吉に機械を手渡した。

「声に出してですか？」

「音読でも、黙読でも、どちらでも結構です」

　二吉は声を出すのは恥ずかしく感じたので黙読した。

　なるほど。泳ぎ方や自転車の乗り方は手続き記憶というものらしい。つまり、言葉にできない記憶だ。脳に障害がある人々について研究した結果があるのか。

　二吉は続きが気になり、指で画面をスライドさせた。

「ほら。できたじゃないですか」京子は言った。

「できた？　何がですか？」

「今、画面をスライドさせましたよね」

「ええ。でも、無意識のうちにやっただけです」

「この機械を使った記憶はないんですよね」

「はい」

「じゃあ、どうしてスライドできたんですか？」

「それは直感的にやったんだと思います」

「テレビでもパソコンでもいいですが、そんな使い方をする機械を知ってましたか？　どうだろうか？　画面を直接触って動かす機械などあったか？

「いいえ。ATMなどにタッチパネルが使われていることは知ってますが、画面をスライドさせるようなことはなかったと思います」

「文字を拡大してみてください」

二吉は画面を広げた。

「こんなやり方を知ってましたか？」

「知らないはずですが、身体が覚えていたようです。……なるほど。これが手続き記憶ですか」

「その通りです。自分が実際に体験した思い出などのエピソード記憶や、辞書的な単語の定義などの意味記憶は言葉にすることができます。それに対し、動作自体の記憶である手続き記憶は言葉で伝えられないので、記憶するまでが大変ですが、何度も粘り強く反復することによって、非言語的な手続きを記憶することができるのです」

暗闇の中に仄《ほの》かな光が見えたような気がした。

「何度も反復ってどのぐらいの回数ですか？」

「それは人によって違うでしょうね。あなたは自転車に乗れるようになるまで、何度転びました？」

「うむ。運動神経は子供の頃からそんなによくなかったですね。つまり、わたしの手続き記憶は元々優れていないのかもしれません」

仄かな光は揺らぎ出した。

「でも、全く記憶できない訳ではありません。北条さんによると、あなたは十回ほどで、スマホの基本的な使い方を覚えられたそうです」

「スマホ？」

「この携帯電話のことです」

「そう言われても、実感がありません。これでどうやって電話を掛けていいのやら……」

「実際の使用方法は意味記憶が絡んでくるので、難しいのかもしれないですね。でもこうすれば……」京子はアイコンの一つをタップした。

画面が変化した。

二吉は反射的に新たに現れたアイコンの一つをタップする。

画面に人名のリストらしきものが現れた。

「これは？」

「電話帳ですよ」

「不思議ですね。電話の掛け方がわからなかったのに、画面を見たら指が勝手に動いたんです」

「手続き記憶は言語化されないからです。だから、言葉を切っ掛けに思い出すことが難しいんです。でも、感覚的な刺激で思い出すことはできるんですよ」

「なるほど。わたしにも新しいことを記憶する方法があるということですね」

「そうです。そのノートにメモすることによる疑似記憶に、手続き記憶を加えることによって、あなたはより平凡な生活を取り戻そうとしているのです」

「ちょっと待ってください。わたしに手続き記憶の能力が残っていることはわかりました。でも、それと話し方教室の関係がよくわかりません」

「どうしてですか？」

「だって、先ほどおっしゃったではないですか。手続き記憶は言語的な記憶ではない、と」

「ええ。そうですよ」

「だとしたら、話し方教室はナンセンスではないですか。わたしは新しい話を覚えることはできない」

京子は微笑んだ。「新しい話を覚える必要はないんですよ」

「だとしたら、何のための話し方教室なんですか？」

「わたしは話を教えるのではなく、話し方を教えているのです。話の中身は何でも構いません。昔の話でも、今思っていることでも」京子の瞳が悪戯っ子のように輝いた。

「『話し方』って何ですか？」

「声や表情の使い方、視線の動きなどを含めた話している時の立ち居振る舞い全般のことです」

「なるほど。話し方というのは必ずしも言語的な情報ではないんですね」

「だから、あなたは話し方を習得できると考えたんだと思いますよ」京子は二吉を安心させるようにゆっくりと頷いた。

「しかし、なぜわたしは話し方を習う気になったんでしょうか？」

「記憶に障害がある分、コミュニケーション能力は重要になると考えたからだそうですよ」

「わたしが自分でそう言ったんですか？」

「ええ。最初にここに来られた時にそうおっしゃってました」

本当に？　いや。確かにコミュニケーション能力は必要だろう。だが、普段家にいて、外出は食料と生活必需品を買いにいくのと、通院だけだとするなら、コミュニケーション能力が必要だろうか？　それだけじゃ、侘《わび》しいということかもしれないが、そもそも俺は新しいことを記憶できないのだから、生活が侘しいのか、それとも充実しているのかすら覚えることはできない。だとしたら、生活を充実させる意味がどれだけあるのだろうか？

二吉は相手が不快に思わない程度に京子の顔を眺めた。

ひょっとして、その北条とかいう人物に、この先生の写真を見せられたことが切っ掛けでここで話し方を習う気になったんじゃないだろうか？　まあ、それならありそうなことだ。自分でも納得できる。そして、おそらく俺はここに来る度に毎回一目惚れを繰り返しているのだろう。彼女はとても魅力的だ。

それは果たして幸せなのか、それとも不幸せなのか？

二吉はまた京子の方を見た。

京子と目が合った。

慌てて目を逸らそうとしたが、その前に京子は微笑んだ。

まあ、今この瞬間に限って言うのなら、少し幸せなのかもしれないな。

「納得できませんか？」微笑みが少し崩れ、心配そうな表情になる。

先生、もう少し微笑んでいてください。

「いや。理解できました。自分でもそう言ったのを覚えているような気がしてきました」

「本当に？」

「いいえ」二吉は言った。「すみません。勢いで言ってしまいました。でも、あなたのお話を聞いて、自分がそう言ったと確信が持てました」

「よかった」京子に笑顔が戻った。

「わたしはいつも納得してますか？　こんなふうに」

「ええ。いつも納得されてますよ」

「授業の最初はいつもこの説明から入るんですか？」

「そうですよ」

「毎回、同じ会話を？」

「完全に一緒という訳じゃありませんよ。その日によって展開は変わります」

「わたしが納得しなかったり、怒ったりすることもあるんですか？」

「そんなことは一度もありませんよ。ただ、初期の頃は説明にもっと時間が掛かったこともありました」

「わたしがなかなか納得しなかったということですか？」

「納得しなかったというよりは、混乱させてしまったと言った方がいいかもしれません」

「最近はあまり混乱しないんですか？」

「そうですね。最近はないですね」

「つまり、どういうことでしょうか？　わたしに変化が出てきたということでしょうか？」

「田村さんの変化というよりは、わたしが慣れてきたことの方の影響が大きいかもしれません」

二吉は、京子の柔らかな表情を見ているうちに、優しさに包み込まれていくような錯覚を起こした。

「慣れてきたというのは、わたしの扱い方のことですか？」

「扱い方というか、お話の仕方です。説明のタイミングや順番をあなたの反応に合わせて臨機応変に対応していく訳です」

「面倒なことをさせてしまって申し訳ありません」

「いいえ。話し方は本職ですから。それにこんなことを言っては失礼になるかもしれませんが、この経験はとても勉強になるんです」

「記憶できない人間に説明するのが？　そんな状況はまず起こらないので、あまり役に立たないんじゃないですか？」

「疑似的に初対面の方と話す経験になるんです。知り合いになると警戒感がなくなって、緊張せずに話ができるようになりますが、あなたとは常に新鮮な緊張関係が継続しますから。初対面の人と話すのは日常よく起きることですが、練習のために初対面の人を探すのは大変でしょ」

「なるほど。わたしが役に立っているようで安心しました。でも、ちょっと残念です」

「いつまでも緊張が続いて、打ち解けられないからですね」

「ああ。わたしは、毎回、ぼやいてるんですね」

「はい。でも、大丈夫ですよ。授業が終わる頃には、いつも友達に戻っていますから」

ああ。それが本当だったら、いいのに。

もし、本当だったとしても、それ以上には進まないだろうけど。

二吉は心の中で溜め息を吐いた。

6

「今日はこれだけしか持ち合わせがないの」ホテルの一室で若い女が財布の中から紙幣を取

り出し、雲英に手渡した。

「銀行カードか、クレジットカードは？」

「ごめんなさい。今日は持ってきてないの」女は媚《こ》びるような上目づかいで言った。

雲英は札を引っ手繰ると、枚数を数えた。

ちっ。思ったほど、持ってなかったな。

二人はベッドの上に寝転んでいた。

そこそこの美人だが、もう用なしだな。

「ねえ。式はいつ頃にする？」女は雲英にしな垂れかかった。

ええと。この女の名前、何だったっけ？

「結婚なんかしねえぜ」

「えっ？」女は混乱したようだった。

女と会ったのは、ほんの一時間前だ。駅前で誰かと待ち合わせしているようだったが、容姿が好みだったので、雲英のことを婚約者だと思い込ませて、ホテルに連れ込んだ。

それから後付けで、女の抱えていた莫大な借金を雲英が立て替えたことにしておいた。会う度に、女が少しずつ返済しているという設定だ。

「でも、わたしたち婚約したのに……」

「いつだよ？」

「えっ？」

「いつ、婚約したんだよ？　言ってみろよ」

「ええと……。すぐには思い出せないけど、婚約したじゃない」

「どんなプロポーズだった？」

　女は眉間に皺を寄せ、懸命に思い出そうとしていた。

　もちろん、プロポーズの言葉はインプットしていないので、すぐには出てこないだろう。こういう場合の反応は主に三つだ。一つ目は「ど忘れ」したということにして、自分を納得させる。二つ目は適当に脳が偽の記憶をでっち上げる。三つ目は辻褄の合わない状況で脳が堂々巡りをして、最終的に精神が崩壊してしまう。記憶力がよくて、自分の理性に自信がある人間ほど三つ目の状況に陥りやすい。そういう人間は自分の記憶に頼り、なんとか整合性のある説明ができる理論を作り出そうとし、それに失敗して泥沼にはまってしまう。植え付けられた記憶にはそもそも整合性がないのだ。適当な人間なら、なんとかやり過ごして精神の崩壊は回避できる。

「おかしいわ。どうして覚えてないのかしら？」

「プロポーズなんかしてねえからだよ」

ここで、記憶を上書きしてもいいのだが、雲英は敢えてそれをしなかった。女が混乱して苦しむのを楽しみたかったからだ。

「いいえ。しているはずだわ」

「どうしてそう言える？」

「だって、プロポーズしてなかったら、婚約者じゃないからよ」

「婚約者じゃねえんだよ」

「そんなはずはない。だって……だって、婚約者でもない人とこんなところに来るはずがないもの」

これはまたずいぶん古風な考えの女だったようだ。……からかい甲斐《がい》がある。

「俺たちは行きずりの関係だ」

「そんな冗談はやめて」

「冗談なんかじゃない。その証拠に俺はおまえの名前を知らない」

「嘘！」

「嘘なものか」

「そんな嘘、信じないわ」

「じゃあ、信じるしかないことを指摘してやろう」

「何を言ってるの？」

「簡単な質問に答えてくれ、俺の名前は何だ？」

「えっ？　何を言ってるの？」

「婚約者の名前を知らないはずがないだろう。言ってみろよ」

「馬鹿馬鹿しい」

「馬鹿でも阿呆でもいいから言ってみろって」

「そんなの簡単なことよ。あなたの名前は……」女の動きが止まった。目には恐怖の色が見えた。

「どうした？」

女はぱくぱくと口を動かし続けていた。

やはりな。他人にも自分自身にも厳しいタイプだ。ど忘れした、という逃げ道は作れないのだろう。

「……いったいどうして……」

「俺がおまえをナンパしてここに連れ込んだ。それとも、ナンパしたのはおまえの方だったかな。まあ、どっちでもいいけど」

女は泣きそうな表情になり、眉間を押さえた。「頭が痛いわ」

「おまえは尻軽な女なんだよ」

「そんなことは絶対にない。わたしは一途《いちず》な女」

「どうして、そう言えるんだ？」

「わたしは、浮気なんか一度もしたことがない」

「ほう。そうなのか？」

「だから、尻軽なんかじゃない」

「でも、俺と連れ込みホテルにいるぜ」

「それはあなたが婚約者だから」

「おまえ、恋人はいねえのか？」

「失礼なことを言わないで。恋人どころか、ちゃんと夫がいるわ」

「おまえ、人妻か？」雲英の目が輝いた。

「どういうこと？」女は目を見開いた。

「それは俺の台詞だろ。おまえの言うことが正しいとしたら、おまえは俺の婚約者のはずなのに、たった今、人妻だと告白したんだぞ。騙されたのはどっちだ？」

「これは何かの……間違いよ」

「どっちが間違いだ？　俺が婚約者だということか？　それとも、おまえに夫がいるってことか？」

「ちょっと待って。少し整理させて」女はぽろぽろと涙を流した。

「いいぜ。いくらでも待ってやるよ」

「あなたはわたしの婚約者。これは間違いないわ」

「そうなのか？　じゃあ、おまえが人妻ってことが間違いなんだな」

「わたしは……三年前に結婚した」

「離婚したのか？」

「いいえ。離婚する理由がない。わたしたちは完璧な夫婦だから、何の問題もない」

「いいや。大きな問題があるぜ。昼間っから、妻は夫以外の男とホテルにしけ込んでいる」

「そんなはずはないわ。間違っている」

「そうだよ。おまえは間違いを犯した」

「違う。そんなはずはないわ。わたしは絶対にそんなふしだらなことはしない」

「おまえ、さっき俺に金を渡したよな」

「それはわたしが以前借りたお金……」

「おまえは金で俺を買ったんだよ」

「嘘」

「嘘なもんか。俺がおまえの借金を立て替えたってんなら、そもそもおまえはどうして借金をこさえたんだ？」

「それは……何か理由があったのよ」女はこめかみを押さえた。

相当きっちりした性格だったんだろう。普通なら、何か借金を作った理由を脳がでっち上げるはずだが、この女は絶対に借金など作るタイプではないらしい。自分に嘘が吐けず、苦しみ、混乱しているようだ。

「理由なんかない。おまえは借金なんかなかったし、ちゃんとした夫がいるんだ」雲英は敢えて超能力を使って記憶を訂正するようなことはしなかった。女が自分の記憶の矛盾に混乱する様子を見て楽しみたかったからだ。「さあ。言ってみろよ。自分はふしだらな女だって」

女はベッドの上に俯《うつぶ》せになった。両手で頭を押さえてうんうん唸っている。

融通が利かないようだ。本当にからかい甲斐がある。

突然、女は静かになった。ゆっくりと起き上がり、ベッドの上に正座をした。そして、雲英をじっと見詰めたと思うと、げらげらと笑い始めた。

雲英は目を細めて女を見た。

正体をなくしていく人間を眺めるのは本当に癒やされる。

「わかったわ」女は涙を流した。「おかしいと思ったのよ。これは夢なんだわ」

なるほど。そうきたか。エリート意識の強い自信家にありがちな反応だ。論理的に破綻した現状を認めるのを完全に放棄している。

「これが夢だって？」

「ええ。そうよ。わたしのように貞淑な妻でもたまには淫夢を見ることぐらいあるのよ」

雲英はベッドの上に立ち上がると、女の腹を全力で蹴り上げた。

女は後ろに倒れ、げえげえと吐き出した。

雲英はそのまま女をベッドから蹴落とした。

女は床の上にしばらく蹲っていたが、なんとか上体を起こすと、かすれた声で言った。

「何するのよ」

「痛かったか？」

「当たり前じゃない」

「夢なのにどうして痛いんだ？」

「あっ！」女は髪の毛を掻き毟《むし》った。「痛いのは気のせい」

「じゃあ、もう一発蹴ってやろうか？」雲英は右足を後ろに引いた。

「やめて！」女は自らの腹を庇《かば》うポーズをとった。

「ほら。自分で痛いって認めているじゃねえか。これは夢なんかじゃねえんだよ」

「そんな現実のはずがない」

「どうしてそう言えるんだ？」

「わたしは結婚しているの。それなのに、婚約者がいるなんてあり得ない」

「結婚しているのに、別の男と結婚の約束をしている女はごまんといるぜ」

「わたしはそんな女じゃない」

「現に俺とホテルにいるんだ。おまえはそんな女だ」

「はあああ!!」女は悲痛な表情になり、さめざめと泣き始めた。

そう簡単に夢に逃げさせたりはしない。自らがどれだけ下種《げす》な存在かしっかりと自覚させてやる。

もっとも、本当はこの女、全然下種って訳じゃないけどな。下種なのは俺か。下種な俺は今、真面目くさった女をいたぶっている。

ひとりでに顔が綻《ほころ》ぶ。

「さあ服を着ろよ」

「えっ？」

「服を着ろって言ってるんだ。もうおまえとやるのは飽きた」雲英は命令した。

女は啜《すす》り上げながら、服を着出した。

「服を着たら、おまえの家に行くぞ」

「えっ？　どうして……」

「おまえの旦那に言い付けるのさ。今、おたくの奥さんと一発やってきましたってな」

「それだけはやめて！」女は髪を振り乱し、金切り声を上げた。

「だって、本当のことだぜ」

「何でもするわ。だから、それだけはやめて」

「本当に何でもするんだな」雲英は凄んだ。

女は雲英の気迫に押されたのか、一瞬怯《ひる》んだ。そして、目を瞑《つぶ》り深呼吸を始めた。

覚悟を決めているのか、それとも解決策を探しているのか？

もちろん、「超能力」を使えば簡単に操れるのはわかっている。だが、それでは面白くない。正気のまままぎりぎりまで追い詰めてやる。

「何でもって訳じゃない。犯罪は絶対にしないわ」女は言った。「それから、お金も出せない」

「じゃあ、旦那にちくってもいいんだな」

「……ええ。その時は仕方ないわ」

冷静だ。こういう状況に陥ったら、パニックになって、何でも言うことを聞くやつが殆どだというのに。

「じゃあ、これからずっと俺の愛人になれって言ったら？」

「それは……それもたぶん無理」

「だったら、何ができるんだ？」

「あと二、三回、こうしてデートするぐらいなら、なんとかできると思うわ」

「まるでおまえの方が優位に立ってるみたいな言い方だな」

「ごめんなさい。でも、いくら脅されてもこれ以上のことはできないわ」

「家庭が崩壊してもいいのか？」

「それは困るわ。でも、これ以上のことを要求されても、対応できないの」

「それがうまい逃げ口上だと思っているのか？」

「わたし、どうしてあなたみたいな酷い人に捕まってしまったのかしら？　自分でも納得できないわ」

この女、結構タフだ。

気に食わない。絶対に這《は》いつくばらせてやる。

「いいだろう。じゃあ、これからデートだ」

「でも、わたしとはもう……飽きたって」

「やるだけがデートではないだろう。ついてこい」

「今から？」

「それが嫌だったら、このまま旦那に報告しにいく」

「わかったわ」

　雲英も服を着て女を連れて外に出た。

　監視カメラは気にする必要はない。このホテルのカメラは従業員の記憶を改竄《かいざん》して、取り外させている。このホテルだけではない。この近辺のビルの監視カメラは半分ほどしか機能していない。取り外せなかった場合は位置を変えたり、撮影角度を微妙に変えさせたりした。何か月も掛けて雲英が「超能力」で作り上げた安全地帯だ。それは不規則な形状をしているが、完全に雲英の頭に入っていて、そこを通れば映像記録を残さずに行動することができる。

　雲英は慎重に安全ゾーンの中を通りながら、大きな道路に出た。

　そこで、タクシーを捕まえる。

「どこに行くの？」女は不安そうに言った。

「どうした？　心配なのか？　よく考えてみろ。タクシーで行くんだ。万が一の時は運転手が証言者になる。危ないところには行かないに決まっているだろう」

「そう言えばそうね。有名なタクシー会社だから、大丈夫そうね」

雲英は行き先を告げた。

運転手は訊き返した。

雲英は同じ場所を再度告げた。

「お客さん、そこがどこかご存知ですか？」

「ああ。黙って言われた場所に行けばいい」雲英は苛立たしげに答えた。

「いったいどこなの？」女は不安を隠そうともせずに尋ねた。

「山ん中ですよ」

「山？」女は雲英の顔を見た。

「ああ。星が綺麗なんだよ」

「今日は曇ってますよ」運転手が言った。

「夜遅くからは晴れるんだ。天気予報で言ってたから間違いない」雲英は反論した。

「あなた何をする気？」

「何も」

「もしものことがあったら、この運転手さんが証言するわよ」

「わかってる。だから、何もしないに決まってるだろう。それとも、このままおまえの家に行ってもいいんだぞ」雲英は女を睨み付けた。

「お客さん、どうします？　やめときますか？」

「どうするんだ？　行くのか、行かないのか？」雲英は女に尋ねた。

そう。この女に決めさせるんだ。

女は小首を傾げ、そして言った。「わかった。山に行くわ」

「聞いた通りだ。さっさと行ってくれ」雲英は満足げに言った。


タクシーは小一時間ほどで現場に到着した。

「先に降りてくれ。金は俺が払う」

女が降りると、雲英は運転手の肩に手を掛けた。「おまえは会社の上司に俺たちを乗せた記録を消せと命じられた」

運転手は白目を剝き、そして突然思い出したように一連の動作を始めた。

「記録は消えたか？」雲英は尋ねた。

「はい」

「じゃあな」

「あっ。待ってください。まだ料金を貰ってませんが」

雲英はまた運転手の肩に手を掛けた。「おまえは今日、誰も客を乗せていない。ちょっとした気紛《きまぐ》れで山奥にやってきた」

運転手は白目を剝いた。

その間に雲英はタクシーから降り、ドアを閉めた。

運転手は何度か瞬きをし、きょろきょろと見回した。

雲英とも目が合ったが、特に何も反応はなく、そのまま発車した。

「あなた、今、料金払わなかったんじゃない?」女が尋ねた。

「ああ。あの運転手には貸しがあるんだ」

「そうなの? いろいろな人に貸しがあるのね」

「ついてこい」

「あまり道路から離れない方がいいんじゃない?」

「大丈夫だ」

女はしぶしぶついてきた。

おそらくタクシー運転手が目撃者なので、俺が滅多なことをするはずがないと思ってるんだろうな。残念ながら、運転手はもう俺たちのことを覚えていない。

ほんの数十メートル歩いただけで、もう道路の気配はしなくなった。

雲英は女の腕を摑んだ。「道路はあっちの方だ」雲英は無関係な方角を指差した。

女は白目を剝いた。

まあ、大丈夫だろうが、念のためだ。これで万一女が逃げ出しても道路に行き着くことはない。

雲英はロープを取り出すと、女の両手を縛った。

「何をするの？」

雲英は返事をせずに作業を続けた。

女は木に縛り付けられた。

雲英の動きがあまりに突然かつ滑らかだったため、逃げる余裕すらなかった。

「どうするつもり？」

「おまえは俺を苛立たせた」

「何を言ってるの？」

「本来なら、混乱するはずなのに、おまえは妙に落ち着いた態度をとっていた」

「ますます訳がわからないわ」

「本当のことを教えてやろう。俺が言ったことは全部嘘だ。俺はおまえを騙してホテルに連れ込んだ」

「まさかそんなはずは……。でも、もしそれが本当だとしたら腑に落ちるわ。わたしが不倫なんかするはずがないもの」

「その冷静な態度が腹立たしいんだよ!!」

「あなた、わたしに薬かなんか使ったのね。それで催眠術みたいにわたしを操ったんだわ」

この女、本当に厄介だ。ちょっとしたヒントで殆ど正解まで行き着いた。記憶を操作したとしても、すぐにまた真実に辿り着くかもしれない。

生かしておくわけにはいかないな。

今までも頭の切れる厄介なやつに関わったことがある。そういう時は始末することにしている。殺しは多少のリスクはあるが、厄介なやつを生かしておくリスクには代えられない。

雲英は適当な大きさの石を摑むと、女の顔を殴った。

歯が折れ、だらだらと血が流れ出す。

顔に掛かった乱れた髪の間から、ぎらぎらと燃えるような目が雲英を睨み付ける。

「こんなことをしてただで済むと思ってるの？」

「ああ。そう思ってるさ」

「さっきのタクシーの運転手はわたしたちがここにいることを知ってるのよ」女は血の混じった唾を吐きかけた。

「あいつはもう俺たちのことを忘れてるさ」

「あなた、頭おかしいの？」

「いいや。正気だよ」

「自分で正気だと思ってるだけよ」

「仮にそうだとしても、おまえの運命には関係ない。俺が自分の正気を信じている限り、おまえの命は今ここで終わる」

「助けて。何でもするわ」

「その台詞はさっき聞いた」

「もう限定はなし。わたしの財産は全部上げる。夫にすべてを話してもいいし、一生あなたに傅《かしず》いても構わない」

「信用できる訳がないだろう。まあ。実際の話、おまえをここで逃がしても俺にはたいした不都合はないんだ。だけど、俺はここでおまえを殺すことにしたんだ」

　雲英は両手でやっと持ち上げられるほどの大きな石を女の足の甲に落とした。

　女は絶叫した。

「なあ。さっきの話だけど、一生俺の奴隷になるって契約してくれたら、命を助けてやってもいいんだぞ」雲英は女の耳元で囁いた。

　女に喜びの表情が宿った。そして、何度も激しく首を縦に振った。

「信じたのか？　嘘だよ」

女の顔が絶望に歪んだ。

うん。いい顔だ。

雲英はさらに大きな石を脳天に叩き付けた。

雲英は女の絶命を確認した後、ロープを解き、女の遺体をずるずると引き摺った。

やがて沼に到着した。

雲英は遺体を沼に投げ込んだ。

女はずぶずぶと沈んでいった。

遺体が発見される可能性はまずない。仮に数年後に発見されたとしても、遺体に残っていた雲英の痕跡はなくなっているだろう。

続いて血の付いた石も投げ込む。

服には目立った血痕などはないが、これも念のため細かく引き裂いて焼却した方がいいな。

雲英は道路に戻り、さっきとは別のタクシーを呼んだ。

街に戻り、運転手の記憶を消す。

そして、暇そうにしている適当な男を捕まえ、こう言った。

「俺はおまえの親友だ」

男は白目を剝いた。

「よお」雲英は言った。

「ああ。君か」

「おまえ、名前何だった？」

男は怪訝そうな顔をした。「山田だよ」

「違う。下の方の名前だ」

「博だけど」

「ああ。そうだった。今の住所は？」

男が住所を言うと、雲英は携帯電話を取り出した。

「記念に一枚写真を撮ってこうぜ」

雲英は男と肩を組み、シャッターを押した。

「おまえは今日、若い女を殺した」雲英は肩を組みながら言った。さらに殺害方法を詳しく告げる。ただし、殺害場所と遺体の隠し場所は曖昧にしておいた。

この男が自ら警察に出頭するかどうかはわからない。とりあえず、スケープゴートとして確保しておけばいい。殺害場所を曖昧にしたのは、雲英の痕跡が残っている間に警察が遺体を発見してしまわないためだ。

男は白目を剝き、そして突然おどおどし始めた。

「どうかしたのか、山田？」

「聞いてくれ。俺は実は……」

「どうした？」

「……いや。何でもない」男はだらだらと汗をかいていた。

雲英は携帯電話の写真を確認した。

写っているのはこの男だけで、雲英はフレームの外だ。

いざとなったら、この写真を使って、目撃者をでっち上げることもできる。誰かに、この写真と女の写真を見せて、二人が揉めていたという記憶を植え付けるだけだ。

雲英は青い顔をして震えている男の肩を叩いた。

「俺のことは忘れろ」

男は白目を剝いた。

7

三日前、駅の階段を上っていると、突然後ろから突き飛ばされた。

中年の男だ。そのまま階段を駆け上っていった。

なるほど。今、ホームに止まっている電車に乗りたい訳か。

だが、俺を突き飛ばしたからには、それ相当の罰を受けて貰うことになる。

雲英は男の背中を睨み付けた。

雲英は次の日も同じ時間帯にその駅に来て、中年男を探した。

同じように階段を駆け上っていく。

すでにその時には、雲英の頭の中に作戦は組み上がっていた。

そして、今日、駅のホームに中年男を発見すると、雲英はほくそ笑みながら、ポケットからマスクとサングラスを取り出した。この二つはいつも持ち歩いている。顔を見た人間全員の記憶を消すのは骨が折れる上、漏れが出る危険がある。目撃者が出そうな時は顔を隠すのが一番だ。

中年男性は黄色いラインのすぐ内側に立っている。

雲英は標示板を確認した。

まもなく、通過列車が来る。

殆どの乗客はさっきの電車に乗ったようで、ホームには三人しかいなかった。それも、中年男とは二十メートル以上離れている。好都合だ。必要なら、チャンスが来るまで、尾行するつもりだったのだ。

電車がホームに入ってくる。

雲英は中年男の真後ろに立った。少しずつ間合いを詰める。

よし。今だ。

雲英は中年男の背中を蹴った。

男はつんのめり、転んだ。

だが、ホームから転落はしなかった。

電車は目の前を通り過ぎる。

「おまえ、何するんだ⁉」中年男は叫んだ。

ミスった。だが、もちろん致命的なミスじゃない。

雲英は男が体勢を立て直す前に走り出した。

男の記憶を消すのは簡単だが、目撃者が何人かいるので、そいつら全員の記憶を消すのは面倒だ。それよりも、とりあえず改札を出ればなんとかなる。

改札口を突破しようとすると、フラップドアが閉まった。

これは予測していたことなので、雲英は滑り込むようにして、フラップドアの下を擦り抜ける。

そのまま右に数十メートル進み、高架下の喫茶店に入った。

からんからんからん。

玄関ドアの鈴が鳴った。

駅からこの店までの間の監視カメラは問題ない。すでに対策済みだ。

雲英は店内を見回した。

店内にいるのはマスター一人と客が三人。

ちょうどいい人数だ。

少な過ぎると証人として弱いし、多過ぎると記憶を上書きするのが厄介だ。もっとも、この時間帯にこの店にいる客数はだいたい二、三人なのは調査済みだったが。

雲英はまずマスターに触れた。

「俺は一時間前からずっとこの店にいる」耳元で呟く。

マスターは白目を剝いた。

あとは三人の客だ。

カップルが一組と男が一人。

カップルは楽しそうに話をしている。話に夢中で雲英が入ってきたのにも気付いていないようだった。

雲英はカップルのテーブルに近付くと、わざと躓《つまず》き二人の肩に手を触れた。

「おまえたちがこの店に来た時からずっと俺はここにいる」

二人は白目を剝いた。

マスターにやったように時間指定しなかったのは、二人がここにいる時間が一時間以内であった場合を考慮したからだ。例えば十分しかここにいなかったのに、一時間前の記憶があっては不自然になってしまう。逆に一時間以上ここにいた場合、マスターの記憶と食い違うことになるが、その程度のことを気にするやつは殆どいない。もし、気にしたとしたら、その時に記憶を修正すればいい。多少の思い違いは誰にでもあるので、不自然ではない。

さて、最後の一人だ。

その男はぶつぶつ呟きながら、ノートに何か書いていた。

書くのに熱中しているので、隙がありそうだが、何かぴりぴりした緊張感も伝わってきて、どうも近寄りづらい雰囲気があった。

だが、こうしている間にも、あの中年男はこの店にやってくるかもしれない。

このノートの男だけ証言が食い違ってはややこしい。

雲英は男に近付いた。

触れようとした瞬間、男ははっと顔を上げた。

雲英と男は目が合った。
何か嫌な感じがした。だが、躊躇《ためら》っている時間はない。
「糸くずが付いてますよ」雲英は男の肩に手を伸ばした。
男は雲英の指先を見詰めた。
構うものか。
雲英は男の肩を摑んだ。
男は逃れようとした。
「おまえがこの店に来た時からずっと俺はここにいる」
男は一瞬白目を剝いたが、次の瞬間には正常に戻っていた。
いやに回復が早いな。記憶の改竄は成功したのか？　もう一度試すか？
「すみません。糸くずは取れましたか？」男は尋ねた。
雲英はびくりとして、手を離した。
「いえ。気のせいでしたよ」
雲英は慌てて、男から少し離れた席に座った。
からんからんからん。
中年男と二人の駅員が入ってきた。

三人か。相手が油断をしているなら、三人ぐらい簡単に処置できるが、こちらに注目している場合はなかなか扱いづらい人数だ。

「あそこのあいつだ。俺を殺そうとしたやつは」中年男は雲英を指差した。

サングラスとマスクはすでにはずしているが、体格と服装はそのままなので、気付いたのだろう。

駅員たちは雲英に近付いてきた。

「すみません。ちょっと一緒に来ていただけますか？」駅員の一人が言った。

「何のことですか？」雲英は空とぼけた。

「あの方があなたに蹴られたとおっしゃってるんです」

「それで？」

「お話を聞かせてください」

「嫌だと言ったら、どうなるんですか？」

「警察を呼ぶことになると思います」駅員はやや強く言った。

「たかが蹴ったぐらいで警察ですか？」

「蹴るだけでも暴行罪は成立しますよ。それに今回は電車が入ってくる線路に蹴り落とそうとしたんですから、殺人未遂が成立するかもしれません」

「なるほど。そんなことがあったんですか。でも、わたしは犯人ではありませんよ」雲英はあくまで落ち着いた様子で言った。

「まあ、そうおっしゃるでしょうね。いずれにしてもとりあえず来ていただけますか？」

「わたしが痴漢冤罪のことを知らないとでも思ってるんですか？」

「痴漢？　いえ。あなたが痴漢行為をしたとは言ってませんよ」

「同じことですよ。あなた方についていったら最後、そのまま警察に逮捕されて、勾留されてしまうんでしょ？」

「まあ、そういうこともありますが……」

「必ずそうなりますね。だから、わたしは行きません」

「しかし、この方があなたに蹴られたとおっしゃってるんです」

「だから、それは間違いですよ」

「それを証明するためにもまず我々についてきて貰わなくてはならないんですよ」駅員は食い下がった。

「証明なら今すぐできますよ」

「どうやってですか？」

「マスター、わたしはいつからここにいましたか？」雲英はマスターに尋ねた。

「そうですね。一時間ぐらい前だと思います」

駅員たちは顔を見合わせた。

「おい。いい加減なことを言うんじゃないぞ」雲英に蹴られた中年男が言った。

「いい加減ではありません。この方は確かに一時間前からここにおられました」

「マスター、この方は前から顔馴染みでしたか？」

「いいえ。お会いするのは今日が初めてです」

「昔からの知り合いで、この男を庇うために嘘を言ってるのかもしれないぞ」中年男は言った。

「嘘だとしたら、すぐにばれるでしょう」駅員は言った。

「お客さんはこの方を犯人だと言い、マスターはそうではないと言う。意見が食い違っているのだから、直ちにこの方を捕まえる理由はないことになります」

「じゃあ、他のやつの意見を聞けよ」中年男は言った。

「すみません」駅員はカップルに尋ねた。「この方はずっとここにおられましたか？」

「ええと。僕たちがここに来た時にはもう座ってましたよ」男の方が答えた。

「ここに来たのはどのぐらい前ですか？」

「そうね。三十分は経ってるわ。一時間ぐらいかもしれないけど」女の方も答えた。

「これで三対一ですね」雲英は勝ち誇ったように言った。

「まだもう一人残っている」中年男は苛立たしげに言った。「そこの人、こいつはいつぐらい前からここにいた？」

男は一心不乱にノートを見ていた。

「そこの人！」中年男は怒鳴るように言った。

「えっ!?」男は驚いたようにこちらを見た。

「すまないけど、この男がいつからここにいたか、教えてくれないか？」

「申し訳ありませんが、その件について、わたしは力に……」ノートの男の言葉が突然止まった。呆然と雲英を見詰めている。

なんだ、この男は？

雲英は胸騒ぎを覚えた。

「どうかされましたか？」駅員が尋ねた。

「いや。ちょっと思い違いをしていたようです」ノートの男は話し始めた。

「思い違い？　どういうことですか？」

「たいしたことではありません」

「質問に答えていただけますか？」

「この男性がいつからここにいたかということです」

ノートの男はまた雲英の方を見た。

「質問？」

「なぜ、その質問を？」男が尋ねた。

「今、我々の話を聞いてませんでした？」

「すみません。書き物に夢中になっていまして」

「こちらの方がこちらの方にホームから突き落とされそうになったんです」駅員は言った。

「いや。それは誤解です」雲英は言った。「突き落とそうとしたのはわたしではありません。ここにずっといましたから」

「つまり、アリバイを確認しているという訳ですか？」ノートの男は尋ねた。

何をぐずぐずしてやがる？　単に、この人はずっとここにいました、と答えればいいんだ。

「そういうことですね」

「ついさっき」ノートの男は言った。「この方はわたしの肩の糸くずを取ってくれようとしました」

「はあ？　それはどれくらい前ですか？」

「一、二分前です」

こいつ何を言ってるんだ？　ちょっと鈍いんじゃないか？

「それでは、アリバイになりませんね。この方は一、二分前にこの店に入ってこられたということですか？」

「そうではないですね。わたしの記憶している限りは」

雲英はほっと溜め息を吐いた。

「ちゃんと質問に答えてください。この方はいつからここにおられましたか？」

「奇妙に思われるかもしれませんが、わたしがこの店に入った時からここにおられました」

どうして、そんな持って回った言い方をするんだ？　駅員が不審に思うじゃないか。

「いえ。他の方もそうおっしゃってますから、特段奇妙ではありませんよ」

「そうですか。では、気になさらないでください」男は言った。

「それで、あなたがここに来られたのはいつ頃ですか？」

「わたしがですか？」

「ええ。あなたがです」

ノートの男は困ったような顔をした。

おい何してるんだ？　そんな簡単なこと、早く答えろよ。

「どうされました？」駅員が尋ねた。

「実はわたしは……」男が口を開いた。

「二時間ぐらい前ですよ」マスターが言った。「その方がここに来られたのは」

「ほら。これでわかったでしょ」雲英は勝ち誇って言った。

「おかしいじゃないか！」中年の男は声を荒らげた。「さっき、マスターは一時間前って言ってたぜ。こいつは二時間前にはいたって言うんじゃ、話が合わないじゃないか」

「そう言えば、そうだな」マスターは首を捻った。

しまった！　大雑把に設定し過ぎたか。だが、大きな穴はないはずだ。

「お客さん、そこはたいした問題じゃないでしょう。誰がいつ来たかなんて、そんなに正確に記憶しているもんじゃないですから。この方は、少なくとも四、五分前ではなく、一時間なり、二時間なり前からここにおられた。だとしたら、アリバイ成立です」

「口裏を合わせている可能性がある」

「我々がここにやってくる一分やそこらの間に？」

「前から計画していたことだとしたらどうだ？」

「あなたはこの中のどなたかをご存知なんですか？」

「いや。それはないが……」

「突発的な犯罪でないとしたら、知り合いでもない人があなたを狙う理由は何ですか？」

「それはわからないが、誰でもよかったとか」

「もしあなたが亡くなっていたら、殺人罪になるんですよ。特に強い動機もなく、これだけの人数で計画するにはリスクが高過ぎるでしょう」

駅員の説明にも中年男は納得いかないようだった。

記憶を操作してしまえば、話は早いのだが、この場でやるには人数が多過ぎる。まあ、とりあえずこの場を離れればもう大丈夫だろう。

「じゃあ、わたしはそろそろ失礼させて貰っていいですか？」雲英は立ち去ろうとした。

「おい。待てよ」中年男は雲英の進路を遮った。

「わたしは忙しいんですよ。あなたに邪魔する権利はないでしょう」

「おい。犯人を逃していいのか？」中年男は駅員に言った。

「この方を犯人だとおっしゃってるのはお客さんだけですよ」駅員は答えた。

「でも、もしこいつが犯人だったら、どうするんだ？」

「そうですね。すみませんが、住所とお名前を教えていただけますか？」駅員は雲英に尋ねた。

「ああ。いいですよ」

ここで、拒否しても押し問答で時間が掛かるだけだ。素直に答えた方がいい。

雲英は予《あらかじ》め用意していた出鱈目《でたらめ》の名前と住所を答えた。万が一、後でばれたら、怖かったので、つい嘘の名前と住所を言ってしまったと言えばいい。

駅員は続いて、マスターと客にも名前と住所を尋ねた。

「ご主人、お名前と住所を教えていただけますか？」

「ああ。いいですよ」マスターは名前と住所を答えた。

ここで店を構えている限り、逃げ隠れはできない。おそらく本当の名前と住所だろう。

「お二人もいいですか？」

カップルの客は一瞬躊躇したが、男の方が答え始めた。すらすらと答えたので、こちらもおそらく偽名や偽住所ではないだろう。

「あなたのお名前と住所をいただいてよろしいでしょうか？」駅員は最後にノートの男に尋ねた。

男は返事をせず、じっとノートを見ていた。

「あの。お名前と住所をお願いします」

「やめておきます」男は言った。

「はっ？」

「名前と住所はお教えしたくありません」

「でも、他の皆さんは全員ちゃんと教えてくださいましたよ」

「だからと言って、わたしも答えなくてはいけないということにはならないですよね」

何だ、こいつは？　つまらんことに拘《こだわ》りやがって。こいつは言動が怪し過ぎる。想定外だ。なんとかしなくてはならないかもしれないな。

雲英は頭の中で次の作戦を考えた。

隙を見て、駅員にこいつの名前を聞いたという偽の記憶を植え付けるか。名前と住所は何でもいい。普段、俺が用意している偽名と偽住所の一つを使えばいいだろう。ただ、この場は人数が多過ぎる。とりあえず、駅員一名とノート男だけ他の連中から引き離して、それから「超能力」を使う必要がある。

「あなたの個人情報を悪用することはありませんから、お願いします」駅員はもう一度頼んだ。

「わたしはたまたまこの場に居合わせただけで、アリバイの証言をする義務はないんですよね」

「まあそうですが……」駅員は困っていた。

ノート男を連れ出すのは、厄介そうだ。

とりあえず逃げるか。

「では、急いでますので、わたしはこの辺で」雲英は席を立とうとした。

「待てよ。逃げるな。まだ全員の名前と住所、聞いてないだろ」中年男が食って掛かった。

「情報を提供しないのはこの方で、わたしじゃありませんよ」雲英は言った。「もう行っていいでしょ、駅員さん」

ぐずぐずしていると、俺の名前と住所にも疑いが出てくるかもしれない。もうこれ以上はここにいられない。

「そうですね。拘束する理由はないと思います」

「おい!!」中年男は雲英の胸倉を摑もうとした。

駅員は中年男を制した。

雲英は二人の間を擦り抜け、店から脱出した。

8

二吉はノートを読み耽《ふけ》っていた。

自分が前向性健忘症であることは今朝起きた時に知った。

そのことは朝から繰り返し想起しているので覚えている。だが、起きてから今までにあったことは殆ど覚えてはいない。今日以前のこととなると、全く記憶にない。

だから、二吉にとってはこのノートだけが頼りになる。

そこに書かれていることはほぼ重要なことに限られる。だが、いっきに読み通すには非常な集中力を必要とする。そして、読み通せたとしてもすぐに忘れてしまうので、不毛な作業であるとも言える。

だが、二吉はいったんノートを読み始めると、それをやめることができなかった。なんとか事態を打開するヒントがないか、必死になって読み進めていた。

なるほど。今、以前とは違う家に住んでいるのか。それから通院もしているし、話し方教室にも通っている。話し方教室？　なんでまたそんな面倒なことを始めてるんだ？　外出はなるべく避けるべきだろう。外出中にこのノートを紛失したりしたら、大変なことになる。

もうどのぐらいノートを読んでいるんだろう。少し疲れてきた。

二吉は目の前のコーラを飲んだ。

ここはどこだ？

喫茶店だ。間違いない。だが、見覚えがない。

二吉は軽いパニックに襲われた。

いや。焦る必要はない。周囲の様子からして、緊迫した事態でないことはわかる。落ち着いて、現状を分析すれば、打開策はあるはずだ。

もし、何かの理由でこの喫茶店に入ったとしたら、そのことは必ずノートに記入しているはずだ。

二吉はノートの最後の書き込みのページを開いた。
・話し方教室の帰りに気分が悪くなったので、この喫茶店に入った。
・喫茶店の場所は地図に書き込んである。
二吉は地図のページを開いた。そこには付近の地図のコピーが貼り付けてあった。そこに「今、休んでいる喫茶店」と書き込んであった。

そうか。俺は今、気分が悪いのか。いや。そんな感じはないな。ということはすでに治っているのか。

ここに入った記憶がないということは、すでに数十分経っていることになる。気分がよくなっていても不思議ではない。

そろそろ家に帰った方がいいかもしれないな。

・家に戻ったら、地図から「今、休んでいる」という表記は削除すること。

そうしないと、現在地を誤認してしまう可能性がある。そうそう。今は夏だから、気分が悪くなったのは熱中症のせいかもしれない。熱中症対策が必要だな……。

二吉は何か奇妙な気配を感じ、顔を上げた。

見知らぬ男と目が合った。

二吉は相手に見覚えがなかったが、向こうはあるのかもしれない。

さて、挨拶すべきかどうか。

「糸くずが付いてますよ」男は二吉の肩に手を伸ばした。

二吉は男の指先を見詰めた。

あれ？　今、何が起こったんだ？

一瞬眠くなり、意識がなくなったような気がした。前向性健忘症の症状の一つなのか、それとも気のせいか。

目の前には男が立っており、二吉の肩に手を掛けたまま、少し驚いたような顔をして二吉を見ていた。

やっぱり意識を失ったのかな？　それを見て驚いたんだろうか？　ちょっと確認してみよう。

「すみません。糸くずは取れましたか？」二吉は尋ねた。

男は驚いたように、二吉の肩から手を離した。

「いえ。気のせいでしたよ」

おや。変わったことは起きなかったのかな？

男は二吉とは少し離れた席に座った。

からんからんからん。

店の中に三人の人々が入ってきた。

一人は中年男性、あと二人は駅員のようだ。

「あそこのあいつだ。俺を殺そうとしたやつは」中年男性は店の奥の客を指差した。先ほど二吉の肩を触った人物だ。

駅員たちは男に近付いた。

「すみません。ちょっと一緒に来ていただけますか？」駅員の一人が言った。

「何のことですか？」男は尋ねた。

「あの方があなたに蹴られたとおっしゃってるんです」

「それで？」

「お話を聞かせてください」

「嫌だと言ったら、どうなるんですか？」

「警察を呼ぶことになると思います」駅員はやや強く言った。

「たかが蹴ったぐらいで警察ですか？」

「蹴るだけでも暴行罪は成立しますよ。それに今回は電車が入ってくる線路に蹴り落とそうとしたんですから、殺人未遂が成立するかもしれません」

何かトラブルがあったらしい。駅のホームでのサラリーマン同士のいざこざか。まあ、ありがちなことだ。

二吉の肩を触った男は見ず知らずの人物の肩の糸くずを取ろうとするようなある意味常識外れのところがあるので、何かの誤解を受けたのかもしれない。どっちにしても、二吉にできることはなさそうだった。二吉は騒ぎをよそに再びノートを読み始めた。

彼らの揉め事は喫茶店のマスターや他の客まで巻き込んでいるようだったが、二吉は構わずノートを読み続けた。

騒ぎが収まったら、すぐに家に帰ろう。

「そこの人！」中年男性が怒鳴るように言った。どうやら、二吉に向かって言ったらしい。

「えっ!?」二吉は驚いて彼らの方を見た。

「すまないけど、この男がいつからここにいたか、教えてくれないか?」

ああ。俺は何の力にもなれないと説明した方がいいだろうな。

「申し訳ありませんが、その件について、わたしは力に……」

そんな馬鹿な。

二吉は思い出した。

二吉がこの喫茶店に入った時、さっき二吉の肩を触った男はすでに店内にいた。しかし、なぜそれを覚えているんだ? さっきは確かにこの店に入った記憶はなかったのに。

二吉の精神は辻褄の合うストーリーを作り出そうとした。

おそらく、何か突発的な原因でその時の記憶だけが復活したんだろう。だが、どうしてそんなことが? 今までにそのようなことが起きていたなら、ノートの目立つ場所に書かれているはずだ。だが、そのような記述はなかった。

「どうかされましたか?」駅員が尋ねた。

「いや。ちょっと思い違いをしていたようです」

二吉は前向性健忘症の説明はしないことにした。自分に何か妙なことが起きている。事態がはっきりするまで、自分の状況を公表しない方がいいだろう。

「思い違い？　どういうことですか？」

「たいしたことではありません」

「質問に答えていただけますか？」

「質問？」

「この男性がいつからここにいたかということです」

二吉の肩に触れた奇妙な男。

二吉はもう一度、男の方を見た。

何も思い出せない。ただ、二吉がこの店に入った時にこの男はここにいた。その記憶だけは異様に鮮明だった。

「なぜ、その質問を？」二吉は尋ねた。

「今、我々の話を聞いてませんでした？」

「すみません。書き物に夢中になっていまして」

「こちらの方がこちらの方にホームから突き落とされそうになったんです」駅員は言った。

「いや。それは誤解です」奇妙な男が言った。「突き落とそうとしたのはわたしではありません。ここにずっといましたから」

「つまり、アリバイを確認しているという訳ですか？」二吉は尋ねた。

「そういうことですね」

そして、俺は都合よく、この男のアリバイに関する記憶だけを保持している。その他のことはすべて忘れているというのに。なぜ、そんな都合のいいことが起きたのだろう？

どうもおかしい。腑に落ちない。迂闊に答えていいものだろうか？　何か罠に嵌《は》められているような気がする。

とにかく確かな情報から伝えよう。とって付けたような奇妙な記憶は無視だ。

「ついさっき」二吉は言った。「この方はわたしの肩の糸くずを取ってくれようとしました」

「はあ？　それはどれくらい前ですか？」

「一、二分前です」

我ながら、馬鹿な答えだ。一、二分前ではアリバイにはならない。

「それでは、アリバイになりませんね」

ああ。俺と同意見だな。

「この方は一、二分前にこの店に入ってこられたということですか？」

「そうではないですね。わたしの記憶している限りは」

また、馬鹿な答えをしてしまった。

「ちゃんと質問に答えてください。この方はいつからここにおられましたか？」

「奇妙に思われるかもしれませんが、わたしがこの店に入った時からここにおられました」

今のところ、奇妙に思っているのは俺だけか。

「いえ。他の方もそうおっしゃってますから、特段奇妙ではありませんよ」

「そうですか。では、気になさらないでください」二吉は言った。

できれば、このまま男のアリバイには触れずに、この場を立ち去りたい。面倒なことに巻き込まれるのは御免だ。

「それで、あなたがここに来られたのはいつ頃ですか？」

「わたしがですか？」

「ええ。あなたがです」

覚えていないと答えるのは簡単だが、そんなことを言えば、自分が前向性健忘症であることをみんなに知られてしまう。そして、俺自身は喋ったことを忘れてしまうのに、みんなは俺の言動を覚えていられるのだ。みんな俺が前向性健忘症であることを知り、俺は「知られていること」自体を忘れてしまうのだ。

二吉は答えに詰まった。

「どうされました？」駅員が尋ねた。

もうこうなったら、仕方ないか……。

「実はわたしは……」二吉は決心した。

「二時間ぐらい前ですよ」マスターが言った。「その方がここに来られたのは」

そうか。二時間もここにいたのか。

「ほら。これでわかったでしょ」妙な男は嬉しそうに言った。

「おかしいじゃないか！」中年の男は声を荒らげた。「さっき、マスターは一時間前って言ってたぜ。こいつは二時間前にはいたって言うんじゃ、話が合わないじゃないか」

「そう言えば、そうだな」マスターは首を捻った。

「お客さん、そこはたいした問題じゃないでしょう」駅員が言った。「誰がいつ来たかなんて、そんなに正確に記憶しているもんじゃないですから。この方は、少なくとも四、五分前ではなく、一時間なり、二時間なり前からここにおられた。だとしたら、アリバイ成立です」

そう。普通はたいした問題じゃない。だが、俺にとっては、大きな違いがある。俺の記憶は数十分しかもたない。一時間ならぎりぎり覚えていることもあるかもしれないが、二時間は無理なはずだ。この店に入った経緯すら全く覚えていないのに、なぜその時にこの男がいたことだけを鮮明に記憶しているのか？

「口裏を合わせている可能性がある」中年男は妙な男を睨み付けた。

「我々がここにやってくる一分やそこらの間に？」

「前から計画していたことだとしたらどうだ？」

「あなたはこの中のどなたかをご存知なんですか？」

「いや。それはないが……」

「突発的な犯罪でないとしたら、知り合いでもない人があなたを狙う理由は何ですか？」

「それはわからないが、誰でもよかったとか」

「もしあなたが亡くなっていたら、殺人罪になるんですよ。特に強い動機もなく、これだけの人数で計画するにはリスクが高過ぎるでしょう」

駅員の説明にも中年男は納得いかないようだった。

二吉もまた自分に起こったことが腑に落ちなかった。

「じゃあ、わたしはそろそろ失礼させて貰っていいですか？」妙な男は立ち去ろうとした。

「おい。待てよ」中年男は妙な男の進路を遮った。

「わたしは忙しいんですよ。あなたに邪魔する権利はないでしょう」

「おい。犯人を逃していいのか？」中年男は駅員に怒鳴った。

「この方を犯人だとおっしゃってるのはお客さんだけですよ」駅員はかなり混乱しているようだった。

「でも、もしこいつが犯人だったら、どうするんだ？」

「そうですね。すみませんが、住所とお名前を教えていただけますか？」駅員は妙な男に尋ねた。

「ああ。いいですよ。常村勝雄《つねむらかつお》と申します。住所は……」妙な男はすらすらと答えた。

二吉は気付かれないようにメモをとった。

駅員は続いて、マスターと客にも名前と住所を尋ねた。

「ご主人、お名前と住所を教えていただけますか？」

「ああ。いいですよ」マスターは名前と住所を答えた。

「お二人もいいですか？」

カップルの客は一瞬躊躇したが、男の方が答え始めた。

「あなたのお名前と住所をいただいてよろしいでしょうか？」駅員は最後に二吉に尋ねた。

困った。

もちろん、名前と住所を教えるのは簡単だ。だが、今現在、二吉は非常に奇妙な状況に置かれている。それは、前向性健忘症に罹《かか》っているということ自体が稀有《けう》なことだが、それに加えてさらに理屈の合わない事態だった。殺人の容疑が掛かっている男が突然現れて、その男のアリバイを証明することになった。そして、二吉はその男にとって都合のいいまさにその記憶だけを忘れずに保持していた。あまりにも不自然な状況だ。異常なことが進行しているのは間違いないが、今は分析するだけの情報も余裕もない。

「あの。お名前と住所をお願いします」駅員は繰り返した。

今ここで名前を明かすのはリスクが高い。何が起こっているのかわからない上に、誰が味方で誰が敵かもわからない。そもそも敵も味方もいないのかもしれないが。もし、敵がいたら、前向性健忘症である自分にとって圧倒的に不利になる。もちろん、こっちの症状がすでに敵に知られているという可能性もあるが、自分から明かす必要はない。では、偽名を使うか？　いや。それはまずい。自分で偽名を記憶することができないのだから、墓穴を掘るだけだ。だとしたら……。

「やめておきます」二吉は言った。

「はっ？」

「名前と住所はお教えしたくありません」

「でも、他の皆さんは全員ちゃんと教えてくださいましたよ」

「だからと言って、わたしも答えなくてはいけないということにはならないですよね」

おそらく過度に個人情報に神経質になっている変わり者だと思われるだろう。それで構わない。とにかく、この場はこれで押し切るしかない。

「あなたの個人情報を悪用することはありませんから、お願いします」駅員はもう一度頼んだ。

「わたしはたまたまこの場に居合わせただけで、アリバイの証言をする義務はないんですよね」

「まあそうですが……」駅員は困っていた。

駅員を困らせるのは本意ではないが、今は仕方がない。

「では、急いでますので、わたしはこの辺で」常村と名乗った男は席を立とうとした。

この男の顔の特徴を覚えるんだ。次に出会った時も気が付くように。

ああ。文章と下手な似顔絵ぐらいでは、次に会った時には、きっとわからないだろう。せめて写真を撮ることができればいいのだが。ただ、こっちの名前は教えないのに、写真を撮らせてくれなどという自分勝手な頼みはできない。

「待てよ。逃げるな。まだ全員の名前と住所、聞いてないだろ」中年男が食って掛かった。

「情報を提供しないのはこの方で、わたしじゃありませんよ」常村と名乗った男は言った。

「もう行っていいでしょ、駅員さん」

この男はここから逃げようとしている。

二吉は直感した。

だとすると、この男はやはり犯人なのだ。そして、「常村」というのもおそらく偽名だ。この男が犯人だとすると、なんらかのトリックを使って、この店のマスターと客に自分がずっとここにいたと思い込ませたのだ。それがどんな手段なのかはわからないが、非常に強力で効果が高い方法らしい。俺が気付いたのは、たまたま前向性健忘症だったことで、記憶の齟齬《そご》があったからだろう。他の人たちは自分の記憶を信じているはずだ。

恐ろしい。

この男はそんなことができる上に殺人を犯そうとしていたのだ。もし、俺がこの男の秘密に気付いたと知られたら、どんな目に遭わされるかわからない。

「そうですね。拘束する理由はないと思います」駅員が言った。

そうだ。早く店から出ていってくれ。俺から離れてくれ。

「おい!!」中年男は常村と名乗った男の胸倉を摑もうとした。

駅員は中年男を制した。

常村と名乗った男は二人の間を擦り抜け、店から出ていった。

助かった。

緊張の糸が解け、二吉はその場に崩れ落ちそうになったが、なんとか冷静さを装った。

今の男がいなくなったら、この場で一番の異分子は自分だということになるだろう。いっさいやましいことはないが、あまり探られたくはない。探られるほどリスクが増すし、その間に貴重な記憶もどんどん失われてしまう。今後、もしあの男と対峙するようなことがあったとしたら、今、詳細な記録をとっておくことは極めて重要になるはずだ。

「あいつ、逃げ出しだぞ。すぐに追い掛けよう！」中年男は言った。

「今日はここまでにしておきましょう」駅員が諌《いさ》めた。「何の証拠もないのに、これ以上追及することはできませんよ。我々は警察ではないんですから」

「じゃあ、早く警察を呼んであいつを捕まえさせろ！」中年男は怒って訴えた。

「しかし、我々としては警察を呼ぶ理由がありません」

「俺は殺されかけたんだ。警察を呼ぶ理由としては充分だろう」

「主観的にはそうですが」

「ホームの監視カメラにはあいつが俺を蹴り落とそうとしたところが映ってるだろう。それにホームには目撃者が何人かいた」

「それはそうですが、その人物が常村さんだという証拠はありません」

「よく似ている」

「でも、犯人はサングラスとマスクをしていましたから、常村さんだとは確認できませんね」

「体格がよく似ていて、この辺りに逃げ込んだんだから、間違いないだろう」

「でも、常村さんにはアリバイがありますから」

「この店の連中がそんなに信用できるって言うのか？」

カップルの男の方が中年男性を睨んだ。「それってどういう意味だ？」

「文字通りの意味さ。おまえらにとっては所詮他人事《ひとごと》なんだろ。俺みたいに実際に殺されかかった訳じゃないからな。厄介事に巻き込まれたくないから、適当に話を合わせただけじゃないのか？」

「おい!!　それは聞き捨てならないな」若い男性は気色《けしき》ばんだ。「俺たちは協力してやったのに、そんな言われ方をする理由はないだろ」

「じゃあ、おまえらが本当のことを言っているという証拠はあるのか？」

「はあ？　おまえ本気で言ってるのか？　俺たちの証言自体が証拠なんだよ。証拠に証拠が必要だって言うのか？」

「皆さん、落ち着いてください」駅員が割って入った。「ここで言い争いをしても仕方がありません。とりあえず、我々ができるのはここまでです。あとは、あなたの自由です。もし警察に訴えたければ、訴えてください。被疑者不詳でもいいですし、常村さんを直接訴えても構いません。それはあなたの裁量で決めていただいて結構です」

「わかったよ。じゃあ、今から警察に行ってくる!!」中年男性は不機嫌そうに店を後にした。

「お騒がせしました」駅員たちも肩を竦《すく》めると、店から出ていった。

なんとか、ややこしい状況からは逃れられたようだ。

とにかく今起こった奇妙なことを書き留めるんだ。

…………

ええと。なぜ、この喫茶店にいるんだったっけ?

9

二吉はなんとか家に帰り着くとノートを広げた。

そうか。今日は気分が悪くなって、喫茶店に入ったのか。

二吉はノートを読み進める。
・喫茶店で奇怪な人物に出会った。
・その男は殺人未遂の疑いを掛けられていたが、我々が彼のアリバイを証明したのだ。
・だが、それは本当のことではない。

…………

二吉は日記のその部分を一気に読み進めた。

その男は喫茶店のマスターと客に偽の記憶を植え付けたとしか思えなかった。だが、そんなことが可能なのだろうか？　一種の催眠術のようなものかもしれない。

二吉がそのことに気付いたのは、彼が前向性健忘症を患っていたからであって、そうでなかったら、この奇怪な事実に気付きもしなかっただろう。

男の名前は「常村勝雄」。だが、偽名である可能性が高いだろう。

ノートには下手な似顔絵が描いてあった。

例えば偶然街で会った時、この絵でわかるとは到底思えない。

ノートには男の特徴も書かれていた。

・中肉中背。
・目が鋭く、知的な印象。
・鼻は高い。
・口の大きさは普通。

・色はやや黒い。
・右頬に微かな傷がある。
・顎に小さな黒子《ほくろ》。
・髪はやや長髪。元々色が薄いのか、もしくは茶色に染めている。
・年齢は三十代。
・自信に満ちた喋り方をする。
・歩幅は広い。
・肩幅は狭い。

本当の意味で特徴と言えるのは頬の傷ぐらいだろう。あとはそこらにいくらでもいそうだ。

向こうは二吉の顔を覚えているだろうか？

写真を撮られたとしたら、そのことをちゃんとノートに書くはずだから、写真は撮られていないだろう。だとしたら、はっきりとは覚えていない可能性が高い。「常村」が二吉の顔を記憶する必要はないし、必要がなければ人は他人の顔を無理に覚えようとはしない。

もし、顔を覚えられていたとして、そんなに心配することだろうか？「常村」が二吉に危害を加える理由はない。

本当に？　もし、二吉が前向性健忘症であることを知ったらどうなるだろうか？　彼の推理能力にもよるが、偽の記憶を植え付けたことで、二吉が論理的矛盾に気付いたということに思い至る可能性はある。そして、その時の二吉の不自然な態度を思い出したら、どうだろう？　あの男は殺人を犯そうとした可能性が高い。つまり、殺人に対し抵抗がないのかもしれない。だとしたら、不確実な要素である二吉を殺そうとするかもしれない。もちろん可能性としては低いだろうが、無視していいレベルかどうか。

あの男についての対策が必要だ。

まずカメラを持ち歩いた方がいいだろう。デジカメは咄嗟《とっさ》の場合、使い方がわからない。繰り返し練習すれば、手続き記憶として覚えられるかもしれないが、心許《こころもと》ない。やはりその場でプリントできるインスタントカメラがいいだろう。風景を撮るふりをして、相手の写真を撮る。ばれる公算は大きいが、それ以外に手はない。

普通に考えれば、一人で立ち向かうのは得策ではない。誰かに協力を頼むべきだろう。

だが、誰に？　この街に昔からの知り合いはいないようだ。かと言って、最近付き合い始めた人物は人となりが全くわからない。記憶がない状態で、どうすれば真に信頼できる人間かどうかを判断することができるというのだ？　それにこんなことを誰が信じるだろう？　ノートを見せて真剣に説明したところで、新たな症状が現れたと思われるのが関の山だろう。

いや。本当に妄想の可能性はないのか？　喫茶店に行ったことも、謎の男に出会ったこともすべて妄想のなせる業ではないのか？

妄想とはつまり、偽物の記憶のことだ。そもそも記憶が存在しない二吉には妄想などあり得ない。あるのはただ単純な混乱だけだ。

しかし、このノートを見せても二吉の正気を証明することはできない。まず、あの男に特殊な能力があることの証拠を手に入れなければならない。他人の助力を得るのはそれからだ。

なんと厄介なことだろう。いっそのこと、あの男のことが書いてあるページを破り捨てて、すべてを忘れた方が気が楽かもしれない。

そうするか？

いや。駄目だ。すでに二吉はあの男と関わりを持ってしまった。あの男から危害を加えられる可能性はゼロではない。もし、ノートのページを破り捨て、いっさいを忘れてしまったら、あの男に対し、全く無防備になってしまう。

よし。あの男に関する記録は大事なメモとして残しておこう。だが、積極的にあの男に近付くことはしない。できれば、一生、あの男から離れて暮らすのだ。そうすれば、平穏な暮らしを続けられるかもしれない。

本当にそれでいいのか？　あの男は今も他人の記憶を操り、罪を犯しているかもしれない。そんな怪人を野放しにしておいていいのか？

仕方がない。俺には力がないのだ。その上、記憶障害まである。自分で立ち向かうことはおろか、助けになる人物を見付けることすら不可能だ。

俺にはどうしようもない。個人の力では、台風や地震の被害をどうすることもできないように、俺はあいつの能力をどうすることもできない。被害者は出続けるかもしれないが、俺には責任がない。俺には関係のないことなのだから。

そう自分の心に言い訳をしながら、二吉は泣いていた。

力が欲しかった。

10

雲英は車両内を物色していた。

むしゃくしゃする。昨日の失敗が後を引いていたのだ。

あのおっさんが轢き殺されていたら、さぞや爽快だったことだろう。だが、すんでのところで、おっさんは命拾いした。

それがけちの付き始めだ。

逃げ込んだ喫茶店には、変に拘りの強いやつがいて、スムーズな記憶改竄ができなかった。なんとか切り抜けたものの、結構ストレスが溜まった。殺しそこなったおっさんにも腹が立つが、あのノート男もむかつく。今度会ったら、絶対に仕返ししてやる。

とは言っても、どんな顔だったか、あまりよく覚えていない。探し出すのは骨だ。このままでは、苛々が収まらない。

そこで、雲英はストレス発散のために、電車に乗ったのだ。

電車は衆人環視の環境でありながら、監視カメラもなく、比較的自由に振る舞える空間だ。唯一気を付けなくてはならないのは、乗客の携帯電話のカメラだが、まず車内で撮られることはない。考えてみれば当然だ。車内でシャッター音を響かせれば、それだけで痴漢の嫌疑を掛けられても仕方がない。

見通しの利かない、少し混んだ車内——それが理想だった。

雲英の好みの若い女は何人かいた。だが、近くまで移動するのは難しい。

雲英は客の乗降に合わせて少しずつ場所を変え、好みの女に近付いた。

女の後ろにぴたりと身を寄せると、大胆に女の服の中に手を突っ込んだ。

「ひっ！」女は驚きの声を上げた。

だが、雲英は怯まない。欲望のままに女の身体をまさぐった。

「やめてください。警察を呼びますよ」

雲英はにやりと笑った。「電車の中で警察を呼べるのなら呼んでみろよ」

さらに激しく、手を動かす。

女は逃げようとしたが、雲英は逃がさない。

ついにはしくしくと泣き出してしまった。

ああ。爽快だ。

雲英は自分の大胆さに酔った。

「おい。やめろ」雲英の腕を摑む者がいた。「これは犯罪だぞ。次の駅で降りてもらおう」

屈強な男だった。激しい怒りの表情を見せている。

ふん。正義面しやがって、胸糞悪いんだよ。

「いいぜ。突き出せるものなら、突き出して貰おう」雲英は不敵な笑みを浮かべ、片腕で女体をまさぐり続けた。

「それをやめろと言ってるだろ‼」

「嫌だ。どうして、楽しいことをやめなけりゃならないんだ？」

「吐き気がする。こんな人間が世の中にいるなんて……」

ほどなく駅に着いた。

女はまだ泣いている。

男は雲英を電車から引き摺り出した。

雲英は嫌がる女をまだ抱えていた。

男は雲英から女を力任せに引き剝がした。

「酷いことするなあ」雲英はにやけた。

男は拳を握り締めた。

「おや。殴るのか？　殴ったら、おまえも犯罪者の仲間入りだぞ」

「殴りはしない。だが、このまま駅長室に行く。おまえは、そのまま逮捕だ。お嬢さん、辛いかもしれないけど、一緒に来て証言してください」

女は泣きながら、無言で頷いた。

ああ。つまらない。

雲英は男に腕を摑まれたまま言った。「痴漢はおまえの方だ。電車の中で、この女の身体を触った」

男は白目を剝いた。

ぴくぴくと軽く痙攣している。

抵抗が強いな。自分が痴漢のような卑劣な犯罪をするなんてなかなか信じられないのだろう。だが、その抵抗は無駄だ。

男の目が元に戻った。

「あっ！」男は掌で顔を覆った。

自分がやった行為があまりに恥ずべきことだったため、動揺しているようだ。もっとも、そういう記憶があるだけで、本当にやったのではないのだが。

女は男の突然の変化が理解できないのか、呆然と見つめている。

雲英は女の胸に手を触れた。

「おまえに痴漢したのはこの男だ」雲英は屈強な男を指差した。「そして、俺が助けた」

女は白目を剥いた。

さほどの抵抗はない。

痴漢されたことがショックであり、相手が誰かは重要ではないからだろう。

「さあ。お嬢さん、駅長室に行きましょうか？」

女は震えながら、こくりと頷いた。

「おい。おまえ、観念しろ」雲英は男に言った。

「あああ。あああ」男は頭を掻き毟っている。「どうして、やっちまったんだああああ!!

やっちまったんだああ!!」

「魔が差したんだろ。だが、罪は罪だ。逃げ隠れなんかするなよ」

男は項垂れ、とぼとぼと歩き出した。

この男は正義感が強過ぎ、逃げることも言い訳することもできないようだ。

雲英はほくそ笑んだ。

これは人格が崩壊してしまうかもしれないな。

今回は相当の目撃者がいる。

だが、すべてを目撃した者はそれほどいないはずだ。

男が雲英を電車から連れ出したのと、絶望した男が足を引き摺りながら駅長室に向かうのを両方見た者でなければ、異常には気付かないはずだ。

仮に見た者がいたとしても、何が起きたかを理解することはないだろう。雲英は二人の身体に触れながら、二人以外の人間には聞こえないように、小さな呟き声で記憶を操作したのだ。

もしおかしなことが起きていると感じたとしても、加害者と被害者が両方とも事実だと認めているのだから、その証言をひっくり返すことはできないし、わざわざそんな無益なことをしようとする人間はいないだろう。もし仮にそんな人間がいたとしても、その人間だけもう一度記憶操作すればいい。

雲英は男の腕を摑み、女と共に駅長室に行った。

事情を話すと、駅長は警察に証言してくれるかと言ったが、雲英は急いでいるからと、偽名と偽の住所を教えて立ち去った。

警察に詳しい話をすると、どうしても女の証言と食い違いが出る。まあ、食い違うことはよくあるだろうが、面倒は避けるに越したことはない。女と男の証言も食い違うだろうが、まあそこは男が嘘を吐いていると判断されるだろう。

雲英は久しぶりに爽快な気分で、口笛を吹いた。

11

今は、病院帰りなのだから、できるだけ真っ直ぐ帰るべきなのはわかっていた。

だが、目の前で起こったことがあまりに特異であったため、二吉はつい興味を持ってしまったのだ。

結構混んだ電車の中で、そのにやけた男は大胆にも痴漢行為を始めた。最初は知り合い同士かと思ったが、女性も嫌がっており、そのうち別の屈強な男性の助けが入った。

しかし、にやけた男は痴漢行為をやめようとはしなかった。

これはあまりにも異常だった。衆人環視の中で痴漢行為を咎められて、なおかつその行為をやめようとしないなどということは常識的には考えられない。もちろん、痴漢行為をすること自体、常識からはずれてはいるが、自暴自棄になっていない限り、堂々と犯罪を行うなどはあり得ない。何のメリットもないはずだ。

にやけた男は強引に電車から引き摺り出された。

まだ女性から手を離そうとはしない。

二吉は自分でも気付かないうちに、ホームに降り立っていた。

普段降りない駅で降りるのはリスクがあるということは理解していたが、どうもあの男の様子が気になるのだ。

痴漢が屈強な男性に何か囁いた。

屈強な男性は白目を剝いて痙攣し始めた。

何かおかしい。

と、突然、屈強な男性は一声叫ぶと顔を覆った。

ホームにいた人々は遠巻きに見ている。

二吉と共に同じ車両を降りた何人かの乗客は今までの顚末《てんまつ》を知っているが、それ以外の人々は何が起きたか、理解できないだろう。

痴漢は女性の胸を触り、そして何か呟いた。

女性は痴漢に頷いた。

やはり、おかしい。

屈強な男性は躊り、自らの頭を掻き毟った。

痴漢はいったい彼らに何と言ったんだ？　どんな魔法の言葉がこんな状況を生み出すのか？

屈強な男性は痴漢に腕を摑まれると、とぼとぼと歩き出した。女性も後に続く。

まるで男性と痴漢の立場が逆転したかのようだった。電車内の経緯を知らずに、この状況だけを見ている人々は女性を助けた男性の方を痴漢だと思うだろう。

痴漢が被害者と助けた男性を先導するような形で駅長室に入った。

どうしよう？　ここで、警察が来るのを待つべきか。

だが、長引けば長引くほど、二吉自身のリスクが高まる。これ以上関わるのは止《よ》した方がいいかもしれない。

その時、駅長室のドアが開いた。

痴漢が一人で出てきた。

駅員たちが挨拶をしている。

二吉はドアが開いている間に部屋の中の様子を窺《うかが》った。

痴漢を取り押さえた屈強な男性が絶望しているかのように頭を抱えていた。そして、その男性を女性が睨み付けていた。

どういうことだ？　これだと、本当にあの男性が痴漢だったかのようだ。

何が起こったのか、確認したい衝動に襲われた。だが、なぜか深入りしてはいけないような予感もあった。

痴漢はどんどん離れていく。

あの男に訊いてみようか？　いや。あの男が本当のことを言うとは限らない。だとしたら、駅長室の方か？

二吉は迷った後、駅長室の方へと向かった。

「どうかされましたか？」駅員の一人が出てきた。

「あの。今の騒ぎの目撃者なんですが、どうして、さっきの男性は出ていってしまったんですか？」

「ああ。急いでおられるとのことだったので、帰っていただきました」

「現行犯なのに？」

「でも、こちらとしても無理に引き留めることはできませんからね。まあ、被害者の方が残られているので、証言の点では問題ないでしょう」

「でも、加害者は……」

「加害者はあそこで大人しくしてますよ。あんな逞《たくま》しい男性が痴漢をするなんて、本当に怖いですね」

　ぞくぞくする悪寒が二吉の全身を包み込んだ。

　痴漢とそれを取り押さえた人物が入れ替わっている。

「それで、あの男性は痴漢を認めているんですか？」

「ええ。それは素直に認めています。でも、もしあなたも証言していただけるなら……」

「あっ。すみません。わたしも急いでいますので」二吉は逃げるようにその場を去った。

　どうした？　何があった？　もしかして、病状が進んだのか？　記憶を保持できないだけでなく、単純な物事ですら正しく記憶できなくなってしまったのか？　だとしたら、もう俺には日常生活を送ることすら不可能になってしまう。

「ちょっとお伺いします」上品そうな年配の女性が二吉に声を掛けた。

「はい」二吉は返事をした。

「あなたも今の痴漢事件、見てましたよね」

「ええ。しかし……」

「今、駅長室に行かれましたね」

「はい」

「それで、理由は教えて貰えましたか？」

「理由？」

「痴漢が解放された理由です。わたしもあんまり不思議なので、訊きにいこうかと思ってたんですが、どうにも勇気が出なくて。どうしようかと思ってたら、あなたが先に行かれたので、どういうことか教えていただこうかと思ったんですよ」

「ちょっと待ってください」二吉はほっとしたと同時に別の種類の恐怖を覚えた。「さっき出ていったのが痴漢ですよね」

「ええ。あなたも見ていたでしょ」

「そして、屈強な男性が女性を助けた」

「そうですよ。どうして、今更そんなことをお訊きになるのですか？」

「どうも自分の記憶が信用できなくなったんですよ」

「記憶？」老婦人は不思議そうに二吉の顔を見詰めた。

「最近、物覚えがよくなくて」

「あら。お若いのに」

「では、失礼します」

「あっ。待ってください。それで何があったんですか？」老婦人は慌てて二吉を引き留めた。

「その答えはわたしには出せません」

「どういうことですか？」

「理解できないということです」

「わたしをからかってらっしゃるんですね」老婦人は少し憤慨しているようだった。

「いいえ。本当に理解できないのです」

「理解できない訳がないでしょう」

「でも、本当にそうなのです」

老婦人は溜め息を吐いた。「では、わたしが自分で訊きにいかなければならないようですね」

「あまりお勧めできませんが、どうしても行きたいのなら止めることはできません。ただ、言っておきますが、駅員に訊かれても混乱するだけだと思いますよ」

「やっぱりからかってらっしゃるんですね」老婦人は二吉を睨み付けた。

二吉は老婦人に微笑み掛けると、その場を去った。

自宅に辿り着いた時、まだ記憶は保っていた。

二吉は大急ぎで、ノートにさっき起こったことを書いた。帰る途中、どこかに寄って書いてもよかったのだが、どうも落ち着かない気がしたのだ。

あの痴漢事件は客観的に見るに、関係者の記憶が痴漢の都合のよいように変化したとしか思えなかった。もしそれが本当に起こったのなら、痴漢の意思によって起こったのか、別の原因によるものかで、話は変わってくる。もし、痴漢の意思によって起こったのなら、あの人物は極めて危険だ。関わり合いになってはいけない。特に記憶に障害がある俺には非常に相性が悪い。

あの人物は近くに住んでいるのだろうか？　もしそうなら、二吉の行動範囲とあの痴漢のそれが重なっている可能性がある。

二吉はノートを詳細に読み始めた。

そして、数週間前に自分が謎の人物に遭遇していることを発見した。その時、二吉は、その人物は殺人未遂を犯し、二吉を含めた数人の人物に自らのアリバイを証明する偽の記憶を与えた、と推理していた。

二吉による人物の容姿の描写と似顔絵が描かれていたが、それが今日の人物であるかどうかは俄《にわ》かに判断できなかった。だが、こんな特殊な能力を持った人物が二人いると考えるよりは、同一人物だと考えた方が自然だろう。

しかし、あの痴漢に話し掛けなくてよかった。このノートに書かれている通りなら、あの人物は俺と一度出会っている。まだ、顔を覚えている可能性もある。

一度目の時、俺は自分が記憶改竄に気付いていることと、自らの前向性健忘症を隠すために不自然な行動をとらざるを得なかった。だから、もし今回あいつに話し掛けていたら、あいつは俺を危険だと判断したかもしれない。単に記憶を消されるだけならましだが、最悪殺されてしまう可能性もあった。規格外の存在に対しては、下手に小手先の対症療法をとるよりも、根本的な対策が有効だと判断するだろうから。

あいつは、犯罪を行うことに対する心理的抵抗が極めて小さいようだ。これからも不用意に近付かないように注意が必要だ。だとすると、インスタントカメラは普段から持ち歩いた方がいい。ただ、あいつに出会った時、その存在を覚えていて、なおかつ、あいつだと認識できることはまずないのが問題だ。これについては何か方法を考えておく必要がある。

しばらく考えた後、二吉はノートにこう書き加えた。

・近くに恐ろしい怪人が潜んでいる。

・詳細は二十一ページと四十ページ参照。

二十一ページには前回の事件、四十ページには今回の事件が書かれている。そして、二吉は四十ページの記述にさらに以下のことを書き加えた。

・怪人の存在に気付いた時は、気付かれないように顔写真を撮ること。
・そのために常にインスタントカメラを携帯すること。

二吉にはあの男に対する根本対策はなさそうだった。だが、運がよければ、もう二度と出会うことはないだろう。

運さえよければ……。

12

そうか。俺は話し方教室に通っているのか。

そして、まだ手続き記憶の能力は失われていないので、話し方を学ぶことは可能だと思ったようだ。

本当だろうか？　話し方が上達しているという自覚は全くないが……。

ドアが開いた。

三十代ぐらいの女性だった。

「ええと。北川京子先生ですね」二吉はノートを見ながら言った。

化粧気がなく、髪も無造作に束ねている。眼鏡もしゃれっ気がない。だが、外見に無頓着だからこそ、内面から滲み出る知性や人柄がはっきりと伝わってくる。

なるほど。この女性が先生なのか。だから、ここに通うことに決めたんだろうか。

「はい。そうです。毎回、だんだんと進歩してますね」京子は微笑んだ。

「進歩？」

「ええ。講義を始めるまで、いろいろと現状の説明が必要だったのですが、それに掛かる時間がだんだんと短くなってますよ」

「本当に？」

「ええ」

「それはきっとあれですね。ノートにきちんと書き込むようになったからですよ」

「ノートには前から書き込まれていましたよ」

「じゃあ、逆に前は説明が必要だったということが不思議です」

「以前はノートから要領よく情報を取り出すことができていなかったみたいですね」

「それが最近はできるということですか？」

「そうです」

「しかし、なぜそんなことが？　わたしは記憶することができないのに」

「いいえ。記憶することはできます」

「手続き記憶のことですか？」

「そうです。そうです。ちゃんと理解されているではないですか」

「ついさっきこのノートで読んだんです」

「ノートに書き込むことと読むことを習慣化することで、トラブルなく生活できるようになられているみたいですよ」

そうなんだろうか？　俺の生活はどんどんましになっているのだろうか？

「では、今日の授業から進めましょう。まず前回のスピーチの様子を動画で確認します」

「スピーチの動画って、わたしのですか？」二吉は驚いて尋ねた。

「ええ。そうですよ」

「ここで撮ったんですか？」

「ええ」

「他の生徒さんも全員ですか？」

「ええ。ただし、皆さんがここで撮る訳ではなく、家で撮って動画配信されている方の方が多いですが」

「動画配信？」

「ええ。この教室のサイトがあって、そこで公開しているんです」

「『サイトで公開』っていうのはネットを使って誰でもパソコンで見ることができるってことですか？」

「そうですよ」

「わたしのスピーチも公開してるんですか？　わたしが出しても構わないと言ったんですか？」

「ええ。ちゃんとご承認いただいてますよ」

「疑うようで悪いんですが、本当にわたしがOKしたんですか？」

「ここに覚書があります。それから、動画の冒頭で田村さん自身がおっしゃってますよ」

覚書のサインは確かに二吉のものだった。

しかし、話している姿をネットで公開とは……。

「そのビデオを見せて貰っていいですか？」

「それを今からお見せするつもりです。……と言っても、覚えておられないかもしれませんが」

「いや。覚えています。先ほど、先生が動画を確認するとおっしゃったことですね」

「そうです」京子は微笑んだ。

「このパソコンには、いろいろな形をした小さなものが挿さってますが、これはメモリのようなものですか？」

「ええ。年代毎にいろいろなメディアが開発されましたが、この機械は殆どすべてのメディアに対応しているんですよ。だから、たいていのビデオカメラの映像はそのまま読み込めるんです。田村さんもいつか家で撮影したスピーチの映像を持ってきてくださいね」

テクノロジーの進歩か。

「貴様、舐めてるんじゃねえぞ!!」廊下の方から怒声が聞こえてきた。

何かトラブルか？

京子がドアに向かって歩き出した。

「先生、知った声ですか？」

「いいえ」

「だったら、行かない方がいい」

「でも、困っている方がいるかもしれないのに」

「もし喧嘩だとしたら、下手に近寄ると、巻き込まれる可能性があります」

「そう言えば、あなたも喧嘩に巻き込まれて、それが原因で病気になってしまわれたんでしたね」

「怪我をしてはつまりません。ここで様子を見るか、一一〇番に電話するかです」

「一一〇番に電話するかどうか判断するためにも状況の確認が必要じゃないかしら？」

「完全に誤報だと迷惑ですが、現に外で叫んでいる人間がいるのですから、一一〇番が大げさということはないと思います」

「言い掛かりを付けてきたのはそっちじゃねえか‼」さっきとは違う人物の怒声だ。どうやら、喧嘩相手らしい。

「さっさと金出せよ‼」

「どうして、俺が金を出すんだよ？　訳わかんねえ。おい。何するんだ？　危ねえじゃないか。……ちょ。階段だから危ないって。やめろっつってんのがわからねえのか⁉　おい。本気でやめてくれ。落ちる。落ちる。マジで。落ち……」

男の声は絶叫に変わった。

続いて、激しい物音がした。まるで、誰かが階段から落ちたかのような音だった。

「やっぱり様子を見にいきます」京子はドアへと向かった。

「なら、わたしも行きます」二吉も後を追った。

「大丈夫ですか？」京子が歩きながら尋ねた。「暴行を受けたことがトラウマになってるんじゃないですか？」

「事件のことは覚えていますが、トラウマにはなってないと思います」

まあ、なっていたとしても、そのこと自体、記憶できないのだが。

ドアを開けると、すぐ近くの階段で男性が下を眺めていた。

「どうかされましたか？」二吉は尋ねた。

「なに、たいしたことじゃありません」

二吉は階段の下を覗いた。

階下にぐったりとした男性が横たわっていた。首は曲がってはならない方向に大きく曲がっていた。

「これはいったい……」二吉は絶句した。

その時、別の部屋からも人が現れた。背広を着ていた。「何かあったんですか？」

「人が転落したようです」京子が言った。「救急車を呼ばなくては」

「いったいどうして、転落したんですか？」

「何者かが突き落としたんです」階下を見ていた男が言った。

「何者って誰ですか？」

「お教えしましょう」男は背広の人物の肩に手を触れた。「この男を突き落としたのは、髪が長く赤いワンピースを着た若い女性だ。おまえは目撃した。俺はおまえたちより後にここに来た」

　背広の人物は白目を剝いた。

「あっ。わたし見ましたよ」背広の人物は突然思い出したように言い出した。「若い女がこの人を突き落としたんです」

「今のどういうことかしら？」京子が呟いた。

「何かおかしかったですね」二吉は答えた。

　男はこちらに近付いてくる。

　ノートは教室に置いてきた。不幸中の幸いだ。もし相手がこっちを覚えていたら、いつもノートを持ち歩いていることを不審に思ったかもしれない。

　そう。二吉は教室に入る前にノートを読んでいた。そこには記憶を操る怪人のことが書かれていた。正直、半信半疑だった。何かの都市伝説を書き写したのが間違って重要事項に混入してしまったのではないかと疑った。だから、犯人の特徴も頭に入れていなかった。

だが、どうやら怪人は実在したらしい。

おそらくやつは二吉と京子の記憶も操作しようとするだろう。

二吉は底知れぬ恐怖と絶望的な無力感を覚えた。目の前に人知を超えた怪物がいる。油断をするとがたがたと身体が震え出してしまう。

逃げるべきか？

いや。逃げたら、あいつは二吉が自分の正体を知っていることを察知するだろう。あいつが本気になれば、二吉を始末することなど赤子の手を捻るようなものだ。

でも、逃げなければ、あいつに記憶を改竄されてしまう。自分だけならともかく京子までもだ。

いや。恐れることはない。記憶改竄は最低限のものになるはずだ。そして、それ以上の危害は加えないだろう。我々は彼の無実を証明する道具なのだから。

怪人は京子の腕を摑んだ。

京子は反射的に逃げようとしたが、怪人は離さない。

「何をするんですか？　いきなり失礼じゃないですか」二吉は我慢できずに抗議をした。

怪人は横目でちらりと二吉を見た。「おまえは少し待て。まずはこの女からだ」

「この男を突き落としたのは、髪が長く赤いワンピースを着た若い女性だ。おまえは目撃した。俺はおまえたちより後にここに来た。それから俺に手を摑まれたことは忘れろ」

京子は白目を剝いた。

「そう言えば、若い女の人がこの人を突き落としたのは見たわ」京子は突然言った。

いかにも不自然な言動だが、本人は気付いていないらしい。

「お待ちかね」怪人は言った。「おまえの番だ」

嫌な気分だ。これからこいつに頭の中を弄られなければいけないのだ。

一瞬眠くなり、意識がなくなったような気がした。

まず思い出したのは髪が長く赤いワンピースを着た若い女性が男性を突き落としたことだ。

だが、これは怪人が与えた偽の記憶だ。二吉ははっきりと自覚していた。

なるほど。予め心構えができていれば、偽の記憶と真の記憶の区別は付くということか。

そう言えば、ぼんやりとだが、怪人が二吉に向かって、「この男を突き落としたのは、髪が長く赤いワンピースを着た若い女性だ。おまえは目撃した。俺はおまえたちより後にここに来た。それから俺がおまえたちに触れたことは忘れろ」と言っているのを思い出せるような気がする。

これは朗報だろう。こいつの能力は完璧ではない。普通、人は自分の記憶は疑わない。だから、女を見たという記憶があれば、それを信じ、必要なら記憶の補完までしてしまう。だが、俺はこの怪人が記憶を植え付ける能力を持っていることを知っていたために、自分の記憶を素直に信じなかった。だから、記憶の補完も行わず、偽の記憶を切り離すことができたのだ。

だが、本当にこれで俺はやつの能力から解放されたのか？　あいつは自分の能力が知られているなどとはつゆ思わず、いい加減な暗示で記憶を上書きした。もし、自分の能力が知られているとわかっていたら、もっと周到な偽の記憶を作り上げたのではないだろうか？　もしそんなことが行われたら、真の記憶と偽の記憶の区別が付かなくなって、精神が崩壊してしまうかもしれない。いや。こいつはそんな面倒なことはしないだろう。単に俺を殺して、その罪を誰かに着せればいいのだ。

今、こいつはおそらく深い考えなしに架空の人物に自分の罪を着せたが、もちろん実在の人物に罪を着せることもできるだろう。もし、「若い女」ではなく、気紛れで俺を指差して「こいつが突き落とした」と言えば、俺が犯人だということになってしまう。この怪物は恐ろし過ぎる。なんとかしなくては……。

気が付くと、怪人が二吉を見詰めていた。

ああ。まずい。操作されているふりをしなければ。

「若い女がこの人を突き落としたのを見ましたよ」

「じゃあ、犯人はその女ですね」怪人が言った。

「そうだと思います」

もちろん。違う。おそらく突き落としたのは怪人だ。

京子は携帯電話を取り出し、救急車を呼んでいた。

賢明な処置だ。だが、おそらくもう手遅れだ。首の骨が折れてしまっているとしか思えない。

京子は階段を下り、被害者の胸に手を当てた。「大変、心臓が止まっているわ」

二吉が、もう無理だと思うよ、と言おうとした瞬間、京子が叫んだ。「ＡＥＤを探してきて!!」

「ＡＥＤって何ですか？」二吉は尋ねた。

「わたしが探してきます」背広の人物は走り出した。

二吉は京子の後を追って階段を下りた。

「わたしは心臓マッサージをやりましょう」二吉が言った。

「お願いします。男性がやった方がいいでしょう」京子が言った。

「首の位置は戻した方がいいでしょうね」

「そうですね」

二吉と京子は二人でゆっくりと男性の首を正しい位置に戻した。

ぐにゃりとした手応えで、首の骨が折れているのがはっきりとわかった。おそらく京子にもわかっただろう。だが、彼女はそのことに触れなかった。

生死の判断は今することではない。

京子はそう考えているのだろう。

そう。二吉のような素人に、「首の骨が折れているから、蘇生措置は無駄だ」などと判断する権限はないのだ。やるべきことをやらず、最初から諦めていた自分が恥ずかしくなった。

蘇生術の講習を受けたのは事故の前だったので、やり方は覚えている。

二吉は心臓マッサージを始めた。

男性の反応は全くなかったが、二吉は構わず続けた。

京子は一一九番、次いで一一〇番に電話をしたようだった。

「はい。男性が階段から突き落とされました。突き落としたのは若い女性です。今、救急車を呼んでいます。一緒にいた方が心臓マッサージをしているところです」

二吉はいったん心臓マッサージをやめ、人工呼吸をしようとした。

「人工呼吸の必要はありません。心臓マッサージを続けてください」電話の途中で京子が言った。

「しかし……」

「最近の指針では、心臓マッサージ優先になっています。素人が人工呼吸を施しても、効果がない場合が多いので」

なるほど。そういうものか。

二吉は心臓マッサージを続けた。

やがてサイレンが近付いてきた。

「すみません。AED見つかりませんでした」背広の男性が戻ってきた。

「そろそろ失礼していいですか？」怪人が言った。「目撃者はあなたがたですから」

ここで逃がす訳にはいかない。警官が来れば、何か証拠となるものを見つけ出してくれるかもしれない。

「でも、あなたもこの近くにおられたのだから、何か証言できるかもしれませんよ」二吉は言った。

「いや。わたしは何も見ていないんですよ。それに、この後大事な約束がありまして」怪人は三人の背後に回った。

意識が遠くなった。

怪人は消えていた。

最初から怪人などいなかったように思えた。

「俺のことは忘れろ」たぶんあいつはそう言って姿をくらましたのだ。

もう怪人の顔や服装や声すらも思い出せなくなっていた。前向性健忘症の症状にしては早過ぎるので、おそらく怪人の能力の影響だろう。もし、最初から心構えをしていなかったら、「ここに別の人物がいた」という事実すら、覚えていられなかっただろう。念のため、二吉は他の二人の記憶を確認してみることにした。

「わたしたちの他にもう一人目撃者がいなかったですか？」

「えっ？　わたしは見なかったけど、あなたは気が付かれました？」京子は背広の男性に尋ねた。

「そうですね。AEDを探している間に誰か来られたんでしょうか？　その時間以外は僕たちだけでしたよ」

「ええと。もう一人男性がいませんでしたか？」

二人は首を振った。

「そうですか。じゃあ、たぶん思い違いです」

これ以上、主張すると二吉の精神状態を疑われるだけだろう。特に、京子は二吉の病状を知っているので、不安になるかもしれない。

救急車が到着したようだった。階下から救急隊員たちが上ってきた。

「この方ですか？」

「はい」

隊員たちは被害者の状態を確認した。表情からして、ほぼ絶望だということが読み取れた。

「お知り合いの方はおられますか？」

三人とも首を振った。

救急隊員は被害者を担架に乗せて運び出した。

ほどなくして、警察も到着した。

その場で、簡単な事情聴取が行われた。

三人は警察に住所と名前を伝えた。

京子ともう一人の男性は髪が長く赤いワンピースを着た若い女性が被害者を突き落としたと証言した。

「で、どちらの方に逃げていきましたか？」

二人とも首を傾げた。

「すみません。混乱してよく覚えてないようです」

「そちらの方はどうですか?」警官は二吉に尋ねた。

髪が長く赤いワンピースを着た若い女性が被害者を突き落としたのは覚えていますが、実はそれは偽の記憶で、本当は記憶を操る怪人が突き落としたんです。

「申し訳ありません。わたし、記憶障害があって、証言できないと思います」

「あら。まだそんなに時間が経ってないので、大丈夫じゃないですか?」京子が言った。

「ええ。まだ、覚えていますが、後になって証言ができないので、今証言してもあまり意味がないと思います」

「あなたが証言したという証言はできますよ」

ここで、若い女性を見たと言えば、二人の証言を補強することになって、怪人の思う壺だ。かと言って、真実を伝えれば、症状が進んだと思われるのが落ちだ。

「申し訳ありません。頑《かたく》なだと思われるかもしれませんが、証言はしないでおこうと思います」

「困りましたね」警官が言った。「じゃあ、このお二人の証言は否定しない。そういうことでよろしいですか?」

よろしくない。

二吉は仕方なく、無言で頷いた。

「では、証言いただいたお二人については、後日ご協力いただくかもしれませんので。それから、田村さんについては、ご協力は無理ということですね」

「はい」二吉は断言した。「それから、教室に戻ってよろしいでしょうか？　記憶が消える前にノートに書いておきたいので」

「そのノートを見せて貰うことはできますか？」

「絶対に駄目です。プライベートなことが書かれていますので」

「わかりました」警官は残念そうに言った。

二吉は大急ぎで教室に戻ると、ノートに記入を始めた。

ノートの記載が正しければ、あいつとはこれで三度目の遭遇だ。あいつは俺を覚えているだろうか？　あいつにとって、他の人間は取るに足りない存在なのかもしれない。しかし、覚えていないという確証もない。もしくは日常的に出会っていて、あいつにとって俺は顔見知りなのかもしれない。

二吉のとるべき道は二つ。積極的に戦うか、もしくは目立たぬようにやり過ごすか。

もちろん、戦っても全く勝ち目はない。やり過ごすにしても、二吉の障害がネックになるかもしれない。あいつの前で、不自然な態度をとったら、二吉の障害に気付く可能性が高い。

そうなれば、普段から克明にノートに記録をとっていることにも気付くだろう。ノートを奪われたら、生活がままならなくなるが、それよりもあいつに危険だと認識される方が恐ろしい。もしあいつに邪魔者だと判断されたら、あっという間に消されてしまうだろう。ノートの記録を見る限り、あいつはちょっとした恨みや単なる気紛れで人を殺《あや》めようとすることもあるらしい。

・怪人に出会ってもそのことは決して態度に表してはいけない。
・怪人の前ではノートをとらないこと。
・あいつの前では、知り合いが自分の前向性健忘症について言及することも避けるように行動すること。

最後の項目は非常に難しいが、重要なことだ。あいつの能力の特性からして、俺の能力に関心を持つ可能性は非常に高い。それだけで、とてつもなく危険だ。あいつに関心を持たれることなく、これからの一生を過ごす。そんなことが可能だろうか？

いや。可能かどうかは考えるべきではない。実現のため精一杯努力すること。俺がなすべきことは、それだけだ。

13

そうか。俺は話し方教室に通っているのか。

どうして、またそんなハイリスクなことをしているんだろう？

ノートを見ながら、教室への階段を上っていると、踊り場で会話をしている男女がいた。

家を出る前にノートの主要部分はひと通り読んでいたので、確信は持てないまでも女性の方が北川京子であることは推定できた。なるほど、リスクを冒してまで話し方教室に通う訳だ。

だが、男の方は？

何か嫌な予感がした。

心配し過ぎだろう。俺の描写力はたいしたことはないし、絵の才能もない。印象が多少似ていたとしても、あの男があいつである可能性は限りなくゼロに近い。

だがゼロではない……。

男はゆっくりと京子と思われる女性に近付き、そっと肘の辺りに触れようとしていた。

いかにも不自然な行動だ。

もしあいつが怪人だとして、触れるだけで記憶を改変する能力が発動することがあるだろうか？

考えても無駄だ。そもそも怪人の能力は常識外れなのだから、常識ではかれるものではない。

とりあえず、あの男が怪人だと仮定しよう。

で、どうする？　怪人はよからぬことを考えているのかもしれない。殺すつもりはなくても、彼女が慰み者にされる可能性は高い。先生と俺がどの程度の知り合いなのか、ノートだけからは判然としないが、数か月間、通っているのなら、そこそこの付き合いだろう。知人が怪人の犠牲になるのを見過ごすことはできない。彼女を助けなくてはならない。そうやって？　こっちが向こうの能力を知っていることは絶対に知られてはいけない。そして、俺が前向性健忘症を患っていることも知られてはいけない。

これは難題だ。

二吉が躊躇している間に、男は京子と思われる女性の肘に触れた。

男は口を開いた。「おまえは……」

「北川先生！」二吉は咄嗟に声を掛けた。

男は驚いたように二吉の方を見た。二吉に気付いていなかったようだ。

京子は白目を剝いた。

男は京子から手を離した。

京子は眉間を押さえた。

「どうかしましたか？」二吉が尋ねた。

「いえ。ちょっと眩暈《めまい》がしたの。どうしてかしら？　わたしは……北川先生」

「はっ？」

「どうして、そんなこと急に思いついたのかしら？　自分のこと『先生』って」

「すみません。お話し中でしたか」二吉は言った。

「ああ。そうそう。こちらの方はフリーライターの染谷《そめや》さんとおっしゃるの。先日の事件の件で訊きたいことがあるとかで……。でも、田村さんは事件のことはたぶん覚えて……」

「ああ。あの時の事件を調べておられるんですか？」二吉は京子の言葉を遮った。

京子が二吉の病状についてぺらぺら喋るかどうかはわからないが、それを推測できるようなことは怪人に聞かせない方がいい。

すでに話していなければいいのだが。

京子は一瞬戸惑ったような表情を見せたが、すぐに元の顔に戻った。

染谷――おそらく変名だろうが――は二吉の方を見ていたので、京子の表情の変化には気付いていない。

「あの後、大変だったでしょう」染谷を名乗る人物が言った。

「ええ。でも、まあ犯人の姿は目撃されてるので、逮捕はすぐじゃないでしょうか？」

当日の話にはあまり触れたくない。ノートの記述だけでは、そのうちぼろが出そうだ。

「すみません」二吉は言った。「もうすぐ授業の時間なのですが」

「あら。そうだったわ」京子は時計を見た。「染谷さん、申し訳ありませんが、授業がありますので」

「そうですか。それでは失礼します。また、今度お話を聞かせてください」染谷を名乗る人物は去り際に一瞬、二吉を睨み付けたが、二吉は気付かないふりをした。

間違いない。こいつは怪人だ。

「今日はどうなさったの？　本当にわたしのこと覚えてたんですか？」教室に入ると、京子が尋ねてきた。

「すみません。ノートを見て、たぶんあなたじゃないかと思ったので、思い切って声を掛けてみたのです」

「でも、事件のことも覚えてるって……」

「情けないんですが、自分の病気のことはあまり人に知られたくないのです。心無い人に知られたら、犯罪やトラブルに巻き込まれるかもしれませんので」

「いいえ。それは普通のことだと思いますよ。だけど、事件のことを覚えているみたいだったので、少し驚いたんです」

「事件のことはノートを読んで知っていたんです。これからも染谷さんにわたしの病気のことは言わないでおいていただけますか？　別に、彼を悪人だと思っている訳ではないのですが、念のため、できるだけわたしの病気のことを知っている人間を限定しておきたいのです」

「もちろんです。最初からあなたの病気のことは誰にも言うつもりはありませんでした。染谷さんはよさそうな人ですが、確かにどんな人かは深く付き合ってみないとわからないですものね」京子はそこでふと気付いたように言った。「わたしはいいんですか？」

「どういうことですか？　わたしたちは何か月も前からの知り合いですよね」

「ええ。でも、あなたにとっては初対面なんじゃないですか？」

「もし、あなたに不審な点があるのなら、ノートに書いてあるはずです。それに、わたしの病状は本当の初対面の時に説明済みなんでしょ？」

「ええ。でも、どうして初対面のわたしを信用したんですか？」

「それは覚えていません」二吉は微笑んだ。

京子は少し困ったような顔をした。

「冗談です。あっ。覚えていないのは本当ですが、理由の推測は付きます」

「どんな理由ですか？」

「北条さん――この方も覚えてはいないのですが、ノートの記述によると、信頼に足る人物のようです。その方からあなたを信用できる人として紹介されたので、信用したのでしょう」

「ノートに書いてあるという理由だけで？」

「ノートに書いてあるという理由だけでです」

「不思議ですね」

「どうして不思議だと思われるんですか？」

「さっき、あなたは自分の病気を多くの人に知られたくないとおっしゃってました」

「はい」

「ということは、結構慎重で用心深いということですよね」

「そうだと思います」

「そんな方がノートの記述を信用されるんですか？」

「そうです」

「なぜですか？」

「なぜって、もしノートの記述を信用できなかったら、わたしは一生何も信用できなくなりますから」

「すみません。余計な質問をしてしまいました」京子は後悔しているようだった。

「謝る必要はありませんよ。曖昧なものを信用しているのはわたしだけではありませんから。世の中の人はみんな同じ境遇です」

「どういうことですか？」

「つまり、わたし以外の人はノートの書き込みの代わりに自分の記憶を信用しているでしょ」

「ええ。でも記憶はノートと違って……」

「信用できると？」

「はい」

「ノートの書き込みは故意に書き直しをしない限り、勝手に変化したりしないですよね」

「それはそうですが」

「でも、記憶はどうでしょうか？　いつの間にか変化してしまうことはないですか？」

「記憶が変化する？　そんなことがあるんでしょうか？」

例えば、怪人が記憶を書き換えたりするんですよ。

「先生は日記を付けたことがありますか？」

「ええ。最近はないですが」

「しばらく経って読み返したことはないですか？」

「そういうこともありましたよ」

「その時、記憶と違うことが書いてあって、驚いたという経験はないですか？」

「そう言えば、そういうことがあったような気がします」

「その場合、記憶と日記とどちらが信用できると思いますか？」

京子は少し考え込んだ。

「直感的には自分の記憶が正しいような気がしますが、冷静に考えると日記が正しいんでしょうね」

「それから、友人と過去の思い出話をしている時に話が合わなくなることはないですか？」

「それも時たまありますね。同窓会に出席して、学生時代のエピソードを懐かしく思い出しても、その時のメンバー、場所、季節、時間など、全員の記憶がばらばらで当惑したり」

「人間の記憶って、そもそもとても信頼性の低いものなんですよ。細部はどんどん消えていきます。正常な人でも、三日前の昼飯に何を食べたかなんて覚えていないこともざらでしょう。つまり、記憶は映画や小説のようにひと繋がりのものではなく、色褪《いろあ》せた写真や文章の走り書きのような断片みたいなものなんです。でも、過去を思い出そうとすると、そんな切れ端の集まりでは扱いづらいので、脳が勝手に間を繋ぐために、ストーリーを作り出すんです……」

あっ。そうか。あいつの能力はこの特性を利用しているのかもしれない。瞬時に記憶を作り出すのは不可能だと思っていたけど、あいつが人の記憶に埋め込むのは一粒の種に過ぎないんだ。あとは犠牲者の脳が辻褄の合うように勝手に記憶を再生産してくれる。

では、種を植え付ける方法は何だろう？　テレパシーで直接脳に入力する？　いや。必要最小限の情報でいいなら、もっと簡単な方法がある。言葉で伝えるのだ。

「殺人犯を見た」という記憶を植え付けるのに、ビデオのようなものを見せる必要はない。ただ、「これこれこういうシチュエーションで、こんな犯人を見た」と言えばいいのだ。あとは犠牲者が犯人の具体的な顔や犯行の様子を作ってくれる。そのような視覚や音声の記憶は画家や映像作家のような特殊な才能がない限り、そもそも人に伝えることも難しいので、気に掛ける必要も殆どないのだろう。

あいつの能力の特性がだんだんわかってきた。ひょっとすると、超自然の能力ではないのかもしれない。電流か磁気か電磁波か超音波か何かの刺激で、特殊な状態にし、その瞬間に言葉を発すると、それが記憶として刷り込まれるとしたらどうだろうか？　対策を立てるのもそれほど難しくないのかもしれない。

「田村さん、どうかしたんですか？」京子が尋ねた。

しまった。考えるのに夢中で黙り込んでしまったらしい。

「すみません。ちょっと考え込んでしまって」

「何か気になることが？」

「記憶に関することだったので、つい考え込んでしまったんです。最大の関心事ですから」

「すみません。わたし、ずっと余計なことばかり言ってますね」

「いいえ。とんでもない。むしろ前向きに考えてました。記憶に頼る他の人とノートのメモに頼る自分とでは、あまり差はないんじゃないかと。ただ、記憶の方はいちいち書き込み作業をしなくていいというメリットはありますが」

「そうですね。今まであまり深く考えませんでしたが、実際そうなのかもしれませんね」

あの怪人に対しては、自前の記憶に頼る方が却《かえ》って危険だ。記憶が改竄される可能性など考えもしないので、ほぼ無防備だ。その点、ノートのメモは常に改竄される危険を認識しているので、逆に安全なのかもしれない。

二吉は京子の了承を得て、授業の前にノートの書き込みを行った。

これで、今日会ったことの記録は残せる。

・怪人の記憶改竄能力は実は限定的な能力である可能性が高い。
・怪人は話し方教室の先生に興味を持っているようだ。
・自分はなんとしても先生を守らなければならない。
・怪人は前回とは違う「染谷」という偽名を名乗った。したがって、自分のことを覚えていないと考えられる。

家に戻り、ノートを読み返し、二吉は現状を把握し直した。

どうして、自分は北川先生を守らなければならないのか？　その理由は書いていなかった。書いていないということは書く必要がないということだろうか。

今まで、この怪人の犠牲になった人は多くいるだろうし、これからもいるだろう。それなのに、どうして守らなければならないのは、この女性なのか？

まあ、理由はだいたい想像が付く。だが、この女性を守るということは、あの怪人と対決するということだ。それがどれほど危険なことかは理解できる。それを「守らなければならない」などと宣言できるものだろうか？

二吉は溜め息を吐いた。

自分の判断能力にそう変化はないはずだ。だとしたら、「守らなければならない」ものは本当に守らなければならないのだろう。それについてあれこれ悩んでも仕方がない。

二吉は数秒間目を瞑り腹を決めた。

俺はあの怪人と戦う。

では、ノートにもそう書いておくか。今、自分は怪人と戦っている。いや。「怪人」では事の重要性が伝わりにくいだろう。確かに、あいつは「怪人」としか呼びようのない存在だ。だが、怪人について相当ノートを読み進めないと、相手の危険性が認識できない。それでは、もしもの場合手遅れになってしまうかもしれない。「怪人」ではなく、もっとストレートに危機感が伝わる単語の方がいい。

二吉は少し考えた後、ノートに書き込んだ。

・今、自分は殺人鬼と戦っている。

14

話し方教室に通っているのは問題ない。ただし、殺人鬼の怪人と戦っているというのには参ったな。

二吉は教室のあるビルに向かっていた。

そんな相手と渡り合える自信は全くない。一つでもミスを犯すと即刻とんでもない目に遭いそうだ。相手の正体を知っている――いや、疑っていると知られた瞬間、こっちの負けが確定するのだ。これほど厄介な相手があるだろうか？

「こんにちは」ビルの入り口で男が声を掛けてきた。

知り合いか？　まさか……。

二吉の全身に緊張が走った。

不審な様子を見せてはいけない。落ち着くんだ。まず相手の正体を確認するんだ。

「ああ。こんにちは」二吉はわざとゆったりと答えた。

こちらからはできるだけ話をせず、相手から情報を引き出すんだ。

「ええと」男は言った。「すみません。お名前、何でしたっけ？」

まずいな。俺はこいつに名前を教えてるんだろうか？　ノートには何も書いてなかった。

どうしよう。あまり長く返事をしないと疑われてしまう。ええい、ままよ。

「田村ですよ」

考えてみれば、名前を教えたかどうかなんて些細《ささい》なこと、普通の人でも正確に覚えているとは限らないだろうな。

「そうそう。田村さんでした」

で、こいつは誰なんだ？　殺人鬼なのか？　だとしたら、名前は聞いていたはずだ。でも、もし殺人鬼じゃなかったら、その名前を言うのはおかしい。ああ。でも、この男が殺人鬼でないのなら、間違った名前を言ったとしても、それほど問題ないか。ええと、殺人鬼は何と名乗ってたかな？　ノートに書いてあった名前は確か……。

「お名前は確か染谷さんでしたよね」

「そうです。染谷です。あなたの方がわたしより記憶力がいいようだ」

絶対そうじゃないだろうな。

こいつが特殊な能力を持つ殺人鬼だということははっきりした。もうこれ以上、話を長引かせるのはまずい。かと言って、突然、会話を打ち切るのも不自然だ。ここは二言三言会話してから、時間がないとか何とか言って、去るしかないだろう。

「あれから、警察から何か言ってきましたか？」殺人鬼が訊いた。

本気で気になっているのか？　俺自身に探りを入れているのか？　それとも、単なる気紛れの暇つぶしか？　どっちにしても俺が答えないのはおかしい。

「いいえ。何も」二吉は答えた。

「犯人は捕まったんでしょうか？」

犯人はここにいるんだから、捕まっている訳がないだろう。

「さあ。どうでしょう。新聞やテレビでは何も言ってないみたいですね」

で、何が言いたいんだ？　俺に話し掛けた目的は何だ？

「そうですか。物騒なことですね」殺人鬼が言った。

今の俺ほど物騒な状況に置かれている人間は珍しいだろう。目の前に記憶を操る殺人鬼の怪人がいて、自分自身は記憶障害を持っている。そして、そのことは絶対に相手に悟られてはならないのだ。

「まあ。犯人の姿は目撃されてるので、すぐに捕まるんじゃないですか？」二吉は言った。

「そうですね。先日もおっしゃってましたが」

ああ。同じことを言ってしまったのか？　だが、大丈夫なはずだ。同じことを繰り返し言ったとしても、それほど不自然じゃない。

でも、もう本当にそろそろ切り上げた方がいいだろう。

二吉はわざと腕時計を見た。「申し訳ないですが、そろそろ……」

「最近、北川さんの様子はどうですか？」

北川さん？　誰だ？　ええと。思い出せ。どうしよう？　このまま黙っているか？　それとも、ど忘れしたことにするか？　どちらも危険だ。

「あの……」二吉は咳き込んだ。

咳で時間を稼いでいる間に、思い出すんだ。いや。それは無理だ。だとしたら、推理するんだ。この男と俺との共通の知人は誰だ。

「咳、大丈夫ですか？」殺人鬼が尋ねた。

「すみません。昨日ぐらいから、咳が止まらなくて」二吉はわざと殺人鬼の方を向いて咳をした。

殺人鬼は後ずさった。

俺と話し続けるのが、嫌になるように仕向けるんだ。ただ、あまり不快感を与えるのはまずい。怒りを覚えさせると、報復されるかもしれない。難しい。

「すみません。そろそろ時間がなくなってきましたので……」二吉はそのまま立ち去ろうとした。

「それで、北川さんの様子はどうですか？」

しつこいな。

「ああ。特に変わりありませんよ」

「でも、今日はまだ会ってないですよね」

つまり、今日会う相手だということか。なるほど。だとすると、たぶん話し方教室の先生だ。ノートに名前は書いてあったと思うが、もちろんすべては暗記できない。

「ええ。もちろん、今のは前回の授業での話ですが、何かあったんですか？」

なぜ、殺人鬼は先生の様子を尋ねたんだろう？　それとも、質問自体にはたいした意味はないのか？

道路の方からこちらに向かってくる女性がいた。

殺人鬼の背中の方からなので、やつはまだ気付いていない。

二吉に緊張が走った。

あの女性は知り合いだろうか？　もしそうだったら、挨拶しなければならない。もし、殺人鬼も知っている相手だったら、いっそう厄介だ。しかし、知り合いでなかったら、挨拶するのはおかしくはないだろうか？　いや。知り合いでなくても、会釈ぐらいなら、それほどおかしいこともないか。

二吉は万が一のことを考えて、その女性とは目を合わさないことにした。どちらにしても、ちゃんと顔を見ていなかったという逃げ道を残すためだ。

「いや。前回、北川さんとの話が途中までだったので……」殺人鬼が答えた。

「じゃあ、わたしが北川先生に伝えておきましょうか？」二吉が言った。

「わたしに何かお話がおありですか？」女性が言った。

二吉は心臓が口から飛び出しそうになった。

北川先生というのは女性だったのか!!

殺人鬼は振り向いた。「あっ。北川さん来てらしたんですか？」

まずい。俺はずっと北川先生を見ていた。それなのに、どうして彼女が近付いてくるのに気付かなかったのかという説明ができない。

殺人鬼は不思議そうな顔をして二吉の方を見た。

今はまだ単純な驚きだろう。まだ疑いにまでは至っていない。だが、あとほんの数秒で疑念が生まれる。そして、わずかな疑念であっても、それは致命的だ。

「あっ。北川先生」二吉は目を細めながら言った。「すみません。コンタクトの調子が悪くて気付きませんでした」

「そうでしたの」北川先生は落ち着いた様子で言った。

「先日は話が最後までできませんでしたので」殺人鬼の関心は北川先生の方に移ったようだ。

「すみません。今日もすぐに授業が始まりますので」

「終わるのは何時頃ですか？」殺人鬼は尋ねた。

「そうですね。他の生徒の方も来られるので、五時間ぐらい先になりますが」

「五時間か……」殺人鬼は考え込んでいるようだった。

五時間先ではまずいのか？

「あの……」殺人鬼は北川先生に一歩近づいた。

身体に触れるつもりか？

殺人鬼は二吉の方を見た。

俺は記憶操作をされても影響を排除できる可能性が高い。

だが、北川先生を守ることはできるだろうか？

「すみません。もう授業の時間なんですが、よろしいでしょうか？」二吉は思い切って言った。

「えっ？　ああ……」殺人鬼は躊躇しているようだった。何かの計画を立てているのか。

「じゃあ、また今度ということで」北川先生は殺人鬼に微笑み掛けると階段を上っていった。

二吉もほっとして後を追った。

15

雲英はぶらぶらと歩いていた。特に目的があった訳ではない。ふと気付くと、先日、雲英がストレス解消のために、男を階段から突き落として殺したビルの前だった。

ちょうど男が入り口から入ろうとしているところだった。

見た顔だ。

そうそう。あの男をぶち殺した時に目撃者にでっち上げた一人だ。

一緒に目撃者に仕立て上げたあの女のやってる話し方教室の生徒だったか。

あの女、それほど美人でもないが、暇つぶしにちょうどいいかと思って、俺の恋人だという記憶を植え付けようとした時にあいつに邪魔されたんだったっけ。

まあ、あいつを虐《いじ》めて暇つぶしでもするか。

「こんにちは」雲英は声を掛けた。

男はびくりとして振り向いた。

なんだ？　気が小さいのか？

一瞬目が泳いだが、雲英を見て安心したのか、普通の表情に戻った。

「ああ。こんにちは」男はゆったりと答えた。

こいつ、ちょっと鈍そうだな。

ええと。名前は何だっけ？

「ええと」雲英は言った。「すみません。お名前、何でしたっけ？」

また、ぼうっと雲英を見ている。

もっと素早く反応しろ。苛々する。

「田村ですよ」

田村か。そう言えば、そんな名前だったか。まあ、どうでもいい。

「そうそう。田村さんでした」雲英は言った。

田村はまたぼうっと宙を見ている。

何なんだ、この男は？　やる気があるのか？　それとも、相当鈍いのか？

「お名前は確か染谷さんでしたよね」

俺の名前を思い出そうとしていたのか？　無駄なことに労力を使うやつだ。名前が思い出せなかったら、俺みたいにさっさと訊けよ。

「そうです。染谷です。あなたの方がわたしより記憶力がいいようだ」

記憶力なんて、何の意味もないけどな。

「あれから、警察から何か言ってきましたか？」雲英は訊いた。

おそらく何の進展もないだろうが、念のための確認だ。

また。反応が鈍い。

「いいえ。何も」

「犯人は捕まったんでしょうか？」

俺が真犯人だと知ったら、度肝を抜かすだろうな。教えて、反応を見てみようか？　記憶は後で消せばいい。

「さあ。どうでしょう。新聞やテレビでは何も言ってないみたいですね」

「そうですか。物騒なことですね」

ありきたりの会話しかできない男だ。頭が悪いのだろう。暇つぶしにもならない。

「まあ。犯人の姿は目撃されてるので、すぐに捕まるんじゃないですか？」

ああ。この話はこの間も言ってたんじゃないか？　なんという引き出しの少なさだ。何のために話し方教室なんかに通ってるんだ？

「そうですね。先日もおっしゃってましたが」

田村の目が泳いだ。

同じ話を二度したことが大失敗だとでも思ってるんだろうな。絵に描いたような小心者だ。

田村は唐突に時計を見た。「申し訳ないですが、そろそろ……」

あまりよく知らない俺と話すのがいたたまれなくなってきたか。とりあえず、この男はどうでもいい。だったら、やっぱりあの女を相手にするか。今日も来るのか？

「最近、北川さんの様子はどうですか？」

また、目が泳いでいる。こいつはいったい何に緊張してるんだ？　訊かれたことにさっさと答えろよ。

「あの……」田村は咳き込んだ。

本当の咳か？　それとも、答えを思い付くための時間稼ぎか？　別にうまく答えようとせずに、単純に答えればいいものを。

「咳、大丈夫ですか？」

「すみません。昨日ぐらいから、咳が止まらなくて」田村は雲英の方に向かって、咳をした。

雲英は後ずさった。

こいつ、エチケットもなってない。間抜け過ぎて、苛つくぜ。

「すみません。そろそろ時間がなくなってきましたので……」田村はそのまま立ち去ろうとした。

おい。まだ俺の質問に答えてないぞ。

「それで、北川さんの様子はどうですか？」

田村は驚いたようにこっちを見ている。

おい。自分の咳で人の質問を忘れるなよ。

「ああ。特に変わりありありませんよ」

適当に返事をしているな。

「でも、今日はまだ会ってないですよね」

田村はぎくりとしたようだった。適当な答えをしているのを見透かされたのに気付いたのだろう。

「ええ。もちろん、今のは前回の授業での話ですが、何かあったんですか？」

質問に質問で返すのかよ。腹が立つからちょっと痛め付けてやろうか。だが、ここでは……。

田村はまたぼうっと宙を見ている。

「いや。前回、北川さんとの話が途中までだったので……」雲英は答えた。

「じゃあ、わたしが北川先生に伝えておきましょうか？」田村が言った。

「わたしに何かお話がおありですか？」

雲英は振り向いた。「あっ。北川さん来てらしたんですか？」

おい。おまえ、何呆《ぼ》けてんだ？　先生に伝えておくって、先生、ここに来てるぞ。

だいたいさっきからこいつは妙なことばかり……。

「あっ。北川先生」田村は目を細めながら言った。「すみません。コンタクトの調子が悪くて気付きませんでした」

「そうでしたの」京子は落ち着いた様子で言った。

なんだ、こいつ。本当にドジなやつだ。

そんなことより、チャンス到来だ。

「先日は話が最後までできませんでしたので」雲英は田村を放っておいて、京子に話し掛けた。

「すみません。今日もすぐに授業が始まりますので」

まあ、そうだろうな。

「終わるのは何時頃ですか？」雲英は尋ねた。

「そうですね。他の生徒の方も来られるので、五時間ぐらい先になりますが」

「五時間か……」

五時間も待つのは面倒だ。今日は授業はないという記憶を植え付けるか。

「あの……」雲英は京子に一歩近づいた。

「すみません。もう授業の時間なんですが、よろしいでしょうか？」田村が言った。

「えっ？　ああ……」

そうか。こいつの処置も必要だな。

ええと。どっちから片付けるか？　待てよ。ここはまずいかもしれない。入り口なので、外から丸見えだ。建物の中に監視カメラがないのは確認しているが、入り口はよその監視カメラに映っているかもしれないし、他人の目もある。

「じゃあ、また今度ということで」京子は雲英に微笑み掛けると階段を上っていった。

田村も後を追った。

まあ。いいか。いくらなんでも五時間は待てない。今日のところは別の女でうさを晴らすか。

雲英は街に出ると、すぐに物色を始めた。

16

殺人鬼と対決するにはなんらかの記録装置が必要だ。カメラ、録音装置、ビデオカメラの類だ。ただ、最先端の装置は扱いづらい。もちろん、シニア用に機能が単純化したものも多いだろうが、最初はある程度説明を受けなくては使えるしろものではないだろう。昔ながらのテープ式録音装置やインスタントカメラなら、扱えないこともないが、嵩張《かさば》って人目を引き過ぎる。

二吉は、とりあえず電気店に行って、説明なしで使える機種を探すことにした。

もっとも、単純な機能のものなら、とりあえず録画開始はなんとかなりそうだった。だが、中のデータの取り出しは説明書なしでは、まず無理だし、そもそもデータの取り扱いはパソコンがあることが前提だった。

いくら直感的に取り扱えると言われても、全く記憶なしで操作できるとはとても思えなかった。あるいは、手続き記憶を信じて日々特訓を繰り返すか。

「すみません」二吉は電気店の店員に尋ねた。「このビデオカメラを扱うには、パソコンがいるんですよね」

「いえ。絶対という訳ではありません。でも、あった方が便利ですよ」

「ない場合はどうやって使うんですか？」

「本体にもある程度動画データは保存できますが、やっぱりハードディスクに移した方がいいですね」

「パソコンなしでも簡単にできるんですね」

「ええ。でも、やっぱりパソコンがあった方が簡単ですね」

「全くパソコンを使ったことがない人間には、パソコンなしとパソコンありとどっちが簡単ですか？」

「それはパソコンありですね。最近のパソコンは親切になってますから、二日もあればマスターできますよ」

「数分間でマスターできるパソコンはありませんか？」

「それはパソコンの機種ではなく、OSの問題ですね。全く使ったことがないとしたら、やはり二、三時間は必要だと思います」

マスターするのに二、三時間掛かるものは、二吉には永久にマスターできない。

「身近にパソコンを持っている人はいますか？」

誰がパソコンを持っているかはわからない。そう言えば、ノートに書かれていたメモによると、話し方教室は授業でパソコンを使っているようだから、教室の先生はパソコンを使えるのだろう。だが、二吉にとって先生は初対面も同然であり、そのような頼み事をしていいのかどうかすら判断できない。

「いいえ」

「だとしたら、まず初期設定に時間が掛かりそうですね」

「初期設定？」

「パソコンを使用可能な状態にするための準備のようなものです」

「それはどのぐらい掛かるんですか？」

「まあ、設定する内容によりますが、二、三時間ぐらいですね」

「二、三時間！」二吉は思わず声を上げた。

二吉は眩暈を覚えた。

「どうされました？」店員が心配そうに言った。

俺には日常の誰でもできることができないのか。

「その作業は、例えば説明書を読めば誰でもできるものですか？」二吉は尋ねた。

「そうだと思いますよ」

「パソコン初心者でも？」

「う〜ん。それはわかりませんね」

「何かパソコンの代わりになるようなものはありませんか？」

「今だとスマホですかね」

「スマホ？」

「スマートフォンです」

「電話ですか？」

「携帯電話です」

なるほど。最近は携帯電話のことをスマートフォンと呼ぶのか。

「スマホはパソコンの代わりになるんですね」

「まあ、機能の一部は」

「ということはカメラのデータをスマホで取り扱うこともできるんですね」

「それはできないことはないかもしれませんが、普通はやりませんね」

「どうしてですか？」

「たいていのスマホにはカメラ機能も付いていますから」

なるほど。では、スマホを使うのも選択肢とすべきだろうな。

「スマホを見せて貰っていいですか？」二吉は尋ねた。

「ええ」

スマホのコーナーに行き、店員に使い方を教えて貰った。

確かに使い方は簡単だが、誰にも教えて貰えない状態で、数分間でマスターできるかというと、それは難しそうに思えた。こういう汎用機はいろいろなことができてしまうため、起動直後の段階で選択肢が多過ぎるのだ。使用方法を忘れた状態で、画面に無数に存在するアイコンを見たら、どれを使っていいのか途方に暮れることだろう。

「アイコンを必要最小限の数まで減らすことはできますか？」

「ええ。それはできますが、結構使いづらくなりますよ」

「基本的にはカメラさえ使えればいいんですが」

「それなら、やはりカメラ専用機をお勧めします」

なんだか、堂々巡りしているような気がする。もっとも、俺の日常はいつも堂々巡りなのだろうが。

「でも、カメラ専用機だとPCがないと不便なんでしょ？」

「カメラ機能だけを残したスマホよりはましですよ」

そうなのか？

「でもパソコンでデジカメのデータを管理するのが一番使いやすいですよ」店員は言った。

「パソコンは初心者なんでね」二吉はうんざりして答えた。

「だから、初心者でも一日で使いこなせるようになりますって」

「例えば……」

前向性健忘症と言ってもわかって貰えないだろうな。

「アルツハイマー病の人が使えるようになりますか？」二吉はわかりやすい喩《たと》えを思い付い

た。

「アルツハイマー病の人がですか？」店員は腕組みをした。「それは難しいかもしれませんね。でも、アルツハイマー病の人がパソコン使いますかね？」

「使う必要があるんです」

「それはどんな理由ですか？」

殺人鬼と戦うためだ。

「カメラの趣味があるんですが、アナログのカメラが壊れてしまったので、デジタルカメラが使いたいらしいんです」二吉は咄嗟に理由をでっち上げた。

「それなら、カメラの使い方だけ教えて、パソコンの操作は別の方がされたらどうでしょうか？　自分で写真の印刷までする必要はないでしょう。そもそもアナログカメラだって、現像や焼き付けを自分でする人は珍しいですよね」

「拘りがあるので、他人任せにはしたくないようです」

「アルツハイマー病の方が？」

「そうです」

店員はぼりぼりと頭を掻いて考え込んでいた。

「それはあれですね。パソコンのデスクトップにデータの取り扱いの説明を貼り付けておいたらどうですか？」

「そんなことができるんですか？」

「できますよ」

「この店で、やって貰えますか？」

「そういうサービスは特にはやってませんが」

「駄目ですか」二吉は肩を落とした。

「まあ、パソコンの立ち上げのサービスはありますから、その時についでにやってもいいですよ」

「えっ？　パソコン立ち上げのサービスはあるんですか？」

　希望が出てきた。

「ええ。少し料金は掛かりますが」

「ここでですか？　それとも、自宅でですか？」

「どちらでも結構ですよ」

　ここで設定して貰っても、家で独りで使えるかどうかわからない。そう考えると、家で設定して貰った方がいいだろう。しかし、家に他人を入れるのもそれなりのリスクがある。

「じゃあ、ここで設定お願いします。さっきのデスクトップの説明も含めて」

「どの機種にしますか？」

「デジカメと繋げられるのなら、どれでもいいです」

「どれでも繋げられますよ」

「では、売れ筋のやつをお願いします」

売れ筋のものは普及している製品で、最も一般的だということだ。トラブルがあったとしても、他人に訊きやすい。

「デジカメはどれにします？」

「年寄りでも扱える単純なものを」

「そうなると、画質はもう一つになりますが」

「画質には拘らないので」

「でも、拘りの趣味なんでしょ？」

「画質ではなく、題材に拘りがあるらしいんですよ」

「アルツハイマー病なのに？」

「そうです」

店員は頻《しき》りに首を捻っている。

話の設定に無理があったか？　もう少し辻褄の合う話を考えておけばよかった。

「記憶がもたないんなら、この機種がいいんじゃないか？」突然、横から老人が話し掛けてきた。

　この人も店員なんだろうか？

　今まで説明してくれた店員の方を見ると、呆気《あっけ》にとられたような顔をして老人を見ていた。

「液晶画面を開くと、こういうふうに自動的にメニューが現れるから、いちいちマニュアルを読む必要がないんじゃ」老人は当然のごとく説明を始めた。

「あの。失礼ですが、どなたですか？」店員がおずおずと尋ねた。

「ああ。わしは単なる通り掛かりの親切な老人じゃよ」

「つまり、お客様ですよね」

「いや。まだ、何も買っとらんから客ではない」

「でも、まあ買う可能性はあるんでしょ？」

「いや」老人はきっぱりと首を振った。「何も買う気はない。単なる冷やかしじゃ」

「買う気がないとしても、まあお客様はお客様ですよ」

「そうなのか？　じゃあ、わしはお客様じゃ。正真正銘の冷やかしのお客様じゃ」

「ええと。今、わたしはこちらのお客様を接客中でして……」

「そんなことは言われなくても見ればわかるぞ」

「でしたら、少しお待ちいただけますか？　こちらのお客様への説明が済み次第、ご対応いたしますので」

「いや。わしはあんたの対応なんか必要ないぞ」

「じゃあ、何がお望みなんですか？」

「こっちの人へカメラとパソコンの説明をしたいだけじゃ」

「あの。説明は私どもが行いますので……」

「なんじゃと？　客が他の客に商品を説明してはいかんと言うのか？」

「いえ。もちろん、そういう訳ではございませんが……」

「だったら、黙っておいてもらおうか」

「しかし、私どもの方が正確な説明ができると思いますので……」

「なんじゃと？　それは聞き捨てならんな」老人は一台のデジカメを手に取った。「このカメラの画素数はいくらだ？　レンズの焦点距離は？　F値は？　ズーム倍率は？　ＩＳＯ感度は？　動画のフレームレートは？」

「少々、お待ちください」店員はカタログを取り出した。

「そんなもの見る必要はない」老人はぺらぺらとスペックの数値を答えた。

「この機種だけ、前もって暗記してたんでしょ」

「では、好きなデジカメを指定してくれ。いや。デジカメ以外にスマホでも、パソコンでも、タブレットでも何でもいいぞ」

店員は二つ、三つの製品を指差した。

老人はすらすらとスペックを答えた。

店員は薄気味悪そうな顔をした。「わかりました。商品が決まりましたら、声を掛けてください」店員はその場を離れた。

「よし。これで邪魔者はいなくなった」老人はにやりと笑った。

「すみません。わたしとお知り合いでしたか？」

「そんなことは気にする必要はない」

「でも、見ず知らずの人間に電気製品の説明をするのは……」

「おかしいと思うのか？」

「ええ。まあ」

「気にすることはない。これはまあ、わしの趣味なんじゃ」

「趣味？」

「困っている人間を助ける趣味じゃ。パソコンの設定だって、わしが全部やってやってもいいぞ」

「ありがとうございます。せめてお名前をお伺いできますか？」

「まあ、名乗るほどでもないが、徳さんとでも呼んでくれればいい」

徳さんはぺらぺらとお薦めの機種の説明を始めた。

17

なるほど。デジカメでビデオも撮れるのか。

パソコンのデスクトップの説明書きを見ながら、二吉はカメラの操作をしていた。

確かに簡単だ。だが、果たして説明書きを読まずに、カメラの操作ができるだろうか？

ノートにも使い方が書いてあるが、咄嗟の場合、読んでいる余裕があるかどうか。使い方は電源を入れて、「写真」ないし、「動画」のボタンを押すだけだ。だから、使い方がわからないというのは考えづらい。だが、それは説明を読んだ後だから、そう感じるだけかもしれない。一度、説明を読まずに操作できるか、確かめておくべきだろう。ノートに書いておこう。

二吉はノートの最後の書き込みがあるページを開いた。

・説明を全く読まずに、デジカメの操作を行うこと。

すでにそう書かれていた。

で、テストの結果は？

そこには数十個ほどの日付とその後に〇×が書かれていた。

ほぼ八割がた成功ということか。だが、操作に失敗していることも結構あるようだ。

最近は失敗の例が減ってきているようにも見える。つまり、これは手続き記憶として、定着しつつあるということだろうか。そうだとすると、心強いが。

まずはこいつで殺人鬼の顔写真を撮っておく必要があるだろう。

でも、どうやって？

すみません。今、人物の写真の練習をしているんです。あなたを撮らせていただいてもいいですか？

そんな不自然な依頼があるだろうか？　もし自分がそんなことを言われたら、絶対に警戒するだろう。ほぼ間違いなく何かよからぬことに使うと直感するに違いない。

では、隠し撮りするか？

例えば、ビデオ撮影のスイッチを入れたまま首から下げていれば、顔の撮影ができるかもしれない。だが、それもやや不自然だ。

やつは人間の記憶の改竄はできるが、おそらくビデオなどの物理的な記録の改竄はできないだろう。自分の能力の限界は常に意識しているはずだ。だから、カメラなどには注意を払っていると考えられる。俺がカメラを持っていると気付いた時点で、やつの関心はカメラに集中すると考えなくてはならないだろう。

そもそも次にあいつに出会うのがいつかわからない。あいつに会ったとして、まずは本当にあいつかどうかを確認しなくてはならない。そして、あいつだと確認できた時点でカメラを取り出し、何かの理由を付けて撮影しなくてはならない。

その時のシチュエーションを想定してシミュレーションしたとして、実際にあいつに出会った時にはすべて忘れているだろう。

よし。訓練だ。毎日、シミュレーションしよう。あいつに突然出会ったと想像して、なんとか撮影する方法を考えるんだ。もちろん、ノートのメモは頼りにしない。毎日訓練すれば、臨機応変に対応する術《すべ》が身に付くかもしれない。

・毎日、殺人鬼に突然出会ったと想定し、撮影方法のシミュレーションをすること。

これもすでに書き込まれている。ということはこの習慣はすでに定着しているのだろうか？

まあいい。とりあえずシミュレーションだ。

あいつと出会うのはどこだ？

街中で突然出会うこともあるだろうが、その場合、向こうから話し掛けてこなければまず気付かない。こっちが気付く場所は、ほぼ間違いなく、話し方教室のあるビルの中か、その近くだろう。

あいつの容姿は覚えてはいないので、ノートに書かれている描写を頼りにするしかない。ただ、人の顔を覚えない者や知り合いに会っても気付かない者は多いので、気付かなくてもそれほど不自然ではないだろう。

向こうから話し掛けてきた場合は、確実に本人だとわかる。

問題は、その時俺自身が殺人鬼のことを忘れている場合だ。ノートを見た直後なら、殺人鬼だとわかるが、そうでなかったら、殺人鬼が存在していることすら覚えていないという事態になってしまう。

もっとも、ノートに気付かずに外出するという事態はまずあり得ないし、仮にあったとしても偶然話し方教室のあるビルに到着するのは奇跡と言ってもいいのだから、そこまで考慮する必要はないだろう。

で、あいつに会ったとして、カメラを取り出すか？　いや。まずはその前に二言三言、挨拶を交わすのが自然だ。

「また、お会いしましたね」俺から話し掛ける。

「どうも。今日は教室のある日ですか？」

「ええ。そうなんですよ」

「あれ以降、警察から何か連絡はありましたか？」

共通の話題としては不自然ではない。なにしろ、殺人を目撃したのだから。

「何もないですね。もう連絡はないんじゃないかと思いますよ」

「どうしてですか？」

「今頃になって、新しい証拠などもう出てこないでしょう。亡くなった方には気の毒ですが、新しい事件もどんどん起きているでしょうから、警察もいつまでも同じ事件に関わり続けている訳にもいかないんじゃないでしょうか？」

「まあ、そういうことかもしれませんね」

きっと、殺人鬼は心の中ではほっとしているのだろうが、もちろんそれを表情には出さない。

「ああ。そうそう」

ここで突然話を変える。あくまで、突然思い付いたように。

ごそごそと鞄の中からデジカメを取り出す。

「これでわたしの写真を撮って貰えませんか？」

「何の写真ですか？」

「履歴書に貼る写真です。お恥ずかしいことですが、今、無職でして」

平日の昼間に話し方教室に通っている時点で無職だということは察しが付いているだろう。

もちろん、殺人鬼の方も同じ立場だろうが。

「なるほど。でも、こんな場所でいいんですか？」

「あそこの壁は白くて綺麗なので、あの前で撮って貰っていいですか？」

「もちろん。構いませんよ」

うまく乗ってくれない可能性もあるだろう。その時はまた別の方法を考えなければならない。

俺は殺人鬼にカメラを渡し、壁の前に立って殺人鬼の方を向く。

この時点でやつは安心しきっているだろう。カメラのシャッターに指を掛ける。

「あっ。ちょっと待ってください。カメラの設定を確認してもいいですか？」

俺は殺人鬼の手からカメラを受け取り、壁の方に向ける。

「前にも失敗したことがあるんですよ。コントラストが変になってしまって」

「ああ。そういうこともありますね」

俺はカメラを弄りながら、ごく自然に言う。「すみません。人がいないと、写り方がわからないので、そこに立っていただけますか？」

ここまではいっきに進めなければならない。相手に考える時間を与えては失敗する。ごく自然な流れとして、壁の前に立たせなければならない。

「設定なら、わたしがしますよ」殺人鬼が言う。

ちょっとした抵抗は想定しておかなくてはならないだろう。

「いえ。スイッチに癖があって、わたしじゃなくてはうまく設定できないんですよ」

「癖？」

「先日、落としてから調子が悪くなってしまいましてね。いいですか？」

俺は自分の方から移動して、殺人鬼の正面に回って、勝手にシャッターを切る。

「あっ！」殺人鬼が言う。

「うまく撮れました。シャッターお願いできますか？」

殺人鬼はカメラを引っ手繰る。

「慌てなくても結構ですよ」

「今の写真消しますよ」殺人鬼は言う。

「えっ？」

「今、写真撮りましたよね」

「ああ。シャッターを押さないと、うまく設定できたかどうかわからないので」

「わたしの写真は必要ないですよね」

「まあ。必要ないですが、記念に残しておいてもいいんじゃないでしょうか？」

「何の記念ですか？」

「いや。別に何かの記念日という訳じゃないですが、たまたま写真を撮る機会があったということですよ」

「では不要ですね」

「後でお送りしますが」

「必要ありません。消しますよ」

「はあ。どうぞ」

殺人鬼は写真を削除する。

「あの。わたしの写真は撮って貰えますか？」

「えっ？　ああ。ここでいいですか？」殺人鬼は面倒そうに言う。

「お願いします」

殺人鬼はおざなりにシャッターを押す。

「ありがとうございます」俺は礼を言いながら、カメラを受け取る。「それでは、失礼します」

写真は消されてしまっても、問題はない。

シャッターを押したのは、写真に相手の注意を引くためだ。本来の目的はビデオの方にある。鞄から取り出す時にすでにビデオのスイッチを入れてあるのだ。

取り出しながら、相手の顔を捉える。その後で、相手の写真を撮るという名目でシャッターを押すと同時にビデオを止める。

もし、写真を撮らなければ、ビデオ撮影に気付くかもしれない。写真を撮れば相手はシャッター音に気をとられ、そのことだけを認識する。当然、写真を消すことを優先するため、ビデオに気付かない公算が大きい。仮にビデオ撮影をしていたことに気付かれたとしても、偶然スイッチが入っていたことにすればいい。写真を消した直後に、写真を撮ることを要求すれば、ビデオを確認する余裕もなくなるだろう。

もちろん、すべてこのようにうまくいくとは限らない。その場で臨機応変に対応しなくてはならないだろうし、最悪、殺人鬼にこちらの意図が悟られてしまうかもしれない。

だが、リスクをとらなければ、成功はあり得ない。まずはやつの顔をいつでも参照できる状態にすること。それが第一歩だ。

とにかく、シミュレーションはできた。実際の機会はいつ訪れるかわからないので、準備だけはしておこう。

二吉はカメラ内に残っている写真やビデオファイルのチェックを行った。

おや。すでに何度か試し撮影をしているようだ。

確認すると、室内の写真や窓の外の風景。そして、二吉自身の写真だった。

これは誰かに撮って貰ったのか？　それとも三脚を使ったのか？

二吉は部屋の中を見回した。三脚らしきものはない。

誰かに撮って貰ったのかな？　でも、誰に？　そんな親しい人はいるのだろうか？

しかし、これはどこで撮ったのだろう？　見覚えがない場所だ。まあ、見覚えがないのは当然だが。今、自分がいるこの部屋だって実は見覚えがない。

そして、ビデオファイルも残っていた。

二吉は再生した。

「これでわたしの写真を撮って貰えませんか？」二吉の声だ。

始まってしばらく画面は暗いままだったが、突然明るくなった。

どこかの建物の天井が映っている。コンクリートだ。

「写真ですか？」聞き覚えのない声がした。

画面はふらふらとあちらこちらを映している。まるで、録画ボタンを押したことを忘れて振り回しているかのようだ。

ちらちらと人物が映る。一人は二吉だ。もう一人は男性のようだったが、画面のブレが大き過ぎてはっきりしない。

「ええ。履歴書に使うんですよ。恥ずかしながら今、無職なんですよ。撮っていただけないですか？」

「三脚とか持ってないんですか？」

「それがないんですよ。撮っていただくのは無理ですか？」

「いや。無理ってことはないですがね。……参ったな」

「何か撮りたくない理由があるんですか？」

「いや。そんなことはないですが。……じゃあ、撮りましょうか？」

「ありがとうございます。そこの壁が比較的綺麗なので、あそこで撮ってください」

ちらりと映った壁はさして綺麗でもなかった。

「じゃあ、カメラを……」

「その前に設定を確認させてください」

「設定？」

「ええ。前に設定を間違えて変な写り方をしたもので。すみません。人物が写ってないとうまく設定できたかどうかわからないので、そこに立って貰えますか？」

「嫌だ」

「えっ？」

「写真は撮られたくない。絶対にだ」

「そんなこと言わずに」

画面が素早く動き、中央に男の姿を捉えた。

ほぼ一秒ほどして、シャッター音。

血相を変えて近寄ってくる男。

ビデオは唐突に終わった。

ということはつまり、すでにあいつの姿を撮影するのに成功していたのだ。

問題はビデオに映っている男が本当に殺人鬼なのかどうかということだが、これほどまでに写真を撮られることを嫌がっているところからしてほぼ間違いないだろう。

パソコンのデスクトップの説明書きに従い、二吉は慎重にビデオデータをパソコンに保存した。

そして、動画を画面に表示する。

男の顔がはっきり映っているのは、ほんの数秒間だ。

説明書を読みながら、なんとかコマ送りして、映りのいい顔で止め、小さめにプリントアウトした。

さらにコマ送りして、できるだけ違った表情になるよう数枚プリントアウトした。

それらをすべて切り抜いて、ノートに貼り付けた。

これで、いつでも殺人鬼の顔を知ることができる。

そうだ。北川先生という人の写真も貼っておこう。先生は俺の病気のことを知っているから、写真を撮らせてくれるだろう。

さて、次には何をすればいいのだろう?

俺はあいつと戦わなくてはならないらしい。

だが、それはおそらく暴力でということではないのだろう。

やつの武器は一種の超能力とでも言うべき能力だ。他人の記憶を改竄できる。超能力者と戦うには、こちらも超能力を使うのが一番だろうが、残念ながら俺には何の超能力もない。

むしろ、障害があり、一般人と較べてもハンディキャップがある。

となると、頼りになるのは知力や決断力だということになる。

果たして、俺の知力や決断力はあの殺人鬼の超能力に勝っているだろうか？

殺人鬼にしても、あの能力を使いこなしているからには、それなりの知力を持っていると考えられる。だが、あいつは自分の絶大な能力を背景とした自信の裏返しとして常に油断している状態である可能性が高い。つまり、あいつは自分以外の人間を侮っているに違いない。だからこそ、簡単に人間の尊厳や生命を踏みにじることができるのだ。俺に勝機があるとしたら、その油断を利用する以外にないだろう。

とりあえず今できることは準備を怠らないことだ。ただし、心構えはできない。日常で気にしなければならないことは殺人鬼だけとは限らないからだ。他のことに気をとられたら、俺はすっかり殺人鬼のことは忘れてしまう。そして、ノートの該当箇所を読むまで思い出すことはない。いや。思い出すのではない。新たに「知る」のだ。ノートを読む度に俺は超能力を持つ殺人鬼という脅威が存在することを知る。その部分を読んだ直後でなければ、俺はあいつの存在を認識することすらできない。だから、心構えはできない。俺はあいつについての情報をノートに整理してすぐに理解できるようにするしかないのだ。そして、その事実は決してあいつに知られてはいけない。わかりやすく纏めれば纏めるほどノートを見られた時にこちらがあいつの情報を集めていることを察知される可能性は高い。だが、これだけはどうしようもない。あいつとの対決で運が味方してくれることを祈るだけだ。

18

そうか。俺は話し方教室に通っているのか。

二吉はノートの地図を見ながら教室のあるビルを目指していた。

そして、これが北川先生の写真。教室に通うのは多少リスクがあるが、それだけの理由があるということか。

「どうも、田村さん、久しぶりです」見知らぬ男性が話し掛けてきた。

「はあ。どうも」

知り合いのようだ。しかし、俺の症状のことは知っているのだろうか？　もし知らないとしたら、俺が敢えて黙っているということだから、知らせない方がいいだろう。さて、どっちだろう。

「今日もカメラを持ってるんですか？」

カメラ？　そう言えば、肩から鞄を掛けているな。この中にあるんだろうか？

「ええと。どうだったかな？」

「先日は急に写真を撮られたのでびっくりしましたよ」

俺がこの男の写真を？　なぜだろう？　胸騒ぎがする。

「ちょっと待ってくださいね」二吉は鞄を下ろした。

中を探すふりをしながら、ノートを鞄に入れ、中でページを捲った。

俺がこの男の写真を撮ったということはなんらかの意味があるはずだ。

目の前の男の写真が貼ってあるページがあった。

・注意！　命の危険！
・「染谷」と名乗っている。
・こいつのことを知らないのなら、できるだけ関わらないこと。
・詳細は二十七ページ。

今すぐ二十七ページを開いて熟読したい衝動に駆られたが、このノートの中身を「染谷」に悟られるのは、非常にまずい気がする。

今はやめておこう。

鞄の中にデジカメもあったが、相手に教えない方がいいだろう。

デジカメはなぜか鞄の底辺りに後から作ったらしきポケット状の袋に収められていた。

「鞄の中がごちゃごちゃしているんでわからないですが、デジカメ要りますか？」

「いや。別に写真を撮ってくれと言っている訳ではないんですよ。ただ、この前みたいにいきなり写真を撮られるとびっくりするのでね」

写真を撮ったことで、この男との間に何かトラブルがあったということか。しかも、この男は危険人物なのに敢えて写真を撮った。ということは、写真を持っていないとさらに危険だということだ。この男は本当に危険なのだ。だが、親しげに話し掛けたことからして、俺がこの男の危険性を察知していることをこの男自身はまだ知らないのだろう。

あるいは……。

考えるだに恐ろしいことだが、この男は俺の前向性健忘症のことを知っているのかもしれない。だとしたら、もう俺には打つ手がない。

だが、そう考える根拠は何もない。ここはとにかくまだ知られていないという前提で行動するしかない。

男は二吉に近付いてきた。

何をする気だ？

二吉に緊張が走った。

この男は危険だというのは間違いないだろう。だが、どう危険なのか？　突然、刃物や銃を持ち出して攻撃してくるのだろうか？　それとも、格闘技に通じていて素手で人の命を奪うことも容易《たやす》いのだろうか？

今すぐ逃げるべきかもしれない。しかし、逃げれば、相手に不審感を抱かせるはずだ。ノートには判断に必要な根拠が書かれているだろうが、今この時点でノートを読むのはリスクが高い。とりあえずごく普通に振る舞うしかないだろう。仮にこの男がなんらかの攻撃をしてきたとして、予めそれを予想していれば、逃げることは可能かもしれない。今はそれしかないのだ。

「まあ。写真のことは特には気にしてません。ただ、これからは気を付けてくださいね」男は二吉の肩に手を置いた。

二吉の全身に極度の緊張が走ったが、なんとかそれを包み隠した。

一瞬、意識が遠のいたような気がした。

何かの攻撃を受けたのか？　それとも気のせいか？

いや。今、俺はこの男に何かを言われた。

「俺の写真を撮ったことを忘れろ。そして、そのことに俺が怒ったことも忘れろ」

はっきりとした自信はないが、ぼんやりとした記憶はある。

だが、そもそも俺には自分がこの男の写真を撮ったという自覚すらない。元々ない記憶を忘れることなどできない。だから、もしそのような指示が可能だったとしても、二吉には全く意味のない命令だ。

しかし、この男はそんなことを本気で言ったのか？　正気の沙汰とは思えない。

でも、もしこの男が正気だとしたら？

ひょっとすると、この男は他人の記憶を自由に消去することができるのか？　ノートの二十七ページにはこの男の能力について詳しく書いてあるのかもしれないが、今確認するのは不可能だ。

だがもしこの男にそんな能力があるとしたら、確かに危険だ。この能力をうまく利用すれば、どれだけのことが可能になるだろう？

ただ、幸運なことに、この能力は俺にはほぼ無意味だ。こいつの力と俺の障害は頗《すこぶ》る相性が悪い。いや。俺から見ると、逆に相性はいいのかもしれない。

本来なら、この能力を使用された人間は記憶を消された後、その指示自体も記憶に残らないのだろう。だが、俺の場合、記憶の消去が無効になってしまったため、指示自体も消えなかったのだ。

さらに、もう一つ俺にとっていい情報が得られた。この能力を俺に使ったということは前向性健忘症についてはこいつにまだ知られていないということだ。おそらく俺が写真を撮ったことも偶然だと思っているのだろう。

ならば、このことは利用すべきだ。今後はこいつの写真を撮ったという事実は忘れたということにしよう。そもそも記憶していないから、そのことに触れられないので、むしろ好都合だ。

二吉は「染谷」がじっとこっちを見ているのに気付いた。

反応を見ているのか？　さて、何を言ったものか？　写真のことが記憶から消えたのなら、写真のことは話せない。しかし、今まさに写真のことを話していたし、それ以外の話をするのは不自然だ。まずい。こいつの能力の特性がわからないと、術に掛かったふりもできない。

「ええと。何の話をしてましたっけ？」二吉は額に手を当てた。

こんな反応でいいのか？　うまくごまかせたのか？

男は無表情のままだ。

俺は失敗したのか？

男はまた二吉の肩に手を置いた。

また、意識が遠のく。

「今、天気の話をしていた。ずっと晴天が続いている」

遠くで、男の声が聞こえたような気がした。

どういうことだ？　この男は単に記憶を消すだけではないのか？

恐ろしいことに、本当にこの男と天気の話をしていたという記憶が忽然《こつぜん》と湧き上がってきた。もちろん五感に基づく詳細な記憶ではなく、単に「天気の話をしていた」という事実のみの記憶だが、思い出そうとするとしだいに細部が肉付けされていく。もし、この男の能力に気付いていなかったとしたら、この偽の記憶を信じ込んでしまったことだろう。人は普通、自分の記憶に疑問を持たない。だから、小さな矛盾などは自動的に脳が修正し、辻褄を合わせてしまうのではないか。

言い換えると、犠牲者の脳がこの男の味方をしてくれることになる。だが、裏返すと、この能力の存在が知られた瞬間、こいつの能力はほぼ無効化されることになる。自分の記憶への信頼がなくなれば、人々は客観的な証拠を求めるようになる。そうなれば、この能力はすぐさま馬脚を露《あらわ》すことになるだろう。

しかし、こいつの能力を一般に知らしめることができるだろうか？　俺がノートを根拠にこいつが悪の超能力者だと主張したとしても、単なる妄想だと嘲笑《あざわら》われて終わりだろう。そして、俺自身は悪の超能力者の標的となる。俺自身の記憶は改竄されないとしても、周囲の人間の記憶を改竄すれば、俺を陥れることもできるし、極端な手段としては、俺を殺して自分を無罪にすることもできる。

いずれにしても、こいつへの反撃は相当慎重に行う必要があるようだ。

「そうそう。天気の話でしたね。最近、ずっと晴天が続いていると」二吉は思い出したように言った。

「もう何日雨が降ってないんでしょうね」

拙い。全く覚えていない。

だが、よく考えれば、何日天気が続いているかなんて、普通は気にしないものだ。

「さあ。よく覚えてないですね。二、三週間でしょうか？」

「まあ。そんなものでしょうね」

こいつもあまり覚えていないようだ。

「それでは、失礼……」二吉は立ち去ろうとした。

「あっ。今日は北川先生に……」悪の超能力者は何かを言おうとした。

その時、一人の若者が悪の超能力者の後ろから前に通り過ぎようとした。

若者の肩と男の肩がぶつかった。

「うっ！」

さほど強くぶつかったとは思えないが、「染谷」は酷く痛がっている。

若者は耳にイヤホンをしていたせいかそのまま歩き続けていた。

「染谷」と名乗る男の顔が見る見る憤怒の表情に変わった。「おい、待てよ！」

若者はまだ気付かない。

「屑《くず》野郎が‼」

男は若者の後を追った。

怒りの抑制が利かないらしい。元々の性格なのか、超能力者であることからこのような性格になったのか。

通常の人間は、成人前に、怒りを抑えなければ自分が損をすることを学習する。だが、中には学習ができない人間もいて、そのような人物は社会不適合者と認識される。

もし、自分の都合のよいように他者の記憶を改竄できる能力があれば、怒りを抑えなくても不利にならないということは考えられる。だとすると、彼は怒りを抑えることを学習する必要がないことになる。

男はいきなり若者の背中を蹴った。

若者はそのまま前のめりになり、倒れて両手を地面についた。

突然のことに事態を把握できないのか、若者はしばらく動かなかった。

「滓《かす》っ！　滓っ！　滓っ！」男は若者の尻を蹴り飛ばした。

若者は漸《ようや》く事態を把握し出したようで、後ろを振り返り、男の顔を見た。

「何するんですか？」

「おまえが悪いんだ！　死ねっ‼」男は若者の頭を踏み付けた。

若者の顔面から血が流れた。

「染谷さん、落ち着いてください」二吉は男を止めた。

さすがに暴力沙汰は放ってはいられない。

悪の超能力者は二吉を睨《ね》め付けた。

しまった。迂闊だったか？　こいつは俺のことまで怒り出したようだ。

「おまえ、今見ただろうが‼」男は吠えた。

「はい。見ました。肩がぶつかったようですね」

「こいつが悪いんだから、蹴られて当然だろう‼」

「いや。わざとやった訳でもないので、注意するだけでいいんじゃないですか？」

「そんなことじゃ、腹の虫が収まらないんだよ‼」

「でも、この人はそんな悪い人じゃ……」

悪の超能力者は二吉の肩を触った。

一瞬、意識が遠のいた。

「若者が悪の超能力者に激しい暴力をふるった」という事実が心の中に浮かび上がった。そして、次にその映像が出来上がっていった。

また、記憶を操作された。こいつは俺に偽の記憶を植え付け、自分が行っている不当な暴力行為を正当化しようとしているのだ。

どうしようか？　あくまで、この男を制止すべきだろうか？　だが、俺がこの若者の「暴力行為」を覚えていないとすると、俺に超能力が効かないことがばれてしまう。そうなったら、相当まずい。なにしろ、この男は俺以外の人間の記憶を操ることができるのだから、俺自身の記憶を操らなくとも、俺を陥れる方法はいくらでもあるだろう。では、この若者を見捨てて、「染谷」の思い通りにさせるか？　生き延びるためにはそうすべきなのだろう。だが……。

「染谷さん、やめましょう」

「だから、おまえ今見ただろう！　こいつが先に殴ったんだぜ！」

「だからですね、こんな人に暴力をふるったりしたら、後が怖いじゃないですか」

「後？」

「仕返しですよ」

「仕返し？」男は若者を見下ろした。「こんなへなちょこが？」

「『へなちょこ』って、さっきあなたを殴ってましたよ」

「ああ。なんというか、相手がへなちょこでもいきなり殴られたら、即座に対応できないので、あんなことになっちまうんだ」

「で、この方とは知り合いなんですか？」

「いや。こんなやつ知らねえ」

「おかしいな。だったら、なんで殴ってきたんですかね？」

男はじっと二吉の顔を見た。

ありゃ。何かまずいことを言ったか？

男はまた二吉の肩を触ろうとした。

二吉は反射的に身を反らした。

さらに、まずいぞ。記憶改竄が怖くて反射的に逃げたけど、疑念を持たれたかもしれない。

「どうしたんだ？　びくびくして？」

「いや。わたしまで殴られるんじゃないかと思いまして。今、かなり興奮されてますから」

「なに、落ち着いたもんだよ。びびってるのは、おまえの方じゃないか？」男は二吉の肩に手を伸ばした。

ここで、逃げたら完全に疑われる。

二吉は覚悟を決めた。

「ああ。こいつは知り合いだよ。痴漢しようとしていたのを俺が締め上げて警察に突き出したから、逆恨みされて、ずっと付け回されてたんだよ」

さっき男が言った言葉が入れ替わった。

こいつ、こんな些細な言葉の修正のために他人の記憶を弄っているのか？　状況を把握していない人に何度も繰り返して記憶改竄を行ったりしたら、混乱して心の安定を失ってしまいそうだ。

「じゃあ、警察を呼びましょう」二吉は言った。「染谷さんが捕まえたという記録があるんだから、警察にとってもこいつの動機は明らかでしょう。さらなる仕返しを防ぐためにも、警察に頼った方がいいですよ」

この若者が警察に逮捕されるのは気の毒だが、このままここで「染谷」に暴力を振るわれ続けるよりはましだろう。おそらく、この男は相手がどうなろうと気にしないだろう。

「警察か」「染谷」は考え込んだ。

警察を介入させた場合とさせない場合を天秤に掛けているのだろう、と二吉は思った。

「いや。やめておこう」

若者を警察に逮捕させれば、充分な腹いせになるはずだ。だが、それなりのリスクはある。

辻褄を合わせるためにかなりの人数の記憶を改竄しなくてはならない。それよりも、個人的な制裁を行い、少人数の記憶を改竄する方がてっとり早いと判断したのだろう。若者の身が危険だ。最悪の事態はなんとかして阻止しなければ。

「じゃあ。このまま放っておきましょう」二吉は提案した。

「どうして？」

「どうしてって、それしかないじゃないですか？　警察に通報するか、放置するか。それ以外に何か方法がありますか？」

「個人的な制裁だ」

「それは駄目ですよ。あなたが逮捕されます」

超能力を持つ怪人は自分の顎を撫でた。「俺が逮捕される？」

「ええ。復讐であっても、暴力は罪になりますから」

「俺を訴える気か？」怪人は二吉を睨み付けた。

二吉はぞくりとした。

「殺すぞ」と言わんばかりの目付きだった。

「いいえ。そんな気はありませんよ。でも、私刑《リンチ》は駄目です」

怪人はまた二吉の肩に触れようとした。

また、やるのか。

二吉はうんざりした。

だが、怪人はそのまま腕を下ろした。

「私刑《リンチ》じゃない。示談だ」

「示談？」

「こいつと話し合って、和解するんだ」

「できなかったら？」

「その時は警察に突き出すさ」

示談なら、それほど悪い話ではない。若者はいくらかの金を失うことになるが、少なくとも命は失わずに済む。酷い災難だが、今はそれで諦めるしかないだろう。なにしろ相手が悪い。

若者は怯えたような目をして二人の会話を聞いていた。

今のうちに逃げろ！

二吉は心の中で叫んだが、若者には伝わらない。

怪人は若者の上に屈《かが》み込み、背中に手を触れ、何かを囁いた。

可哀そうに記憶を弄られたのだろう。

若者は頷くと立ち上がった。

「話し合いの場所を決めよう。おまえは誰かと一緒に住んでいるのか?」怪人は若者に尋ねた。

「一人暮らしです」若者は答えた。

「ワンルームマンションか何かか?」

「学生アパートです」

「なんだ。下宿か」怪人は舌打ちをした。「他にどこか適当な場所はないか? なるべく静かなところがいい」

「そうですね。親が持っている別荘があります。今は誰も使っていません」

「別荘? それはいい。ここから遠いのか?」

「電車で一時間半ぐらいです」

「それはますますいい。今から行くぞ」

よくない方向に進んでいる。怪人と若者を二人っきりにするのはまずい。

「じゃあ、わたしもついていきます」二吉は提案した。

おそらく記憶は途切れてしまうだろうが、隙を見てノートを使うしかないだろう。

「ついてくる? どうして?」怪人は尋ねた。

「二人だけじゃ心配じゃないですか」

「心配？」

「だって、ほら、この人は暴力をふるうかもしれない」

「こいつが暴力？……ああ。暴力か。そうだった」

怪人は自分が二吉に対して行った記憶操作を一瞬忘れたようだ。つまり、こいつは全然完璧ではないということだ。

怪人はまたしばらく考え込んだ。

「そうだな。見張り役にいいかもしれんな」怪人は二吉の肘を摑んだ。

二吉自身がこの若者に殴られたという記憶が突然出現した。

「おまえも酷い目に遭ってるんだから、絶対に逃がすんじゃないぞ。俺は少し遅れていく。おい、若いの、おまえの携帯電話番号を教えろ」

若者は携帯電話の番号を伝えた。

二吉はとりあえず暗記した。

できるだけ早くメモしておこう。

「じゃあ、今日は教室を休むと先生に伝えてきます」二吉は言った。

「ちょっと待て。わざわざ休むなんて、伝える必要はあるのか？」

「だって、今日は受講日ですから」

「わかった。だが、詳しい話をする必要はないぞ。単に用事で休むとだけ伝えてこい」

さっきからすっかり命令口調になっている。普段から他人に命令することが癖になっているのだろう。敢えて逆らってこいつを苛立たせても得るものはないので、従っておくしかないだろう。

だが、とりあえず、怪人から離れる口実ができたのは幸いだった。

二吉は怪人から見えない場所まで来ると、ノートに書き込みをし、それから教室に向かった。

「こんにちは」京子が出迎えてくれた。

なるほど。写真よりずっといいかもしれない。

「すみません。今日は授業に出られないことになりました」

「どうかなさったんですか？」

「実は、先ほどこの近くで染谷さんにお会いしたんですが……」

「染谷さんて、あの染谷さん？」

「たぶん、そうだと思います」

「凄いじゃないですか。覚えてらしたんですね」

「いや。そういう訳ではなくて、向こうから声を掛けてこられたんです」

「そうですか。でも、ちゃんと対応できたんですね」

「そうなんです。ただ、話をしている時にトラブルがありまして……」

「まあ。どうされたんですか？」

さて、どうしたものか？　怪人には口止めされたが、あいつはトラブルがあったこと自体の記憶を消そうとはしなかった。ということは、俺が口を滑らす可能性はあるということだ。だったら、それを利用させてもらおう。

「染谷さんと通行人がぶつかって、ちょっとした喧嘩のようになってしまったんです」

「まあ。それで怪我はなかったんですか？」

「染谷さんにはなかったんですが、向こうに軽い怪我がありました」

「まあ！　じゃあ、染谷さんが暴力をふるったんですか？　そんな方には見えなかったのに」

「勢いでそうなってしまったんです」

怪人が植え付けた記憶によると、若者も暴力をふるったことになっていたが、それをわざわざ彼女に伝える必要はない。

「警察は呼んだんですか？」

「いえ。とりあえず話し合いをすることになったんです。それで、二人きりにするのはまずいので、わたしもついていくことにしました」

「でも、田村さん、大丈夫なんですか？　あなたは、その……」京子は口籠もった。

「大丈夫ですよ。そんな難しいことではないし。とりあえず今日はお休みということでお願いします」

「わたしもついていきましょうか？」

ああ。先生、それだけはやめてください。

「いえ。大丈夫です。ややこしくなりそうだったら、警察を呼びますし」

「ちゃんとノートに書いておいてくださいね」

「ええもちろんです」

二吉はとりあえず微笑んでおいた。

19

「では、逃げましょう」二吉は電車のドアが閉まると同時に言った。「あの人は後で来ると言いました。馬鹿正直に先に行って待っている必要はありません。どこか適当な駅で降りて逃げるのです」

「でも、示談をしなければ」

「示談って何の示談ですか？」

「僕があの人を殴ったからです」

「本当にそんなことをしたと思ってるんですか？」

「ええ。確かに殴ったのを覚えています」

「わたしは見ていませんよ」

「本当に」若者はきょとんとして言った。

「ええと。お名前は何でしたっけ？」

「古田隆一《ふるたりゅういち》です」

「古田さん、あなたはあの人に暴力をふるったような気がしているだけで実際には何もしていなかった」

「はあ。確かに今まで他人に暴力をふるったようなことはありませんが……」

「ほら」

「でも、自分で覚えているんです。僕は染谷さんを酷く殴り付けてしまったんです」

「それは錯覚ですよ」

「どうしてそんなことを言うんですか？　本人が覚えているんだから間違いないですよ」

あいつは他人の記憶を操ることができるんです。

そう言ったが最後、この人は俺の発言をすべて本気にしなくなってしまうだろう。納得させるには何か証拠が必要だ。

ビデオカメラか何かがあればいいのに。

ちょっと待てよ。ひょっとして、俺はビデオカメラを持ち歩いてるんじゃないだろうか？

二吉は鞄の中を調べた。

鞄の底に作られた奇妙なポケットの中にカメラが収まっていた。

なるほど。俺は証拠を撮るために持ち歩いているのか。

次のチャンスの時にこのことを覚えていればいいんだが。

「どうかしましたか？」古田が尋ねた。

「ああ。ちょっと考え事をしていました。あなたはあの人を殴ったと言いましたね」

「ええ。間違いありません」

「なぜ殴ったんですか？」

「ええと」古田は顔を真っ赤にした。「恥ずかしいことですが、痴漢しようとしたところを染谷さんに咎められて、それを逆恨みしてしまったんです」

「あなたはそれ以前に痴漢したことがありますか？」

「いいえ」

「じゃあ、どうしてその時痴漢しようとしたんですか？」

古田は首を捻った。「さあ。魔が差したとしか言えません」

「理由は覚えてないんですね」

「痴漢に理由なんてないでしょ。衝動的にしようとしたんじゃないですか？」

「自分のことなのにわからないんですか？」

「恥ずかしいことですが」古田はさらに顔を赤くした。

本当に恥じているようだ。

可哀そうに。

「あなたが痴漢しようとしたという証拠はありますか？」

「どういうことですか？　本人が認めているのですから、それが証拠です」

「そうではなくて、『あなたが痴漢しようとしてあの人に捕まった』という事件そのものがあった証拠があるかということです」

「意味がわかりません」

「そもそもあなたは誰に痴漢しようとしたんですか？」

「ええと。あの……」

「覚えてないんですね」

「ああ。きっと女子大生だと思います。そうだ。女子大生でした」

「どうして女子大生だとわかるんですか？」

「その……女子大生風の格好をしていましたから」

「女子大生風の格好って何ですか？　何色の服でしたか？」

「そんな細かいこと、普通は覚えていないでしょう」

「警察には捕まったんですか？」

「えっ？」古田は当惑したようだった。

「痴漢したのなら警察に捕まったんじゃないですか？」

「どうだったかな……」

あの怪人は相当手を抜いたようだ。詳細な設定抜きに単に痴漢したという記憶だけを植え付けた。人間の脳は記憶の欠損部を合理的に埋めようとするが、痴漢で逮捕されるなどという非日常的な出来事の記憶はそう簡単に脳にも作り出すことができないのだ。

「そんな大事なことを覚えていないのですか？」

「何が言いたいんですか？」

「つまり、あなたは痴漢などしていないということです」

「僕のことをからかっているんですか？」

「違います。わたしの言葉を信じられないなら、まず警察に行きましょう。もしあなたが痴漢したというなら、警察に記録が残っているはずです」

「どうして、そんな記録を見る必要があるんですか？」

「わたしは納得していないからです」

「つまり、僕が痴漢したという証拠をあなたに見せなければならないということですか？」

古田は目を丸くした。

「そうではありません。あなたは痴漢していないという証拠をあなたに見せようということです」

「そんなことは無意味です」

「じゃあ、今回の件を自首してください」

「どうして？　せっかく染谷さんが示談にしてくださるとおっしゃっているのに」

「示談なんて本当に信じているんですか？」

「示談じゃなかったら、何をするんですか？」

「報復です」

「僕の暴力に対しての？」

「まあ。そういうことです」

実際には、暴力をふるったのは怪人の方だが。

「染谷さんが僕を騙そうとしていると言うんですか？」

二吉は頷いた。

「あなたは染谷さんを信じられないとおっしゃるんですか？」

「はい」

「でも、染谷さんはあなたを信頼されてますよね」

「わたしを信頼？」

「僕の見張りをあなたに依頼した訳ですよね」

「そういう形になりますが……」

「あなたと染谷さんの関係は何ですか？」

「単なる顔見知りですよ」

「単なる顔見知りにこんな大事なことを任せるなんて、むしろ相当のお人好しじゃないですか」

「表面上はそういうことになりますね」

「その人をあなたは信じるなとおっしゃる」

「ええ」

「しかし、僕からすると、あなたを信じる理由もないんです、田村さん」

論理的にはそういうことになる。彼は冷静な判断をしている。ただし、今回の場合、間違っているが。

「わたしの提案は警察に自首しようというものですから、不当にあなたを貶《おとし》めるものではありませんよ」

「染谷さんの主張は示談にしようということですから、僕にとってより有利ですよね」

「それはあの人が本当のことを言っている場合です」

「染谷さんが嘘を吐いているという証拠はありますか？」

そう。それがないので苦労しているんだ。

二吉は首を振った。

「じゃあ、僕は染谷さんを信じることにします。もし染谷さんが嘘を吐いていたのなら、その時はあなたの助言に従って自首しますよ」

「それでは、わたし以外の立会人を呼んでください。信頼できる人をできるだけたくさん」

「示談の席に知り合いを呼べとおっしゃるんですか？　僕は痴漢しようとした上に、それを止めてくれた人に暴力をふるったんですよ。そんな恥ずかしいことを知り合いに知らせることができると思いますか？」

二吉は肩を竦めた。

この若者を見捨てるのは簡単だ。だが、もはや関わらなかったことにはできない。何か打つ手はあるはずだ。とりあえず、それを考えよう。目的地に着くまではまだ一時間以上ある。

もちろん、いい考えが浮かんだら、メモを忘れないようにしなければ。

20

「田村さん、あと三十分ほどで着きますよ」

二吉は見知らぬ若者に起こされた。

どうやら列車の中らしい。だが、乗った覚えはない。どうした？　宴会か何かで酷く酔っ払ったのか？

「このノートを落とされましたよ。ずっと熱心に何か書き込んでおられましたけど、何かの研究をされているんですか？」

このノートを俺が？

表紙にはマジックで大きく感嘆符と三桁の数字が書かれていた。

二吉は見知らぬ若者に軽く会釈すると、ノートを開いた。


警告！
・自分の記憶は数十分しかもたない。思い出せるのは事故があった時より以前のことだけ。
・病名は前向性健忘症。
・思い付いたことは全部このノートに書き込むこと。

なんと、これは！

二吉は若者の様子を窺った。ノートの方は見ていない。だが、二吉が眠っている間に読んだ可能性はある。最悪、中の文章を書き直しているかもしれない。だが、そんな可能性を考えても仕方がない。とりあえず、できるだけ素早くこのノートの中身を読めるだけ読むしかない。この若者はあと三十分で着くと言っていた。だとしたら、余裕は三十分だ。

「向こうに着いてからのことですが……」

「すみません。申し訳ないですが、少し書き物があるので、しばらく黙っていていただけますか？」

「書き物？」

「忘れていた仕事があったのです。今日中に終わらせないとまずいんです」

この若者は二吉の苗字は知っているらしい。だが、言葉使いからして、それほど親しい訳でもなさそうだ。

とりあえず、彼の素性がわかるまでは会話は避けた方がよさそうだ。

さて、ノートのどこを読むべきか？　記憶が数十分しかもたないなら、読み通すことに意味はないだろう。

おそらく日常的に重要なことは最初の方のページに書いてあるだろう。そして、直近の状況は最後の書き込みでわかるはずだ。

二吉は大急ぎでノートを読み進めた。

・表札は出していないし、郵便受けにも名前はない。
・名前を出していないのは、このノートに名前を書かないのと同じ理由だ。
・理由について、知りたければ七ページを参照のこと。

では、七ページだ。

・真相は八ページ目に載っている。しかし、刺激が強いので、まず深呼吸してから読むこと。
えらく勿体ぶっているな。じゃあ、とりあえず深呼吸だ。

そして、八ページ目を開いた。

・今、自分は殺人鬼と戦っている。

ああ。そんなことに。

二吉はもう一度深呼吸した。まずはすぐ隣に座っている若者が当の殺人鬼でないかどうかを確認する必要がある。

二吉は震える手でノートのページを捲った。

おおまかな状況は十分程度で把握した。

殺人鬼は「染谷」と名乗っており、他人の記憶を操る特殊能力を持っている。特殊能力については信じ難いが、もし本当なら侮るのは極めて危険なので、疑うことはしないでおこうと決めた。殺人鬼の顔写真も確認した。隣の若者は殺人鬼ではない。

とりあえず、ほっと一息ついて、先を読み進める。

この若者は殺人鬼の犠牲者のようだ。自分を痴漢と傷害の犯人だと思い込んでいる。二吉はそうでないことを説明しようとしたが、理解して貰えなかったようだ。当然だ。二吉自身も半信半疑だ。例えば、この若者が二吉をからかうために書き込んだ可能性もある。だが、もしそうだとしたら、むしろ喜ばしいぐらいだ。今は最悪の場合――つまりこのノートの内容が正しい場合を想定して行動するしかない。

「すみません。古田さん、別荘は次の駅で降りればよかったですか？」

「はい。もうお仕事は終わりましたか？」

「まだ、残っていますが、続きは示談の話が終わってからにします」

まもなく、目的地の駅に着いた。

郊外の小都市で、それほど田舎という印象はない。駅前には、そこそこの大きさのショッピングセンターもある。

殺人鬼が二人についてこなかったのは、古田と一緒にいるところを目撃されたくなかったからだろう。

あいつは彼になんらかの報復――最悪、殺害――を行うつもりだろう。記憶の改竄を行うにしても、その対象者はできるだけ少ない方がリスクは小さいはずだ。現状だと、俺の記憶を改竄するだけで済む。

「別荘までは二キロほどありますので、タクシーを使いましょう」古田が言った。

その方がいいだろう。タクシーに乗れば運転手の印象にも残る。殺人鬼の想定外の人物に記憶されることは望ましい。それに、二キロもあったら、歩いている間に記憶が消えてしまう可能性が高い。歩きながら、ノートを読むのは、読みにくい上に不自然だと思われるだろう。

タクシーに乗り込むと、二吉が口を開いた。

「今からでも遅くありません。別荘に行くのはやめましょう」

「また、その話ですか？　さっきも言いましたが、染谷さんの提案におかしいところは何もないと思いますよ」

タクシーはすぐに別荘に着いた。

別荘とは言っても、それほど広いものではなかった。むしろコテージと言った方がいいかもしれない。周辺にも似たような規模の建物がたくさんあった。

二吉は周囲から隔絶された山荘のようなものを想像していたので、近隣に人が住んでいる状況に少しほっとした。

古田は鍵を取り出すと、ドアを開けた。

「どうぞ」

中はトイレ・バス以外には部屋が二つ。入り口側と奥側に分かれている。

しばらくすると、古田の携帯が鳴った。番号は非通知だ。古田がとると、予想通り「染谷」からの電話だった。

「はい。駅前からタクシーで来てください」古田は電話に答えた。「ええ。そうです。僕たちもタクシーで来ました。タクシー会社の名前ですか？　ええと。覚えていません。田村さんにも訊きますね」

やはり、あいつはタクシーを使うとは想定していなかったようだ。タクシー会社の名前を訊いたのは、必要なら運転手を突き止めて記憶を改竄しようということだろうか？　二吉はタクシー会社の名前を覚えていたが、もちろん殺人鬼に協力する気はなかった。

「残念ですが、わたしも覚えてないですね」

「田村さんも覚えてないそうです。……はい。わかりました」古田は電話を切った。「今、駅に着いたそうです」

「染谷さん、どうして一緒に来なかったんでしょうね」二吉はわざと疑問を口にした。

「さあ。ちょっとした用事があったんじゃないですか？」

「それだったら、我々の出発を待たせればいいはずですよね」

「待たせるのは悪いと思ったんじゃないですか？」

「でも、結局ここで待たせてますよね」

「まあ、そうですが、そこまで考えなかったんでしょう」

駅に着いたのなら、もう殆ど時間はない。今からあいつに対する不信感を募らせるのは無理だろう。

二吉は古田を説得することは諦めた。

俺がすべきことは何だろう？　この場に留まって、あいつが古田に危害を加えるのを阻止する。それはおそらく可能だろう。あいつの能力は記憶改竄だけで身体能力は普通だとすると、二人がかりなら負けることはない。だが、それだけでいいのだろうか？　俺は記憶改竄に抵抗できるようだが、他の人間はそうではない。あいつに敵だと認識されたら、俺を抹殺することぐらいいとも容易くやってのけるだろう。そして、俺が抹殺されたら、結局、古田もなんらかの被害を受ける。最悪、殺害されてしまうだろう。

玄関のチャイムが鳴った。

古田がドアを開ける。

そこには怒りで顔を真っ赤にした殺人鬼が立っていた。

「タクシーなんか使って、何様のつもりだ⁉」

「えっ？　まずかったですか？」

「おまえ、犯罪者がタクシーなんて使っていい訳ないだろう!!」

「はあ」古田は項垂れた。

突然、殺人鬼は古田の胸倉を摑み、壁に突進した。

タクシーを使われたのは想定外だったので、よほど腹が立ったのだろう。

二吉は慌てて鞄の中を探った。

危ない。カメラを持っているのを忘れるところだった。

「まあ、染谷さん、タクシー代は自分で払われたんですし、問題ないでしょ」二吉は止めに入った。

「おまえもどうしてタクシーなんか使うのを許したんだ？　ああ？」

こいつが怒っている理由はわかっているが、常識的にはあり得ない理由だ。理解できないふりをした方がいいだろう。

「すみません。タクシーがいけないとは気付かなかったので」

「常識だろ！　犯罪者はタクシーなんか使ってはいけないんだよ!!」

「はあ」二吉は困ったようなふりをした。

「まあいい。まずは示談金だ」

「はい」

「いくら出せる？」

「ええと。手持ちの金は……」

「手持ちの金の額を訊いてるんじゃない。おまえとおまえの親が持っている資産の総額を訊いてるんだ」

「染谷さん、それは法外だ」二吉は目を丸くした。

「こいつの人生が懸かってるんだ。そのぐらい出しても当然だ」

「人生だなんて大げさな」

「こいつは強姦未遂と殺人未遂を犯したんだ。全財産を擲《なげう》って当然だろう」

「強姦未遂？　痴漢とおっしゃってませんでしたか？」

　ノートには確かに「痴漢」と書いてあった。

「痴漢と言ったのは、ソフトに表現したんだ。こいつは女子高生を強姦したんだ」

「えっ？　そうなんですか、古田さん？」

　古田の脳が作った記憶では女子大生となっていた。雑な捏造をしたため、整合性がとれなくなっている。

「いや。女子高生ではなかったような……」

殺人鬼は二吉を睨んだ。「おまえら、こいつの痴漢について何か話をしたのか？」

「あっ。はい」

俺が古田に痴漢行為について問い質《ただ》したため、古田の脳が記憶のギャップを埋めたことに気付いたようだ。

「こいつは嘘を言ってるんだよ‼」殺人鬼は古田を指差した。

「えっ？　いや。僕は強姦とかは……」

殺人鬼は再び古田の胸倉を摑んだ。

「おまえは女子高生を強姦した」

古田は白目を剝き、十秒ほど痙攣した。

こいつ、なんて強引なことを。

古田は我に返ると、絶叫した。

「僕はなんということをしてしまったんだ‼」

そしてがくがく震えると、その場に座り込み、号泣し始めた。

可哀そうに。このままだと自我が崩壊してしまう。

「染谷さん、強姦ってどういうことですか？　さっきは未遂だと」

「細けえことはどうでもいいんだよ‼」殺人鬼は喚き散らした。

こいつはさほど冷静ではないらしい。しかし、これは本当に酷い。

「で、金はいくらあるんだ？」

「僕は……駄目だ。もう人生は終わりだ」古田は立ち直れないようだった。

「ちっ。こいつ、駄目だな」

「錯乱しているようですね。今日のところはいったん出直しますか？」

「出直す？　こんなところ、何度も出入りしたら、人目に付くだろうが!!」

「人目に付いちゃ駄目ですか？」

「変な噂が立ったらまずいだろ」

変な噂って何だよ!?

そう思ったが、反論するのはやめた。これ以上逆らったら、記憶操作されるかもしれない。おそらく耐えきれると思うが、自分の脳を弄られるのは気持ちのいいものではない。

「今回、金は諦めるか」殺人鬼は呟いた。

「ええと。おまえ」殺人鬼は二吉に言った。「ちょっと買い物に行ってきてくれないか？」

「はい」

「糊と鋏《はさみ》と定規を買ってきてくれ」

「何に使うんですか？」

「書類作りのためだ」

「何の書類ですか？」

「示談関係の書類に決まってるだろ」

「近くに店はないようですが」

「駅前のショッピングセンターにあるだろう」

「タクシーを呼んでいいですか？」

「タクシーは駄目だ。歩いていけ」

二吉は犯罪者ではないので、タクシーに乗ってもいいはずだったが、敢えて反論はしなかった。

どうやら、殺人鬼は二吉をこの別荘の外に出したいようだ。その間に、古田に対し、なんらかの危害を加えるつもりだろう。

逆にこれはチャンスかもしれない。

「わかりました。駅までひとっ走り行ってきます」

「走らなくていい。歩いていけ」

外に出ると、二吉はノートを開き、大急ぎで書き込んだ。

今は大変重要な局面だ。逆説的だが、迅速な行動を優先してメモを怠ったら、大変なことになってしまうかもしれない。

二吉は別荘の周囲を走り回り、頼りになりそうな人間を物色した。本当は警察官がいいのだが、なかなか都合よくは歩いていない。最悪、一一〇番で警察を呼ぶしかないが、パトカーの音で悟られてしまうので、あまりよくない。
二、三百メートルの間に見付けたのは、ウォーキングしている初老の男性、そして立ち話をしている三人の女学生。
未成年は対象外だ。となると、初老の男性の方か。戦力にはならないかもしれないが、とりあえず数で圧倒できるかもしれない。

「すみません。助けていただけませんか？」二吉は初老の男性に話し掛けた。

男性は驚いたようで、目を見開いている。

「今、そこの別荘で友人たちが話し合いをしているのですが、ちょっと不穏な雰囲気になってまして。とは言っても警察を呼ぶほどではないので、他人に入っていただけると、少しは頭が冷えるんではないかと思うのです」

男性は首を振った。「それなら、ちゃんと警察を呼んだ方がいいでしょう」

「すみません。警察を呼んでしまうと、もう二人とも後に引けなくなってしまうんです。今ならまだ悪ふざけの延長だったということにして、お茶を濁せると思うのです」

男性は少し考えた。「危なくはないんですね？」

「ええ。心配でしたら、他にお知り合いを呼んでいただいて結構です」

「ちょっと待ってください。ここの別荘地の管理人を呼んでみるから」男性は携帯を取り出した。「もしもし。なんだか住民がトラブルに巻き込まれているようです。……はい……。どこのお宅でしたっけ？」男性は二吉に尋ねた。

「古田さんです」

「ああ。あの古田さん？　わたしより少し若い方ですよね」

「いいえ。息子さんなので、まだ二十代だと思います」

「なるほど。……もしもし。古田さんだそうです。オーナーではなく、息子さんの方。よろしくお願いします。……もうすぐ来るそうです」

すぐとは言っても、何分ぐらいなのか？　あまり長時間二人を放っておくのはまずい。しばらく待って来ないようなら、俺が一人でも戻るしかないだろう。

「古田さんの息子さんとはどういうご関係なんですか？」男性が尋ねてきた。

困ったな。そういう細かい設定は用意していない。

「実を言うと、あまり親しくないんですよ。わたしはどちらかと言うと、もう一人の方と知り合いでして」

「もう一人？」

「ええ。染谷という人なんですが。古田さんとトラブルがあったので、ついてきて欲しいと」

「ついてきて欲しいと言われたのに、二人を放って出てきたんですか？」

「わたし一人では手に負えない感じだったので、もし管理人の方がまだ来られないのなら、一人でも戻ろうと思います」

ちょうどその時、こちらへ近付いてくる人物がいた。特に急いでいる様子もなく、ゆっくりと歩いてくる。

「そちらの方が古田さん？」

「いえ。わたしは知り合いの者です」

「古田さんがどうしたって？」管理人が言った。

「友人とトラブルになって、のっぴきならない状態になるんじゃないかと心配しているんです」

「そういう場合は警察を呼んだらどうですか？」

「警察を呼ぶほどの状況ではないんです。ともかく今のうちなら、収まるんじゃないかと」

「でも、我々は全く無関係ですしね」

「ついてきていただくだけでいいんです。話はわたしの方でします。他人の目があるとかなり違うと思うんです。もし、危ないと思われたら、すぐに警察を呼んでいただいて結構ですから」

「そんなに危ない状況なんですか？」

しまった。怖がらせ過ぎたか。

「危なくはないんですが、なにしろわたしも喧嘩の仲裁というのは不慣れでして」

「う〜ん。喧嘩のトラブルは我々の管轄外なんですがね」

「緊急ということでよろしくお願いします」

「緊急なら警察でしょう。……いつまで経っても、平行線では仕方がないですから、一応ついていきますが、特に何もしませんよ。それでいいですか？」

「はい。それで構いません」二吉は年配の男性の方を向いた。「そちらの方もついてきていただけますか？」

「まあ、心細いのなら、ついていきますが」

古田の別荘に到着すると、二吉はドアノブに手を掛けた。

「チャイムは押さなくていいんですか？」管理人が尋ねた。

「ええ。チャイムの音で余計興奮するとまずいので」

二吉はなるべく音を立てないようにしてドアを開けた。そして、同じくそっと手前の部屋の中を進む。

二吉の後に続く二人は音を立てているが、これはある程度仕方がない。殺人鬼が気付かないことを祈るばかりだ。

奥の部屋との間のドアまで来た。

二人が二吉の後ろに来るのを待ちながら、鞄を掛け直した。

どうかうまくいきますように。

二人が背後に来た。

二吉はドアを開け放った。

殺人鬼がロープで古田の首を絞め上げていた。

「あああああ!!」二吉は絶叫した。

後ろの二人はあまりのことに声すら出ないようだった。

殺人鬼は二吉たちに気付き、顔を上げた。

「何してくれてるんだ、おまえらはよぉ!!」殺人鬼は怒りに震えていた。「どうして、状況をこうもややこしくするんだよ！　わざとか⁉　わざとなのか⁉」

こいつわりと鋭いな。だが、問題はそこじゃない。

「染谷さん、何をしてるんですか？」二吉が言った。

「見ての通りだ。こいつの首を絞めている」

「どうして、そんなことを？」

「ええと。あれだ。……正当防衛だよ」

「古田さんが先に攻撃してきたと、おっしゃるんですか？」

「そうだよ。いきなり、このロープで首を絞めてきたから、奪い取って逆に絞めてやったんだ」

「古田さんはすでに意識がありません」

「知ってたよ」

「知ってたんですか？」

「ああ。知ってた」

「じゃあ、正当防衛は成立しません。仮令攻撃されたとしても、意識がなくなって身動きできなくなった状態の人を殺すことは過剰防衛と判断されます」

「なるほど。これが過剰防衛だとしたら、俺はどうなる？」

「逮捕されるでしょう」二吉は言った。「今すぐロープを外してください。警察と救急車を呼ばなくてはなりません」

「そうか」殺人鬼は呟いた。「早く手を打たないと、さらに面倒になるな」

殺人鬼はロープから手を外すと、三人に近付いてきた。

「俺は逮捕などされたくない。このまま帰らせてもらうぜ」

「君、待ちなさい。とにかく警察が来るまでここにいるんだ」初老の男性が言った。

「そうだ。逃げたりしたら、罪が重くなるぞ」管理人も言った。

「止められるものなら、止めてみろよ」殺人鬼は押し通ろうとした。

こいつの企《たくら》みはおおよそ察しは付いている。だが、そのことを二人に伝えてもいたずらに混乱させるだけだ。さらに、殺人鬼にこっちの手の内を読まれることになる。今は我慢するしかない。

「待ちなさい」初老の男性が殺人鬼の腕を摑んだ。

管理人も反対側の腕を摑んだ。

殺人鬼はにやりと笑った。

「おまえたちはこの若造がロープで俺を絞め殺そうとするのを目撃した。全員で取り押さえたが、この若造は隙を見て自殺を図った」

二人は白目を剝いた。

次に殺人鬼は二吉に向かってきた。

「この人たちはどうなったんですか？」二吉は尋ねた。

「それも忘れさせてやるよ。俺は記憶を操れるんだよ」殺人鬼は二吉の腕に触った。

古田が殺人鬼を襲っている記憶が発生した。そして、殺人鬼が操作をした元の記憶が抜け落ちたような気がした。

だが、記憶改竄が行われたこと自体は生々しさのない意味記憶として残っていた。実体感が伴わず、まるで歴史上の出来事のように感ずる。これは二吉の脳が記憶改竄の知識を持っているため、二重の記憶があり得ると認識しているから起こっていることだ。他の二人の脳では、辻褄を合わせるため、記憶改竄の事実はなかったことになっているのだろう。

気が付くと、初老の男性と管理人は呆然と古田を見下ろしていた。

「すぐに救急車を呼んでください」二吉は二人に言った。

古田の呼吸と脈を調べる。

どちらも感じられない。

「人工呼吸と心臓マッサージのどちらかをお願いできますか？」

「最近のガイドラインでは、人工呼吸はしなくてもいいんじゃなかったか？」管理人が言った。

そうなのか？

とりあえず、二吉は心臓マッサージを始めた。「早く救急車を」

「犯人の命よりもまず警察じゃないか？」初老の男性が言った。

「この人は逃亡のおそれはないですよ。まず救急車を呼んでください」

管理人は渋々救急車を呼んだ。同時に初老の男性が警察を呼ぶ。

「ちょっと聞いていいですか？」殺人鬼が言った。「あなたたちはどうしてここに来られたんですか？」

おそらく自分の立ち位置を考えているのだろう。本来なら、自分は最初からここにいなかったことにしたいはずだ。だが、俺がどんな行動をとって、彼らを連れてきたかがはっきりしないとアリバイ工作が複雑になり過ぎてしまう。

「わたしたちは、この人に頼まれたんだ。友人同士がトラブルになっているので、力を貸して欲しいって」初老の男性が答えた。

「おい。声を掛けたのは、この二人だけか？」殺人鬼は二吉に言った。二吉に対して丁寧な話し方をするつもりはないらしい。

「いいえ。何人かに声を掛けました」二吉は適当に答えた。

「何人かって何人だ？」

「さあ」二吉は心臓マッサージを続けているため、話をちゃんと聞けないふりをした。「十人もいなかったとは思いますが」

「こいつは何人ぐらいに話し掛けてました？」殺人鬼は二人に尋ねた。

「さあ。どうだったかな？」初老の男性が言った。「よく覚えてないな」

「わたしは後から呼ばれたので、わかりません」

殺人鬼は舌打ちをした。誰に何を話したのかはっきりしないと、記憶の改竄に辻褄が合わなくなるからだろう。

例えば、この別荘には元々「染谷」という人物はいなかったということにした場合、なぜ二吉が「染谷」という人物がここにいるかのような話をしたのか理由を考えなければならない。

やがてサイレンが鳴り始めた。

殺人鬼は初老の男性と管理人の肩に手を置いた。

「ここにいた『染谷』は若い女だった。用事があると言って、姿を消した」

そして、二吉の背中に手を置く。

殺人鬼の染谷はここには姿を現さず、代わりに若い女が現れ、すぐに姿を消したという記憶が形成された。

そして、意識が薄らいでいる間に殺人鬼はいなくなっていた。

救急車が到着した。

「どうされました?」

「ロープを首に巻いて自殺を図りました」初老の男性が答えた。

救急隊員は脈を調べた。

「AED!」

別の隊員がAEDを持ってきた。

古田の胸をはだける。

「みんな離れてください」

古田に電気ショックが与えられた。

ぼん。

古田の身体が仰け反る。

「反応なし」

「もう一度だ」

ぼん。

「反応なし」

「もう一度」

ぽん。

「反応ありました」

「よし。移動開始」

古田が担架で運ばれたのと時を同じくして、パトカーのサイレンも聞こえてきた。

「何があったのですか？」

「自殺未遂です」

初老の男性と管理人は口々に二吉に頼まれてこの別荘の様子を見にきたこと、古田が若い女性に襲い掛かっていたこと、そして、それを阻止されると自殺を図ったことを説明した。

「その女性はどなたですか？」警官は二吉に尋ねた。

「申し訳ありませんが、よく覚えていないのです」

殺人鬼に植え付けられた架空の記憶の話をしてもよかったのだが、殺人鬼に協力するのが馬鹿らしくなったのだ。

「わたしには記憶障害があって、長期間の記憶を保持できないのです。必要なら医師の診断書を提出します」

「何か覚えていませんか？」

二吉は首を振った。

「わかりました。とりあえずお名前と住所を教えてください。後で伺わせていただくかもしれませんが、よろしいですか？」

「いいですが、意味はないと思いますよ。なにしろ、この事件のことはまもなく忘れてしまうでしょうから」

「病院についてこられる方はおられますか？」救急隊員は尋ねた。

全員が首を振った。

21

今日は何か大きなことがあったんだろうか？

別に何かを覚えている訳ではないが、かなりの疲労感がある。

前向性健忘症で記憶できないということは覚えている。これはしょっちゅう意識に上っているからだ。その他のことは別のことを考えている間に忘れてしまう。それがどんなに大事なことであってもだ。

でも、まあ本当に大事なことなら、ノートにメモしているだろう。

とりあえず、ノートを取り出し、今日の日付——これはテレビで確認した——の最初の部分から読み始める。

おお。今日は話し方教室の日だったようだ。俺は話し方教室に通っているのか。先生の写真がこれ。先生とのやりとりを覚えていられないのは残念だ。いや。毎回、新鮮な気持ちで会えるから得なのかもな。ところで、この疲労感は話し方教室のものか？　どうして、こんなに疲れるんだ。

二吉は先を読み進めた。

何だ、これは？　記憶を操る殺人鬼？

二吉は最初の方のページに戻った。

こんなことが本当にあるのだろうか？

こんなやつと戦うとしたら、ノートのメモだけで足りるのだろうか？　情報量が全く足りない。少なくとも、カメラと録音機は必要だろう。

あっ。写真はここにある。そんな凶悪なやつには見えないが、注意しなくてはならないだろう。

二吉はまた今日の分の書き込みに戻った。

古田という男性が犠牲者になったらしい。自分を強姦と傷害の犯人だと思い込まされた挙句、殺人鬼に首を絞められて殺されかかったのだ。とりあえず、ＡＥＤで息は吹き返したようだが、それ以降どうなったかは知らない。

これほどの悪事を働いておいて全く証拠がないということは考えられないが、人間というものは自分の記憶を信頼しているため、記憶と矛盾する証拠があったとしても、それは意識から排除してしまうのだ。

必要なものは記憶に勝てるほどの明瞭さを持った記録だ。単なる写真では駄目だ。音声もしくは映像による記録でないと。

そうだ。これからはビデオカメラを持ち歩こう。

鞄の中に入れておけばいいんじゃないだろうか？

しかし、持ち歩いたとして、肝心の場面に遭遇した時、鞄からカメラを取り出して、撮影を始めるのか？

殺人鬼がカメラの前で自分の能力を見せるとは思えない。

だとすると、隠しカメラが必要だろう。隠しカメラと言っても、そんなに大仰なものは必要ない。小さめのカメラを鞄か何かの中に隠しておけばいいんだ。撮影できるのに必要な最低限の小さな穴を開けておく。穴の部分にカメラを固定できるポケットのようなものを作っておけばいいだろう。

例えば、この辺りに……。

もうあるじゃないか。

鞄の底にポケットがあり、カメラが入っていた。そして、小さな穴もある。

これどうやって再生すればいいんだ？

二吉は注意深くボタンやスイッチ類に書かれている文字を読んだ。中には重要な映像が入っているかもしれない。絶対に間違えて消去するようなことがあってはならない。

スイッチを再生モード側に入れる。そして、再生ボタンを押す。これで、データが消去されたとしたら、とんだ馬鹿インターフェースだ。

動画が始まった。

画面は酷く揺れている。しかも、映っているのは画面の右上部分だけだ。穴とカメラのレンズの位置が微妙にずれている。映っているのは天井だか壁だかの一部だ。

「あああああ!!」ノイズが酷いが、二吉の声だ。

「何してくれてるんだ、おまえらはよぉ!!　どうして、状況をこうもややこしくするんだよ！　わざとか!?　わざとなのか!?」聞いたことのない声だ。

「染谷さん、何をしてるんですか？」二吉の声だ。

「見ての通りだ。こいつの首を絞めている」

「どうして、そんなことを？」

「ええと。あれだ。……正当防衛だよ」

「古田さんが先に攻撃してきたと、おっしゃるんですか?」

「そうだよ。いきなり、このロープで首を絞めてきたから、奪い取って逆に絞めてやったんだ」

動画はここで終わっていた。

微妙な内容だ。有効な映像はいっさいない上に入っている声は二吉と謎の人物のものだけだ。しかも、二吉たちの証言と全く違う内容だ。この会話を聞かせても、事件との繋がりすら認められないだろう。

突然のことで、カメラのセッティングもうまくできず、鞄の中で何かにぶつかって録画も止まってしまったのだ。

予め準備ができていれば、うまくいったかもしれないのに。

そうか。予め準備しておけばいいんだ。殺人鬼が記憶操作を行う直前に。

でも、あいつがいつ記憶操作を行うか予測できるだろうか?

いや。予測するのではなく、制御すればいいのだ。つまり、あいつが記憶操作をせざるを得ない状況を作り出せばいい。

ノートの記録によると、あいつが記憶操作を行うのは大きく二つの場合がある。

一つは己の欲望を満足させるため。

そして、もう一つは自己防衛のため。

一つ目と二つ目は密接な関係があって、あいつが欲望のままに記憶操作を行うがゆえに危機に陥り、結果的に記憶操作を繰り返すというパターンが見られる。

あいつの欲望を自由にコントロールすることはできないが、危機的状況に陥らせることは不可能ではないだろう。

まずは計画を練る必要がある。

22

数日後、二吉は古田の携帯に電話した。

「はい。古田です」聞き覚えのない声だ。

「わたしは田村です」

「田村さん、助かった。大変な状況に陥ってるんです」

「だから、あの時逃げるように言ったんですよ」

「しかし、訳がわからないんですよ。僕は染谷さんに首を絞められて死にかかったんです」

「そうでしょうね」

「それなのに、警察によると僕が若い女性を殺そうとして失敗して自殺を図ったことになっているんです」

「目撃者が三人いますからね」

「そのうち一人はあなたですか？」

「はい」

「どうして、ちゃんと証言してくれなかったんですか？」

「証拠がないからです。証拠なしで二人の証言を否定するのは難しい」

「でも、僕は本当に、女性を殺そうとなんてしていないんです」

「知っています」二吉は言った。「それで、今はどんな状況ですか？」

「被害者が特定できないということで、今のところ、拘束はされていません」

「それはラッキーでしたね。被害者は存在しないので、今のところは安心していいでしょう」

「じゃあ、もう心配は要らないんですね」

「それはどうでしょうか？」

「まだ何か懸念事項があるんですか？」

「染谷さんはあなたを殺そうとした。そして、そのままその場を離れたのはなぜだかわかりますか？」

「さあ」

「あなたはもう死んだと思ったからでしょう」

「ということは、どういうことですか？」

「あなたが生きているとわかったら、彼はどうするかということです」

「どうするんです？」

「それはわかりません。最も望ましいケースとしては、あなたを殺人未遂で訴えるということです」

「それが望ましいんですか？」

「その他のケースと比較しての話です」

「他のケースとしては？」

「厄介なやつは生かしておかない方針かもしれません」

「ちょっと待ってください。それは困ります」古田は心底怯えているようだった。「もう関わらないでおきますよ」

「あなたが関わらないつもりでも、向こうがあなたが生きているという事実に気付いたら、どんな手を使ってくるか想像もできませんよ」

「僕はどうすればいいんですか？」

「攻撃は最大の防御です」

「あいつと戦えと言うんですか？」古田は消え入りそうな声で言った。

「そうするしかないでしょ」

「隙を狙って襲い掛かるんですか？」

「そんな方法では絶対に勝てませんよ。もっとも一撃で殺害してしまうつもりなら、まだ望みはありますが」

「まさか、殺人なんてできる訳ないじゃないですか！」古田は声を荒らげた。

「わたしもです。そして、それが我々の弱点です。向こうは平気で殺しますから」

「じゃあ、どんな攻撃をするんですか？」

「暴力だけが攻撃ではありません。あいつの犯罪の証拠を摑むんです」

「具体的にはどうするんですか？」

「まず、あいつと接触しなくてはいけません」

「その時点でアウトじゃないですか？」古田は相当落胆しているようだ。

「最初の接触はわたしがします」二吉はできるだけ平静を装った。

「連絡先はわかってるんですか？」

「いいえ」

「どうやって接触するんですか？」

「あいつが出没しそうな場所を監視するんです」

「気の長い話ですね」

「ええ。でも、それしか方法はないのです」

「その次はどうするんですか？」

「あなたに連絡するので、すぐ来てください」

「何のために？」

「あいつと会うためです」

「自分から死地に飛び込めと？」古田は自嘲気味に言った。

「あなたに会えば、あいつはなんらかの行動を起こすはずです」

「僕を殺そうとしたり、警察に通報したりということですか？」

「通報を心配する必要はありません。あなたはすでに釈放されているのですから、警察が拘束するだけの証拠がないのです」

「染谷さんの証言が新たな証拠になるんじゃないですか？」

「染谷さんはあの場にいなかったことになっているので、証言はできないはずです」

「でも、実際にはいましたよ」

「だから、矛盾が生じます。矛盾が生ずると証言の信憑性《しんぴょうせい》が損なわれます。あいつがわざわざそんなことをするとは思えません」

「じゃあ、僕を殺そうとする可能性が高いってことですか？」

「そうですね」

「駄目じゃないですか！」古田は泣き声だった。

「でも、あなたを殺そうとした時点であいつの有罪は確定ですよ」

「あなたが目撃証言をしてくれるってことですか？」

「ええ」

二吉の目撃証言にはほぼ価値はない。だから、ビデオ録画をする予定だ。だが、そのことを古田に教えておく必要はない。知らなければ、うっかり敵に情報を漏らしてしまう危険がないからだ。

「それで、僕はずっとアパートで待機していなければならないんですか？」

「アパートにいる必要はありません。先日、染谷に会った場所は覚えていますか？」

「はい」

「あの場所に三十分程度で到着できる範囲にはいてください」

「じゃあ、アパートの場所でもぎりぎりＯＫですね」

「それは不幸中の幸いです。あなたのアパートが二時間以上も離れていたら、近くに下宿でもしてもらわなければならなかった」

「冗談ですよね？」

「本気です。引っ越しの手間など、あなたのこれからの人生には代えられない」

「そうですよね」古田の溜め息が聞こえた。

「それから、この計画は決して誰にも話さないでください。くれぐれもあなたの命が懸かっていることを忘れないでください」

23

「よお」男が笑顔で話し掛けてきた。

ここに来る前にノートに目を通しておいたので、誰かはわかった。

「ああ。こんにちは」二吉はとりあえず挨拶をした。

「先日は悪かったな」

「ええと。どの話ですか？」

「若い男とトラブルになって、それで、後から別荘に行くって言ってたけど、結局行けなかった時の話だ」

「ああ。あの話ですか」

「あの後どうなった？」

「ええ大変なことになったんです。古田さんが女性に襲い掛かって、名前はあなたと同じ『染谷』さんだったと思います。それで、それに失敗すると、古田さんは自殺しようとしたんです」

「で、どうなったんだ？」

「どうなったって？」

「古田は死んだのか？」

「さあ」

「さあって、どういうことだ？」

「いや。救急車に引き渡したんですが、その後のことはわからないんです」

「ニュースにもなってなかったな」

「まあ、たいした事件じゃなかったんでしょう」

死人が出た訳でもなく、被害者も名乗り出なかったので、警察は事件性を立証できなかったのだ。だから、マスコミも取り上げなかった。

「警察からの連絡もないのか？」

「そうですね。そう言えばありませんね」

「本当か？　なんだか妙だな」

「そうですか？」

こいつ、俺を疑い出しているんだろうか？　あと少しで尻尾を摑めそうなのに。焦りは禁物だな。

「ところで、俺はこれからちょくちょくここに来ることになると思う」

「それはなぜですか？」

「俺も話し方教室に入ろうと思うからだ」

「どうしてまた？　話し下手には見えませんが？」

「別に話し上手が話し方教室に来ても構わないだろう？　まあ、正直言うと、下心があるんだが」

「北川先生にですか？」

「ああ。おまえもだろ？」

たぶん当たってはいるんだろうが、自分でも覚えていない。

「だが、おまえは諦めろ。あの女は俺がものにする」

「自信があるんですね」

「俺には女に嫌と言わせない特別なテクニックがあるんだよ」

珍しく本当のことを言ったな。

「本当ですか？　よかったら、わたしにも教えてください」

「おまえには無理だよ。才能が必要なんだよ」

「今から申し込みですか？」二吉は話を変えた。

「ああ。そのつもりだが」

「でも、今からわたしの授業があるので、申し込みはその後になりますよ」

「授業はどのぐらいだ？」

「だいたい一時間です」

「一時間か。中途半端だな。どっかその辺で時間つぶしをしてくる」殺人鬼は去っていった。

これはまずい。あいつがその気になれば、北川先生を一日でものにできるだろう。本当なら付き合うはずがない相手と付き合わされるのだから、これは一種の暴力と言っても過言ではない。なんとか、阻止しなければ。

二吉は公衆電話に向かうと、古田に電話を掛けた。

「もしもし、田村です」

「公衆電話から掛かってることになってますが」古田が電話に出た。

「公衆電話から掛けているからでしょう」

「携帯なくしたんですか？」

「元々、持ってないんですよ」

「どうしてまた？」

「使い方を覚えるのが面倒で」

「それ冗談ですか？」

「そんなことより、すぐ例の場所に来てください」

「染谷さんがいたんですか？」

「そうです」

「ちょっと待ってください。心の準備が」

「あと一時間後にここに戻ってくるんです。できるだけ急いで来てください。次の機会はいつになるかわかりませんよ」

本当は、話し方教室の生徒になるのなら、いつでも機会はありそうだった。だが、北川先生を救うチャンスは今日しかない。是非とも古田には今日来て貰う必要がある。

それから、今日は授業を受けられない旨を先生に言っておかなければ。

二吉は教室へ向かった。

「こんにちは」ドアを開けると京子がいた。「今日は早めに来たんですね」

京子の顔を見て、やはり自分は下心があったんだと自覚した。しかし、毎回、相手のことを忘れているようでは、恋の進展は覚束《おぼつか》ないだろう。

「すみません。今日は急用があるので、お休みさせてください」二吉は言った。

「またこの前みたいなことですか？」

「この前？」

「ええと。染谷さんが何かのトラブルに巻き込まれたとか」

「そんなこと言ってましたか？」

「ええ」

「そう言えば、今日、染谷さんが来られるそうですよ」

「あら。何かしら？」

「この教室に通いたいとのことらしいです」

「いつ、いらっしゃるのかしら？」

「一時間ぐらい後だと思います」

「どうしましょう？　一時間後は別の生徒さんの授業の予定があるんです」

しめた。これで、少しは時間稼ぎができる。

「じゃあ、その後ですね。もし染谷さんに時間がなかったら、また別の日にして貰ったらどうでしょう？」

「そうですね。そうして貰うのがよさそうですわ」

「では、すみません。今から用事がありますので」二吉はビルの入り口に向かった。

鞄の中のビデオのセッティングを確認する。

今回は絶対に失敗できない。なんとか記憶の連続性が保たれている間に、すべてを片付けなければならない。

三十分ほど待っていると、若い男性が二吉に近付いてきた。

大丈夫だ。記憶の連続性は保たれている。あとしばらくもってくれよ。

「先日はどうも」男性が言った。

「古田さんですか？」二吉は尋ねた。

「えっ？」男性はきょとんとした顔をした。「古田ですけど、お見忘れですか？」

「すみません。目が悪いもので」二吉はわざと目を細めた。

古田の顔写真も撮っておくべきだろうが、せっかく精密にセッティングしたカメラを取り出すのは避けたい。今回は諦めることにしよう。

「まもなく、染谷さんはここに現れます」二吉は言った。「あのビルの角のところなら、見付かりにくいので、そこで相談しましょう」

「どうすればいいんですか？」

「基本は、偶然通り掛かったことにして、相手の出方を窺うしかないですね。何か、脅迫めいた言葉を引き出せたら、御の字です」

「突然、襲い掛かってきたりしたら？」

「わたしが大声で助けを呼びます。ここは結構人通りが多いので、誰かが来てくれるでしょう」

「そんなことで大丈夫でしょうか？」

「そこは心配する必要はないと思います。ただし、相手の口車に乗って人通りの少ない場所や建物の中に入ったりはしないようにしてください」

「あなたはどうされるんですか？」

「ずっと物陰に隠れていようとも思ったのですが、見付かると却って不自然なので、頃合いを見て出ていこうと思います」

「その方が僕も安心です」

「あっ。染谷さんが来ましたね」

「えっ。目が悪いんじゃなかったんですか？」

おっと。しまった。そういう設定だったか。

「染谷さんとはさっき会ったばかりなので、服装でわかるんですよ」

「で、どう言って話し掛けたらいいんですか？　殺されかけた方が殺しかけた方に」

「話をぼかすのもおかしいので、ストレートに言うしかないですね」

「ストレートって？」

「『先日は酷い目に遭いました。今から、二人で警察に行きましょう』という感じで」

「そんなことを言ったら、怒りませんかね？」

「怒るかもしれませんね」

「怒ったら、どうしたらいいんですか？」

「わたしが割って入ります。最悪の場合、わたしがあいつに一方的に暴力をふるわれることになると思いますので、その時はあなたが助けを呼んでください。さあ、今です。よろしくお願いします」二吉は古田の背中を押した。

古田はつんのめるように歩道に飛び出した。

殺人鬼は一度古田をちらりと見て、視線を逸らした。そして、数秒後、もう一度古田の方を見て、目を丸くした。「生きてたのか⁉」

「おかげさまで」古田は震えながら答えた。

「なんだ。震えているのか?」殺人鬼はにやりと笑った。

「あんなことがあったら当然でしょう」

「あんなことだと?」

「僕はあなたに首を絞められました」

「ずいぶん人聞きの悪いことを言ってくれるじゃないか」

「あの日、別荘から田村さんが出ていった後、あなたは示談にしたいから書類を書いてくれと言いました。それで、椅子に座って、書く準備をしていたところ、突然あなたは僕の首にロープを巻き付けてきました」

「ぐったりしていたからてっきり死んだと思ってたぜ」

「一度は心肺停止になりました」

「じゃあ、蘇生したのか。運がいいな。で、警察は何と言ってたんだ?」

「僕が若い女性の首を絞めた後、自殺しようとしたということになっていました」

「それは妙だな」

「目撃者が三人いたそうです」

「三人もいるんだったら、ひっくり返すのはまず無理だな」

「いいえ。まだ方法はあります。あなたが本当のことを証言してくれればいいのです」

「そんなことをして、俺に何の得がある？」

「良心の咎めから逃れられます」

「良心の咎め？　そんなもの元々ないぜ」

「でも、罪を犯して、それを隠しているのは辛いんじゃないですか？」

「全然辛くない。むしろ痛快だ」

「それは人として、どうでしょうか？」

「人としてどうかなんて興味がない。むしろ、俺は人を超越した存在になりたい」

「人はあくまで人でしょう。人を超越するって意味がわかりません」

「おまえには一生わからんだろうな。まあ、わかる必要もないだろうが」

「とりあえず、一緒に警察に行きましょう」

「警察に行く？　全く意味不明だ」

「警察に真実を伝えるのです」古田は少し焦り出したようだった。

「真実など存在しない」

「真実は真実でしょう」

「三人の人間がおまえを犯人だと言い、俺を犯人だと言うのは、おまえ一人だ。さて、どっちが真実だ？」

「真実は多数決で決めるものじゃありません」

「じゃあ、どうやって決めるんだ？」

「決めるのではなく、元々決まっているのです」古田の目が泳いでいる。

頼む。もう少し頑張ってくれ。

「違うな。真実は人間が決めるんだ。そうじゃなかったら、何のために裁判があるんだ？」

「裁判は真実を決めるためのものではなく、真実を発見するための手段です」

「それはあくまで建前で、現実には裁判で真実を決めているんだ。それとも、たった三回の裁判で必ず真実に到達するって証明できるのか？」

「そんな理屈はどうでもいいんです。僕は自分が犯人でないことを知っています。だから、それを証明したいんです」古田はだらだらと汗をかいていた。

それに対し、殺人鬼は涼しい顔だ。

「おまえが犯人じゃないって？　おまえ、自分が女子高生を強姦したり、俺を半殺しにしたりしたのは覚えてるよな？」

「それは……覚えてます」

「それは真実じゃないのか？」

「もうなんだか、自分でもよくわからないんです。それが真実だというのなら仕方ありません。……でも、僕が女性を殺害しようとしたり、自殺しようとしたりしたのは間違いなく、真実ではありません!!　まずはそれを証明したいんです!!」古田はぶるぶる震えながら、頭を掻き毟り始めた。

　そろそろ限界かな？

「でも、目撃者が三人もいるんだろ。そいつもその一人じゃないのか？」殺人鬼は少し離れていた場所から様子を見ていた二吉を指差した。

　やはり気付いていたのか。もちろん想定内だけど。

「おまえもこいつが若い女に襲い掛かるのを見ていたんだろ？」殺人鬼は言った。

　気を付けて返事をした方がいいな。ノートの書き込みによると、古田には証拠がないから反論できないと言ったはずだ。あまり、食い違う発言をすると、古田に不審がられる。かと言って、この時点で殺人鬼に真っ向から刃向かうのは得策じゃない。

「ええ」二吉はとりあえず肯定した。

「田村さん、本当のことを言ってください」古田が懇願するように言った。

「でも、信じられないんです」二吉は続けた。

殺人鬼は眉を顰《ひそ》めた。

「古田さんと接していると、わかるんです。この人はそんな乱暴な人じゃないって」

「だから？　おまえは自分の目が信じられないのか？」

「そういうことではないんですが、きっと何か理由があったんじゃないかと思うんですよ」

「おまえ、女を襲う理由があったのか？」殺人鬼は古田に問い掛けた。

古田は首を振った。「僕はやっていない」

「どうだ？　こいつは完全否定しているぞ。これじゃあ、情状酌量の余地はないな」

古田の望みは情状酌量による減刑ではなく、完全無罪の証明だ。しかし、ある意味、状況は古田に有利だとも言える。古田の犯罪を証明するのは、三人の証言だけだ。被害者の特定すらできない。となれば、立件はあり得ない。

逆に殺人鬼にとっては、古田の存在は危険因子となる。現場にいた人間のうち、彼だけが真実の記憶を持っている。殺人鬼が記憶を捏造できる能力を持っていることを疑わせるには充分な根拠だ。

だから、殺人鬼は確実に行動に出るはずだ。古田の存在を無害なものにしなければならない。

方法は二つ。

一つは古田の記憶を改竄すること。彼にも同じ記憶を植え付ければ矛盾は消失する。

もう一つは彼の存在自体を消してしまうこと。

前者ならいいのだが、後者だとするとまずい。もし殺人鬼が古田を殺す決心をしたなら、二吉はなりふり構わずに古田の命を救わなければならない。それが二吉自身の命を脅かすことになろうとも。

二吉は古田を囮《おとり》に使ったことに負い目を感じていた。それ以外に方法がなかったとしても。

「おまえ恥ずかしくないのか？　強姦や殺人未遂を繰り返して、しかもなお罪を逃れようとするなんて」殺人鬼がのうのうと言った。

「違う‼　そんなことをするなんて、本当の僕じゃない」

「でも、実際にやったんだよ。自分に嘘は吐けないよな」殺人鬼は古田に近付いていった。

二吉に緊張が走る。こいつは何をするつもりなのか？

殺人鬼は古田の腕を掴み、ビルの中に押し込んでいく。

二吉も後を追う。

ビルの中に人気《ひとけ》はない。

殺人鬼はにんまりと笑った。

始まる。

「おまえは自分の別荘で若い女を殺そうとした」殺人鬼は言った。

来た！　殺しではなく、記憶改竄だ。

二吉はほっとした。

古田は白目を剝いた。そして、元に戻った。

「あっ！」古田は頭を押さえ、座り込んだ。

「どうした？　思い出したか？」

「忘れていた。僕は女の人を殺そうとしたんだ？」

「よく考えて！　あなたに女性を殺す理由はない！」二吉は思わず叫んでしまった。

「殺す理由はないけど、僕は殺そうとしたんだ！」

「思い出して。さっきまで、あなたは女性を殺そうとしていないと言っていた」二吉が言った。

「僕がそんなことを？」

「そう言っていた」

「わからない。ぼんやりして思い出せない」

殺人鬼は古田の頭に触れた。「おまえが女を殺そうと思ったのは猥褻《わいせつ》目的だ。今まで忘れていたのは自分の中の悪を認められなかったからだ」

古田は絶叫し、号泣し始めた。

駄目だ。精神が崩壊してしまう。

「古田さん、落ち着いて。自分を見失ってしまってはいけない」

「恥ずべき行為だ」殺人鬼は言った。「もうおまえは生きてはいられない」

それはおまえのことだ！

「古田さん、人は何度でもやり直せる。しばらく心が落ち着くのを待つんだ」

「ええい。煩《うるさ》い！」殺人鬼は二吉の手首を摑んだ。「今日ここであった俺と古田のやり取りは全部忘れろ」

記憶が消し飛んだ。

この男の能力は凄まじい。だが、殺人鬼には誤算があった。二吉はすべてを予想していたため、記憶のギャップをそのまま受け入れることができたのだ。だから、彼の脳は辻褄を合わせるようなことはせず、単に記憶の改竄があったと認識しただけだった。ここであったことの詳細は何も思い出せない。だが、おおよその推測は付いた。

だが、それを相手に教える必要はない。

「ええと。皆さん、いつの間にここに来てたんですか？」

殺人鬼はまた二吉の手首を摑んだ。「俺たちは十分ほど前に来た。古田は自分が女を殺そうとしたことを白状した」

新たな記憶が植え付けられた。

「でも、その方は死ななかったんですよね」二吉は言った。「いったん警察に捕まって釈放されたんですから、気に病むことはないですよ」

「おまえは黙ってろ!!」殺人鬼は俯《うつむ》いて座り込んでいる古田の頭を踏み付けた。「おまえはこれから自殺する覚悟だ」

「染谷さん、何を言ってるんですか!?」

「ああ。今のはさっきこいつ自身が言った言葉だ」

古田はゆっくりと立ち上がり、ふらふらと歩き出した。

「古田さん!」二吉は後を追おうとした。

「おい。ちょっと待て」殺人鬼が二吉を止めた。「おまえ、今、授業中じゃなかったのか?」

細かいことに気が付く男だ。

「はい。その予定でしたが、教室に向かう途中で、古田さんの姿が見えたので、追い掛けたのですが、見失ってしまったんです。それで、気になって探していたのです」

「本当か?」

どうやら、こいつは俺を疑い出しているらしい。さっきから、その場限りの言い逃れを繰り返しているから、こいつが本気で検証し出したら、すぐにぼろが出てしまうだろう。なんとしても今日中に決着を付けなければ勝ち目はない。

「本当ですよ」

「何か企んでるんじゃないだろうな」

「いったい何の話をしてるんですか？」

殺人鬼は二吉の腕を摑んだ。「俺とおまえは親友だ。互いに絶対に嘘は吐かないと誓っている」

殺人鬼の顔が輝いて見えた。強い友情を感じる。

もちろん、そんなはずはない。

「俺たち、親友だろ。本当のことを言えよ」

「だから、何の話ですか？」

「本当に偶然ここに居合わせたのか？」

「そうですよ。さっきも言ったじゃないですか」

殺人鬼は腕組みをして考え込んでいる。

「わかった。信じよう」殺人鬼は言った。「ところで、おまえがここにいるってことは、今、北川先生は空いてるんだな？」

「どうかな。わたしの次にも予約が入ってたら、もう始まっているかも」

「なんだよ、それ？　じゃあ、もう一時間待たなきゃいけないのか？」殺人鬼は腕時計を見た。「まだ間に合うかもしれないな。じゃあな」殺人鬼は階段を上り出した。

二吉は古田を追って、街に飛び出した。

24

二吉が教室のドアを開けると、京子と生徒たちがきょとんとこちらを見ていた。

「あっ。すみません。まだ授業中でしたか」

ええと。誰が北川先生だ？

「いいですよ。今、ちょうど終わったところでしたから」女性が微笑んだ。「ええと。皆さん、課題のスピーチの動画データですが、期限までにサーバに転送しておいてください」

この人が先生か。なるほど。通いたくなる訳だ。

「すみません、先生」生徒の一人が言った。「うまく転送できなかったので、直接メディアでお渡ししてもいいですか？」

「ええ結構ですよ。そこに差し込んでおいてください。今日、全部の授業が終わってから、作業しますので、返却は来週でいいですか？」

「構いません」

「ええと。他にはおられませんか？」

「先生、わたしの分もメディアでお渡ししてもいいですか？　返却は来週で構いません」

「わかりました。いただいたデータは今日中に全員で共有できるようにしておきますね」

同じように何人かの生徒たちがメディアを差し込んでいった。

生徒たちが教室から出ていくのを待って、二吉は口を開いた。

「先生、重要なお話があるのですが、今よろしいですか？」

「すみません」京子は少し考えてから答えた。「すぐにやらないと駄目な準備があるんです。一、二時間後ではどうでしょうか？」

「では、一時間後にまた伺います」

「二時間後なら確実に大丈夫ですが」

「いえ。一時間後に参ります」

「一時間後だとまだ仕事が終わってないかもしれませんよ」

「その時は出直します」

「一時間後とおっしゃっているのは、ひょっとして記憶できる時間と関係があるのですか？」

「いいえ。違います。まあ全く関係ない訳ではありませんが、それほど関係はないということです」

「二時間後でも問題ないということですね」

「ええ。でも、できるだけ早い方がいいのです」

「わかりました。できるだけ、一時間後までに仕事を終わらせておきますね。でも、もし終わってなかったら、許してください」

「いいえ。こちらが無理なお願いをしているのですから、許すも何もありません。本当に申し訳ありませんが、よろしくお願いいたします」

二吉は教室を後にした。

25

あれから一時間後、二吉は教室へ向かっていた。

ノートの中身はさっき確認した。

俺は今、大変な状況にあるらしい。とにかく、北川先生という人と話をしなければいけない。

「どこへ行くんだ？」呼び止めた男は写真で見たことがある。殺人鬼だ。

「ああ。ちょっと忘れ物を取りに」

今、こいつに関わるのはまずい。すぐに話を切り上げよう。そして、先生に会いにいくとも悟られてはいけない。絶対に。

「一緒に取りにいってやろうか？」

「いや。一人で大丈夫です」

「急いでるのか？」

「そんなには」

「じゃあ、ちょっと付き合って貰おうか」

「はあ」

「ここの屋上は一応展望台ということになっていて、出入り自由なんだが、まず誰も上ってこない。周りのビルが高過ぎて、展望台と言っても、壁しか見ることができないんだから、当然だな。そこで、ちょっと話を聞いてくれないか？」

こいつと二人っきりになるのは極めてまずい。だが、こいつをまいて話し方教室に行くのはほぼ不可能だろう。とりあえず、話を聞いて納得して帰って貰うしかない。

「わかりました。ただ、三十分ぐらいしか付き合えませんが、それでいいですか？」

「ああ。充分だ」

細く暗い階段を上ると、鉄製の錆び付いた重いドアがあった。殺人鬼がそれを押し開けると、激しく軋《きし》む音がした。

屋上は確かに殺風景な場所だった。周囲の建物は倉庫のようなもので、窓はなく本当に壁でしかない。灰色の床はあちらこちら罅割《ひびわ》れていた。

「それで、御用って何ですか、染谷さん？」

「ええと。まず俺の名前だが、本当は雲英っていうんだ。雲英光男」

「つまり、『染谷』っていうのはペンネームみたいなものですか？」

なぜだ？　どうして、こいつは自分から実名を名乗ったんだ？　後で消去するからいいと思ったのか？　それにしても今まで変名で通してきたのに、突然、実名を明かす意味がわからない。平気で殺人を犯してきたやつが、突然、改心したとも思えない。

だとしたら、何か企みがあってのことか？　それとも、単に俺をいたぶって楽しんでいるのか？　しかし、なぜこのタイミングでいたぶるのか？

非常に嫌な予感がする。

「ペンネーム？　筆名か。違うな。筆名でも、芸名でもない。強いて言うなら、犯名かな？」

「そんな言葉あるんですか？」

「さあな。今、俺が作った」

「犯名って何ですか？」

「犯罪用の名前だよ」

「意味がわかりません」

「俺が犯罪——窃盗とか、傷害とか、強姦とか、殺人を犯す時に使う名前だからだ」

「偽名ということですか？　でも、犯罪って冗談か何かですか？」

「冗談で、こんなことを言う訳がないだろう」

まずい。本当にまずい。こいつは自分の秘密をばらしてしまっている。ということは、俺に秘密を知られても問題ないということだ。おそらく俺を消すつもりだろう。

二吉は二人の位置関係を確認した。雲英は二吉と鉄扉の間に立っている。つまり、鉄扉を通って階段を下りるには雲英を回り込まなければならない。そして、鉄扉は開けるのに時間が掛かりそうだ。もし、雲英が刃物を持っていたら、すぐに追い付かれて背中を刺されるかもしれない。

二吉はゆっくりと自分の位置を変えた。

だが、雲英もこちらの動きを予想していたのか、微妙に位置を変えてきた。

「で、どこまで知ってるんだ？」雲英が言った。

「何のことですか？」

「俺のことをどこまで知っているのかと訊いているんだ」

「何も。お名前もさっき聞いたところですよ」

「今まで俺を欺いてきたようなやつだからな。どこまで知っているか、わかったもんじゃない」

「さっきから何をおっしゃってるのか、全然理解できないのですが」

「俺は古田やおまえと別れた後、北川京子に会いにいったんだよ」

「そうですか」

「あそこの教室に通いたいって話をしにな」

「話し方教室にですよね」

「まあ、それは口実で、あの女をものにしたかっただけなんだがな」

「先生を？　まさか、もう……」

「安心しろ。まだ何にもしていない。まあ、今日中にはなんとかするつもりだがな」

「なんとかって？」

「俺の女にする。そして、飽きたら、楽しみのために殺すかもしれない」

「何を言ってるんだ⁉」二吉は声を荒らげた。「自分の言っていることの意味がわかってるんですか？」

「ああ。わかっているさ。俺はずっとそうしてきた」

「それは自白ですか？　警察に連絡しますよ」

「自白といえば自白かな？　でも、証拠はない」

「本当に？　絶対にないと言い切れますか？」

「ああ。完璧にないとは言えないかもな。だけど、それらは証拠としては意味がないんだ。なぜなら、誰も俺を疑わないからだ」

「何を言っているのか、全然わからないんですが」

「ええと。京子に会いにいったって話はしたよな」

「ええ」

「じゃあ、そこからだ。

『北川先生、本日はお願いがあってやってきました』俺はにこやかに言ったんだ」

雲英はまるで落語のように独り芝居を始めた。

「『はい』京子は答える。

『実はこの教室に通いたいんですが』

『はい。田村さんから聞いてますよ』

『田村から？』

『ええ』

俺は思ったよ。田村はえらくおしゃべりなやつだったんだなって。

で、ついでに訊いたんだ。

『田村はよくわたしの話をするんですか？』

『そんなにはされませんよ。何かあった時ぐらいです』

『何かあったって、例えば？』

『例えば、先日誰かとトラブルになったとか』

『あいつがそう言ったんですか？』

『はい。あら。言ってはいけなかったのかしら？』

もちろん、言ってはいけないことだ。だが、おまえは喋った。つまり、俺の知らないところで、俺と古田とのトラブルが知られていたということだ。これが何を意味するかわかるか？」

「さあ」

「俺の計画が破綻するということだ。もちろん計画が破綻しても、再構築することはできる。だけど、それには時間と手間暇が掛かるんだ。俺は俺に関するすべてを自分の制御下に置いておきたいのに、おまえがすべてを台なしにしようとした。俺はこのことを京子に喋るなと言ったはずだよな」

もちろん、そんなことを言われたことは覚えていないし、先生に話したことも覚えていない。

「口止めされたとしても、わたしがそれを守る理由はないですよね」

「もちろんそうだ。だが、俺に逆らう者を俺は許せないんだ。

『あいつ、そんなことを言ってましたか？　喋るなと言っておいたのに、いくら親友でも許せることと許せないことがありますよね』

『あら。お二人は親友だったんですか？』

『ええ。あの事件で会ってから、すっかり意気投合して、しょっちゅう一緒に遊びにいく仲なんですよ』

ところで、おまえと俺は親友だったんだが、おまえ知ってたか？」

殺人鬼の怪人と親友だって？　とんでもない。

俺は首を振った。

「やっぱりな。そうじゃないかとは思ってたんだ。

『そうだったんですか？　でも、あんまり怒らないであげてください。たぶん田村さんパニック状態だったのかもしれないですよ。持病のこともありますし』

『持病』という単語にぴんときたんだ。おまえの不審な言動と『持病』の間には関係があってね。

おまえの持病が何であるかは気になったが、俺はすぐ尋ねるような真似はしなかった。おそらく彼女は俺とおまえが親友だということを信じて『持病』という単語を出したんだろう。だから、ここで俺が、持病って何ですか、なんて尋ねたら、彼女は自分が失敗したことに気付いて、喋らなくなってしまうだろう。

『最初に病気のことを聞いた時は、どう接したらいいのかわからなかったんですが、今ではあまり気にならなくなりましたよ』俺は慎重な言い回しをした。

『わたしも最近では、自然に振る舞えるようになってきたんです。でも、まだなかなか友達のような関係にはなれなくて……。でも、染谷さんは親友になられたんですね。いったいどうすれば、そんな関係を構築できるんですか？』

正直、俺はちょっと焦ったね。どうやら、京子とおまえは病気のせいで友達になれないらしい。そして、同じく俺とおまえが親友になるのは難しいらしい。ということは、少々まずいことを口走ってしまったようだ。だが、もし本当にまずくなっても、俺にはなんとかできる手段があるんだから、俺は少し冒険してみることにしたんだ。

『こつなんかありません。ただ、忍耐強く接するだけですよ』

京子は頷いた。『やっぱりそうなんですね。反復すれば、田村さんにも覚えて貰えるってことなんですね』

覚えて貰えるって何が？　考えてみると、京子はずいぶん不思議なことを言ったんだよ。物覚えの悪い生徒に授業の内容を覚えさせるという話に聞こえないこともない。だが、俺はおまえと親友になったと言ったんだ。親友になることと物覚えとどんな関係がある？　ひょっとすると、親友だったことすら覚えていられないということか？　だったら、一種の痴呆の状態だと言えるだろう。だが、おまえの立ち居振る舞いを見る限り、痴呆には到底見えない。極端に知能が高いようにも見えないが、状況に合わせ、慎重に行動しているように見える。いや。むしろ、慎重過ぎるように感じられる。おまえには失言というものがほぼないのだ」

「それは誉め過ぎじゃないですか？」

二吉は雲英に隙がないか窺ったが、雲英は鋭く二吉の動きを監視しているようだった。

「なにも誉めている訳じゃない。おまえの極端に慎重な態度はつまり何かの不足を補うためのものじゃないかってな」

こいつは相当鋭いな。自分の能力を最大限活用するために、常に人間観察と分析能力を磨いているのだろう。こいつを少し見くびっていたかもしれない。

殺人鬼は自分の能力を過信して精密な分析はしない、と思い込んでいた自分を二吉は責めた。

「『あいつ自身の努力も凄いですよ』俺はさらに鎌を掛けた。『全く頭が下がります』『そうですよね。いつもノートを持っていて、凄い量のメモをされてますよね』

ノートだと？　あいつ、そんなもの持ってたか？　そう言えば、二、三度、ノートを持っているのを見掛けたことがあるが、いつもは持っていなかったな、と俺は思った。

つまり、おまえは意図的に俺の目からノートを隠していたんだ。なぜか？　つまり、おまえは自分の病気について、俺に知られたくなかったんだ。でも、なぜだ？　なぜ、俺に知られたくない？　誰にでも知られたくない病気なのか？　それとも、俺にだけ知られたくない病気なのか？　前者ならいいが、後者だとしたら、おまえはなんらかの意味で俺を特別視していたことになる。あっ。ところで、今もノートを持っているのか？」

二吉は尋常でない恐怖を感じた。

ノートは二吉にとっては記憶そのものだ。発病後の人生そのものだ。あれを奪われたりしたら、二吉には頼るものがなくなってしまう。

「返事がないな。ということは今も持ってるんだな？」雲英が勝ち誇ったように言った。

「答える必要はないと思うけど」

「ああ。答える必要はない。後で俺が直接確かめる」

「あんたにそんな権利はない」

「いや。あるんだな。俺にはすべての権利がある」

「誰がそんな権利を与えたんだ？」

「もちろん俺自身だ。そして、もちろん俺は権利を与える権利を持っている」

「循環論法だな」

「理屈はどうでもいい。要は俺が世界の中心だということだ。

ええと。どこまで話したかな？　そう。ノートだ。

『あれにはわたしもびっくりしました。本当に凄い量なので』俺は話を合わせた。

『元々几帳面な質《たち》なんでしょうね。わたしだったら、同じ病気になってもあれだけの書き込みはできないと思います』

『ノートではなく、スマホにすればもう少し楽なんでしょうが』

『発病が相当前だったので、残念なことにまだスマホは使いこなせないということですよね』

『そうらしいですね』俺は相槌を打った。

相当前に発病したから、スマホが使いこなせない？　俺は必死で考えた。おまえの様子を思い出してみても、手などに麻痺などの症状はなかったはずだ。なのに、病気が原因でスマホが使いこなせないという。肉体的に問題がないのにスマホが使いこなせないというのなら、原因は精神にあるはずだ。だが、おまえの精神もまた問題ないように見えた。どういうことだ？

俺はさらに鎌を掛けることにした。

『田村の場合、見た感じも普通だし、受け答えも普通にできるから、全然わからないんですけどね』

『ええ。本人の勘がいいというのもあるでしょうけどね。ノートをさっと見て、今までのことを全部把握するというのは大変な才能ですわ』

これはまた奇妙なことを聞いた。おまえはノートを見て現状を把握するそうだ。逆に言うと、ノートがなければ現状が把握できないということになる。やはり痴呆の一種のように思えるが、勘がいいのでそれが周囲にわからないということだ。つまり、纏めると、おまえは精神の能力の一部が失われていて、それを他の能力で補っているということになる。では、失われた能力とは何か？　ノートに凄まじい量のメモをとる。そして、そのメモを読まなければ、現状を把握できない。材料はこれだけで充分だった。おまえは記憶能力に障害がある」

二吉は一瞬、拍手をしてやろうかと思ったが、なんとか思い止まった。まだ、相手を称賛すべき時ではない。

「だが、記憶障害があるとしたら、不思議なことがある。おまえは決して教養のない人間ではない。記憶喪失だとしたら、どうして深い教養を維持できるというのか？　記憶喪失というのは今までの記憶をすべて失うのではないのか？　それとも、選択的に失われるのか？　論点を整理しよう。おまえは現状を把握するためにはノートを見なくてはならない。そして、常にノートを書き続けている。そして、過去の知識をいっさい失った訳ではない。これをどう解釈するか？」

それは二吉が毎朝取り組んでいる課題そのものだ。

「そこで漸く俺は思い至ったんだ。普通の記憶喪失はある人物から過去のすべてを奪ってしまう。だが、おまえの病気は逆の方向性を持っていたのだ。おまえは過去ではなく、未来のすべてを奪われた。つまり、新しいことを記憶できない病なのだ」

こいつは手強《てごわ》い怪物だ。さあ、次の一手はどうする？

「俺はそんな病気があることは知らなかった。だが、そんなことはどうでもいい」雲英は勝ち誇ったように話し続けた。「俺が知ってようが知るまいが、そのような病気は確かに存在し、そしておまえは患っている。特に問題はない。ただ一つを除いて」

「いや。問題は山ほどあるよ」

「それはおまえにとっての問題だろ。俺には関係ない。俺にとって問題はただ一つだ」

「じゃあ、ただ一つの問題とは何だ？」

「特殊だが、非常に重要な問題だ。おまえの病気は俺の超能力と相性が悪い可能性がある」

「超能力？　何だそりゃ？」

「本当に知らないのか、惚けているのかはノートを見ればわかるんだろ？　面倒だから言っちまうが、俺は人間の記憶を操ることができるんだ」

「妄想だ」

「妄想でも構わないさ。とりあえず、そういう能力があるとしてくれ。この能力を記憶力のない人間に使ったら、どうなるだろう？」

「さあ。記憶できないのなら、操るも何もないだろう」

「ところが、記憶できないと言っても全く記憶できない訳じゃない。少なくともこうして会話が成立するからには、いくらか記憶は保持できるようだ。いったいどれだけもつんだ？一日か？　一時間か？　そして、それだけの時間が経てば記憶は消える。そのような人物に記憶改変の超能力を使ったら、どうなるか？　もちろん、改変した記憶も一定時間が経てば消えるんだろう。そして、それ以前に、覚えていないはずの記憶を改変したら、どうなるのかだ。それはそのまま受け入れてしまうのか？　それとも、ないはずの記憶があった時点で異変に気付くのか？」

「気付いたとしても忘れてしまうだろう」

「もちろんだ。だが、おまえにはノートがある。俺は今まで自分が常に他人を出し抜いていると思っていた。だが、おまえの特徴に気付いた瞬間、別の可能性に思い至ったのだ。俺の能力を知っている人間が存在するが、俺はその人物が俺の能力を知っていることを知らない」

二吉は頭脳をフル回転させていた。こうやっていちいち説明しているのは、単にこいつの趣味なのか、あるいは別の理由があるのかはわからない。だが、この時間を活用できなければ、二吉の命はないと考えた方がよさそうだった。仮令、ノートを処分したとしても、二吉自身は雲英の能力で操られない不確定要素として、存在することになる。雲英がそのような状況を放置するとは思えなかった。

「そういう経験も貴重なんじゃないかな？」二吉は言った。

「ああ。とても、貴重な経験だったよ。だが、もう要らない。俺は今言った可能性に思い至った瞬間、悪寒すら覚えたよ。俺はすっかり騙されていたんじゃないかって。今日は京子をものにする予定だったが、もちろんそんな予定は吹っ飛んでしまった。

『先生、すみません。急用を思い出してしまいました。入会手続きはまた今度ということでよろしいでしょうか？』

『あっ。はい。もちろん手続きはいつでも結構ですよ』

ということで、俺はこの辺りにいるはずのおまえを探し回っていたという訳だ」

「俺を見付けて何をするつもりだったんだ？」二吉は尋ねた。

「まずは確認だ」

「何か確認することがあったのか？」

「俺の超能力がおまえに効果があるのか、それともないのかの確認だ」雲英は答えた。

「なるほど。確認したければ、さっさと確認してくれ」

「いや。もう確認は終わったよ」

「どういうことだ？」二吉は言った。

「おまえと俺は親友だ」

「そんなことはあり得ないと言ったはずだが」

「俺はおまえに『俺とおまえは親友だ』という偽の記憶を植え付けたはずだったのだ。しかし、おまえはそれを完全に否定した。つまり、俺の超能力はおまえには無効だったということだ。確認終了だ」雲英が言った。

「じゃあ、目的は達成だな。おめでとう。それで、俺はもう帰っていいのかな？」

「確認は目的の一つでしかない」

「他にも目的が？」

「ああ。不安要素を絶つという目的がある」

「不安要素……俺のことだな？」

「その通りだ」

「俺なら全く無害だ」

「どこが無害だ？」

「このまま数分間放置すればいい。俺はおまえのことなんかすっかり忘れてしまうんだよ」

二吉は自分の記憶力にさばを読んで過小に報告した。

これで雲英が俺を侮ってくれればいいのだが。

「確かに、俺のことは忘れるかもしれない。だが、すぐに気付くかもしれない」

「そんなことはないだろう」

「現におまえは自力で俺の能力に気付いたようだ。普通の人間でそこまで到達した者はいない。類まれな推理能力と病気の融合が奇跡を生んだのだ」

「偶然だよ」

「そうならいいな。だけど、俺はそんなことに人生を懸けたくない」

「おまえはすでに俺の病気を知ってしまったんだから、俺に正体を知られないように、ちゃんと気を付ければ問題ないだろう?」

「いや。問題だ。いつなん時おまえが俺の能力について話し出すかわからない」

「誰も信じないさ」

「そんなことわかるものか? 百人に話して信じるのは一人かもしれない。だが、その一人が俺を破滅させてしまうことは充分考えられる」

駄目だ。いくら俺が自分自身の無害さをアピールしようと雲英は聞く耳を持たない。どんなに小さい確率であろうと、俺が雲英を破滅させる可能性があるのなら、俺を殺すことは雲英にとってメリットがあることになる。だが、殺さないことは何のメリットもない。だから、雲英は俺を殺すだろう。こいつの良心に訴えかけても、心変わりする見込みはない。おそらく、今までもこいつは凶悪犯罪をやり続けているのだ。今更、一人殺すことぐらい蚊を殺すぐらいの感覚なのだろう。こいつは自分のメリットにしか興味がないのだ。

だとしたら、希望はある。

「俺を殺すつもりか？」

「他の人間なら、殺す以外に手もあったが、おまえは殺すしかなさそうだな」

「今ここで？」

「本来なら、人目に付かない山奥にでも連れていくべきだが、記憶操作できないおまえを操ることはできないので、仕方がない」

「大声を出して騒ぐぞ」

「騒げよ」雲英はポケットからナイフを取り出した。「おまえを殺すのには十秒も掛からない。誰かが駆け付けたとしても、記憶操作すればいいんだ。おまえが自殺しようとするのを俺が止めようとしたけれど、失敗したとか。それとも、おまえが俺を殺そうとするのを人に見られたから自殺したという方がいいか？」

「俺は用心深いんだ」

「なんだと？」

「俺を殺すと後悔することになるぞ」

「はったりか？」

「俺がこのノートだけに頼って、記憶の補完をしていると思うのか?」

「何を言ってるんだ?」

「他にもあるんだよ。俺専用の記録が」

「そうかもな。だが、それがどうしたと言うんだ? おまえが死ねば、もう記録を見ることもできない」

「俺自身はな。だが、他の誰かが見たらどうなる?」

「なるほど。その危険があったな。教えてくれてありがとう。おまえの家を見つけ出すのは多少手間だが、不可能ではないだろう」

「俺の家以外にもある」

「嘘だな」

「なぜ嘘だとわかる?」

「ノート以外に記録があるとしても、おまえはその記録の存在自体を覚えていることができない。もし家以外の場所に記録があるのなら、そのこと自体がそのノートに書かれているはずだ。なぜなら、おまえ自身がその場所を記憶できないから」

こいつ、意外に冷静だな。

「ああ。このノートに書いてあるよ。だけど、それを読んでもおまえにはどうしようもない場所にある」

「いったいどこだ？　教えろよ」

確かに。どこなんだ？

「それを今教える必要はないだろ」二吉は惚けた。「一つの思考実験をしてみよう。おまえが他人の記憶を操る怪人であると告発する証拠があるとする」

「まだ諦めないのか？　引き延ばしても、何の意味もないぞ」

「聞いて損のない話だ。俺がおかしなそぶりを見せたら、すぐに刺せばいいだろ？」

「いいだろう。それで、思考実験の結果はどうなる？」

「おまえはもう今までのようにやりたい放題はできなくなる」

「なぜだ？　能力の存在が知られたとしても、能力自体がなくなる訳じゃないんだぜ」

「おまえの能力が知られてしまったからには、もうその効果はなくなる」

「そうなのか？　まあ、試したことはないからそうかもな。だが、それがどうしたんだ？

能力を知ったやつは消していけばいいんだ。今みたいにな」

「人数が限られていればな。だけど、不特定多数に知られたらどうする？」

「どうもしないな。まあ、今までより生活は不便になるから、避けたい事態ではあるがな」

「不便になるだけじゃない。おまえが今まで犯した罪が明らかになるんだ」

「今までの犯罪の記憶はすべて消してある」

「証拠は記憶だけじゃない。完全に痕跡を残さずに行動できる人間は存在しない。被害者自身やその身の回りのものには必ずおまえのDNAが付着している。犯罪そのものは監視カメラのない場所で行っているつもりかもしれないが、現場へ向かう時や現場から立ち去る時はどこかのカメラには写っているはずだ。被害者とおまえが一緒にいるところを見た目撃者だって無数にいる。彼らの記憶を一人ずつ消去してきた訳じゃないだろ。今まではおまえは疑われることがなかったため、これらの事実は見過ごされてきたんだ。だが、一度おまえに対する疑いが生じてしまえば、これらの痕跡はもう一度拾い集められることになる」

「もちろん。おまえの言うようなことはあるだろう。だけど、それは証拠じゃない。単なる情報だ。それで、俺を有罪にできると思うか？」

「確かに、一つ一つは、証拠にはならないだろう。だけど小さな情報を積み重ねていけば、それらは一つの事実を指し示すはずだ」

「そんなかったるい方法で、俺が今までやってきた犯罪をすべて立証するつもりなのか？気の遠くなるような話だぜ」

「いや。全部を立証する必要はないんだ」二吉は笑みを浮かべた。「おまえのやった犯罪は凶悪犯罪ばかりだから、二つ、三つ立証するだけで、もう人生は終わりだよ」

「なるほど。面白い思考実験だった」雲英も笑みを浮かべた。「でも、ここで人生が終わるのはおまえの方だ」雲英は笑顔のまま二吉に近付いた。

「一つ言ってないことがある」

「おい。また引き延ばしか？　いい加減、もううんざりなんだが」

「この鞄にはノート以外のものも入っている」

ええと。これでいいのか？

二吉はカメラを取り出した。「知ってるだろうが、このカメラは動画も撮れる」

「デジカメか？」雲英は興味を持ったようだった。「記憶力のないおまえに使いこなせるのか？」

「よくはわからないが、最近のものは簡単に使いこなせるんじゃないか？　それにノートにも書いてあったが、手続き記憶というものは俺にも残っているらしい」

「そのデジカメで俺を撮ったというのか？」

「たぶん。よく覚えていないが」

「ただの映像が証拠になると思うのか？」

「だから、これは切っ掛けだよ。この映像を見ることによって、今まで証拠でなかった情報の断片がおまえの犯罪を立証する証拠のピースへと変わる訳だ」

「なぜ、そんなことを俺の前でぺらぺら喋る必要があるんだ？」

「だから、これでおまえは破滅するということだ」

「ノートと何が違うのか、わからんな。そんなものおまえを殺してから始末すれば済む話だ」

「いや。これはノートとは違う」

「何が違うと言うんだ？」

「重要な点としては密度が違う」

「情報の密度のことか？」

「いいや。比重の話だよ」

「何を言ってるんだ？　比重が今までの話にどういう関係があると言うんだ？」

「あるさ。密度が高ければ質量あたりの空気抵抗が下がるんだ」

「世迷言《よまいごと》はやめろ。もう引き延ばしに付き合うのはやめだ。さあ。覚悟しろ」雲英はナイフの切っ先をこちらに向けた。

「空気抵抗が小さいからノートより遥かに遠くまで飛ばせるんだ」二吉は振り向くとデジカメを全力で投げた。屋上の端のフェンスを越えた。

「仮令カメラが壊れたとしても、メディアの中のデータは大丈夫だろう。拾った人間は十中

八九、メディアの中身を確認するだろう。さあ。誰が拾うかな？　今、見ておかないと、誰だかわからなくなるぜ」

「くそっ!!」雲英はフェンスに向かって走り出した。

その隙をついて、二吉はドアに駆け寄り、開け放った。

雲英は速度を殆ど落とさずフェンスに激突した。「落ちてない！　カメラは屋上の端に残っている!!」

そうか。もう少し勢いを付ければよかったかな。

雲英はフェンスの隙間からカメラに手を伸ばしていた。すぐにも摑めそうだった。

だが、あのカメラは実はどうでもよかった。カメラを鞄から出す直前、二吉はカメラからメディアを引き抜いておいたのだ。

ノートに書いてある使い方によると、この記録メディアをコンピュータに差せば、映像データを取り出せるらしい。

ただし、問題がある。二吉にはその方法がわからないということ。そして、コンピュータのありかがわからないことだ。

まずコンピュータとその使い方を知っている人を見付けなければならない。

きっとコンピュータはどこにでもあるのだろうが、見ず知らずの人に使わせて貰えるとは限らない。

自宅に戻れば、コンピュータはあるのだろうが、すぐにでも雲英が追ってくると思われる状況で、のんびり家まで戻る余裕はない。

だとしたら、この建物の中で、コンピュータを見付けなければならない。

確実にありそうなのは、話し方教室だ。

二吉は階段を駆け下りる。

ノートのメモによると、コンピュータを使って動画で生徒同士が話し方をチェックしているらしい。だとすると、そのコンピュータを使えば、生徒全員に動画を配信することができる。あちこちに散らばった不特定の人々に自分の能力をばらされる――雲英にとっては最も避けたい事態だ。

だが、俺は動画配信ができるのだろうか？

ひょっとして、今まで何度もやっているのなら、手続き記憶として覚えているかもしれない。だが、今のところ、そんなことができるような気がしない。

では、その場にいる誰かに頼むか？　その場合、その人物も雲英の標的になってしまう可能性がある。難しいところだ。しかし、雲英を倒すためには、その方法しかない。

突然、二吉は衝撃を受け、階段を転げ落ちた。

何が起きた？

誰かが、二吉に覆いかぶさっている。

雲英だ。手にナイフを握っている。

ここまできて殺される訳にはいかない。幸いなことに雲英も一緒に落下したため、すぐには身動きがとれないようだ。

二吉は雲英を蹴とばした。

雲英が怯んだ隙になんとか這い出すと、立ち上がろうとした。

右足の脹脛《ふくらはぎ》から踵《かかと》にかけて激痛が走った。

畜生！　ナイフで刺されてしまった。

痛みで何も考えられない。全身から力が抜ける。

駄目だ。考えるんだ。考えるのをやめたら、即死んでしまう。

二吉は周囲を見た。

ここは階段の踊り場だ。何か使えるものは？

目と鼻の先に消火器が置いてあった。

二吉は絶叫しながら、雲英の頭を拳で殴った。

すっかり戦意を喪失していたと思っていた二吉が突然反撃してきたので、雲英は一瞬怯んだ。

二吉はその隙に這いずり、消火器を摑み、支えにしてなんとか立ち上がった。雲英も立ち上がる。

二吉は渾身《こんしん》の力を込めて、雲英の頭に消火器を叩き付けた。

鈍い音がした。

雲英は頭を押さえ、のたうち回っていた。

このまま殺してしまうのが正しい判断のような気がした。仮令殺人罪で捕まろうとも、こいつを野放しにするよりは遥かにましだ。

だが、二吉は自分に殺人ができないことを知っていた。できないことを思い悩むよりは、今できることをすぐ始めた方がいい。

二吉はノートを広げると、話し方教室の場所を確認し、血塗れの足を引き摺りながら、再び階段を下り始めた。

26

ええと。ここはどこだ？

気が付くと、二吉はどこかの部屋の床に寝て、天井を眺めていた。

住居ではない。会議室か何かのようだ。

どうして、記憶がないんだ？　酷く酔っ払ったのか？

二吉は起きようとした。その瞬間、焼けるような痛みが走った。

足を怪我しているじゃないか。いったい何があったんだ？

今、酒に酔っているような感じじゃない。頭を強く打ったか何かで記憶が飛んでしまったのか？

すぐ傍に血塗れのノートが落ちていた。

二吉はノートを手に取り、開いた。


警告！
・自分の記憶は数十分しかもたない。思い出せるのは事故があった時より以前のことだけ。
・病名は前向性健忘症。
・思い付いたことは全部このノートに書き込むこと。

なるほど。そういうことか。だが、妙だ。「記憶は数十分しかもたない」ということだが、現時点ではほんの数十秒前の記憶しかない。症状がさらに進んだのか？

いや。そうではないのかもしれない。前向性健忘症は短期記憶から長期記憶への移行がうまくできない病気だ。短期記憶は人によるが、だいたい数分から数十分が限度だとされている。ところが、衝撃的なことが起きた場合、この短期記憶が消失してしまうことがある。事故などに遭った場合、その前後数分の記憶がないということはよくあることだが、それはなんらかの精神的なショックが短期記憶を消してしまうからだと思われる。

こうしてみると、俺は何かのショックを受けて短期記憶が消えてしまったようだ。おそらく足の怪我と関係があるのだろう。

しかし、このままでは埒《らち》が明かない。

何かヒントが書かれているかもしれないと思い、最後の書き込みのページを開いた。

そこには血で濡らした指で書かれたと思《おぼ》しき文章があった。

・殺人鬼の名前はきらみつお！

殺人鬼だって‼　なんてことだ。記憶障害になった上、殺人鬼もいるのか⁉　そうか。俺はそいつに襲われたのか？　まあ、そう考えるのが妥当だろうな。他に何か手掛かりはないか？　なにしろ命が懸かっているのだ。

服のポケットを見ると、ボールペンが入っていた。

ボールペンがあるのにわざわざ血で書くというのは注意を引くためだろう。雲英というやつは相当危険らしい。

しかし、情報が名前だけというのは頼りない。どうして、そんな中途半端なことをしたのか？　あるいは、このノートの他の部分に雲英に関する情報が書かれているのかもしれない。

しかし、それにしても、名前だけをどうして血で書いたのか？

つまり、今まで名前の情報がなかったからだ。重要な情報であるということを示すため、血で書いたのだ。

ただ、殺人鬼の名前がわかったところで、今の二吉にはどうしようもなかった。そもそもここがどこかもわからないし、殺人鬼の容姿がわからない。年齢も性別もだ。もちろん、それらの情報はこのノートのどこかに書かれているかもしれないが、この足の怪我が雲英によるものだとしたら、事態は非常に切迫していると言える。悠長にノートを読んでいていいものだろうか？

しかし、逆に言うなら、今の自分にノートを見る以外何ができるだろうか？

一つ前のページを見る。

・やつの犯罪の証拠となるビデオを収めたメディアは上から二つ目の引き出しにある。

おお。これは重要な情報だ。しかし、どの引き出しだ？

部屋の中には大小十余りの机があり、そのすべてに引き出しが付いていた。

探すとすぐにメディアらしきものは見付かった。だが、これをこのままここに置いていていいものだろうか？　もし、ここに雲英がやってきて、このノートを見たら、すぐに見付かってしまうだろう。だが、他の場所に隠したら、俺自身が見つけ出せなくなってしまう。

そもそも、雲英は俺が前向性健忘症であることを知っているのだろうか？

二吉は終わりの方の数ページを確認したが、古田という若者と雲英を対峙させ、証拠ビデオを撮るという作戦が書かれているだけだった。その作戦が成功したのかどうかも書かれていなかったが、もし今雲英に追われているのだったら、おそらく作戦は成功したのだろう。

いや。このビデオをしかるべき場所に証拠として提出できなければ、成功とは言えない。

前向性健忘症のことが雲英に知られているのかどうかについては、ノートの記述だけでは判断できないが、ここは知られていると仮定するしかない。ただ、まだ知られていない可能性もあるので、雲英に出会っても自分からは絶対にそのことに触れないようにしなければ。

ドアの外から足音が近付いてきた。

雲英の可能性が高い。

二吉は最後の書き込みの一つ前のページを破ると、自分の靴の中に隠した。

ここなら、違和感があるため、忘れたとしても、自分で気付くはずだ。

ドアの前には、おそらく二吉が置いたのだろう椅子が何脚か重ねてあったが、どんどんと何度も衝撃を受け、崩れていった。

ドアが開き、目を血走らせている男が入ってきた。

雲英か？　まずは確かめなくてはならない。それも、確かめていることを相手に悟られずに。

「雲英、もうこんな真似はやめろ。永久に逃げ続けることなんて不可能だ」

男はじっと二吉を見詰めていた。

なんだ？　雲英じゃないのか？

「妙だな。逃げ続けるって何のことだ？」男は言った。

ああ。まずいことを言ったかな？

「おまえ、ひょっとしてもう忘れてるのか？」男は言った。

ああ。健忘症のことは知られているようだな。

「俺が誰か確かめるために、『雲英』と呼び掛けたのか。まあ。いい。この期に及んで、嘘を吐く意味はない。俺は雲英だよ」

ああ。こいつが殺人鬼なんだな。一つ成果はあったが、事態は最悪だ。

「おまえ、自分の障害は自覚してるみたいだな」

二吉は無言だった。相手に情報を与える必要はない。

「じゃあ、俺の超能力は覚えているか？」

こいつ、超能力とか言ってるぞ。単なるはったりか。それとも、誇大妄想なのか。後の方だったら、厄介だな。

「あれか。空を飛べるってやつか？　それとも、普通の人間の百倍の力が出せるとか」

「わざと言ってるのか？　それとも、本当に忘れているのか？　なんなら、ノートを見てもいいぜ」

「この状況でじっくりノートを読む気にならないよ」

「だったら、教えてやる。俺は他人の記憶を自由に書き換えられるんだ」

「それは凄いね。だったら、俺なんか恐れる必要はないだろ。放っておいてくれないか」

「そういう訳にはいかない。他人の記憶を操るという俺の能力の特性が記憶障害を持つおまえとは相性が最悪だったのだ」

「いくら記憶を書き換えても、すぐ忘れてしまうからな。骨折り損のくたびれもうけだ。でも、どうせ忘れてしまうんだから、気にしなくてもいいだろ」

「いや。問題はおまえの頭の中の記憶ではなく、外の記憶だ」

「このノートのことか？　俺がこのノートにおまえの悪事のことを書いたから、怒ってるのか？　だったら、このノートのその部分を破いても構わない。だから、助けてくれないか」

「助けて欲しかったら、デジカメの記録メディアがどこにあるか教えろ」

やはり、こいつはあれを探していたのか。本気になってこの部屋を探せばすぐに見付かってしまう。なんとかごまかさなければ……。

「何の話かわからない。もう忘れてしまったんだ。勘弁してくれよ」

「本当に忘れたのか？」

「ああ。そもそも覚えていたかどうかもわからないんだ」

「じゃあ、ちょっと試させて貰おうか」雲英は二吉に近付いてきた。

二吉は立ち上がって身構えようとしたが、脹脛が痛くて、立ち上がれなかった。

「座ってろよ！」雲英は二吉の胸を蹴った。

二吉は尻餅をついた。

雲英は二吉の頬にナイフを当てた。「さあ。メディアはどこにあるんだ？」

「だから、何の話かわからないと言ってるだろ」

二吉は必死に考えていた。

もう本当のことを話してしまったらどうだろうか？　こいつはあの記録メディアが目的なのだから、あれを渡してしまえば、見逃してくれるのではないか？

いや。待て。見逃してくれるとは限らない。こいつは殺人鬼なのだ。しかも、自分は他人の記憶を操ることができると信じているらしい。だとしたら、俺を殺した方が後くされがないと思うかもしれない。ここは恍け続けるのが得策だろう。

「俺が本気で刺さないと思っているのか？」

「いや。俺の足の怪我はおまえがやったんだろ？　だったら、人を刺すのは平気だろうな」

「ああ。その通りさ」雲英は二吉の太腿にナイフを突き刺した。

刺された瞬間は何かが皮膚を貫いた感覚だけだった。そして、じわりと焦げ付くような痛みが駆け上ってきた。

「やめろ」二吉は雲英の手首を摑んだ。

雲英はにやりと笑うとさらにナイフを深く突き刺してきた。

さらに激しさを増す痛みが二吉を襲った。

息をするのもままならない。

胸が張り裂けそうに波打った。

頭の中が鐘のように鳴り続けた。

そして、二吉は気が遠くなった。

27

「おい。目を開けろ」雲英は二吉の顔を殴った。

「うっ」二吉は顔を顰《しか》めた。

「さあ。これ以上、刺されたくなかったら、メディアのありかを教えろ」

二吉はぼんやりと目を開けた。「メディア？」

「ああ。デジカメの記録メディアだ」

「あの。ここはどこですか？」二吉は辺りを見回した。

「なんだと？」

「あなたは誰ですか？」

「おまえまた記憶が飛んだのか？」

「ええと。何も覚えてないのですが、何があったんですか？」二吉はぽかんと雲英の顔を見詰めた。

「別にたいしたことは起こってない。ただ、俺がおまえを殺そうとしているだけだ」

「ひっ！　何してるんですか⁉」

「だから、今からおまえを殺すんだよ」

「どうして、そんなことするんですか？」

「おまえがメディアのありかを教えないからだ」

「待ってください。誤解です！　きっと人違いだ！」

「間違っていない。おまえは田村だ」

「いや。あなたのことは知らない‼　助けてください‼」

「ちっ！　面倒なことになったな。とりあえず身体検査をさせて貰うぜ」雲英は二吉の服やズボンのポケットを探った。「おかしいな。少なくとも、ありかを書いたメモがあるはずだが。……案外、一種の盲点だと考えて、ノートに堂々と書いてあるのかもしれないな」

雲英はノートを広げた。

「なるほど。ここに俺の名前が書いてあったのか」雲英はさらにノートを捲った。「これが俺を嵌《は》める作戦か。しかし、記憶が続かない状態でよくもここまでやったもんだな。これは相当な粘着質だ」

「もう満足ですか？　じゃあ。帰らせてください」

「ノートは要らないのか？」

「そのノートはわたしのではありません」

「俺が貰っていいのか？」

「わたしのものではないので、差し上げるとは言えませんが、持ち主がいないのなら。持っていってもいいんじゃないでしょうか？」二吉はよろよろと立ち上がろうとした。

「ちょっと待て。ここにページを破った跡がある」

「はあ。そうですか」

「どこにやった？」

「だから、そのノートのことは知らないんです」

「思い出せ。これはおまえの字だろ」

「よくわかりません」

「じゃあ。まず服を脱げ」

「はっ？」

「裸になれと言ってるんだ」

「どうしてそんな……？」

「徹底的に調べるんだよ」

「まずは靴からだ。その次は靴下だ」

「すみません。足を怪我しているので、靴が脱ぎにくいのですが」

「じゃあ、そこの椅子に掛けろ。片方ずつゆっくり脱げ。変な動きをするんじゃないぞ。声も出すな。その時点で刺し殺す」

二吉は片方の靴を脱いだ。

「どうすればいいですか？」

「そこに置け」

雲英は二吉にナイフを向けながら、靴を拾い上げ、中を確認した。

「よし。もう片方の靴もだ」

二吉は震える手で靴下を脱いだ。

「おい。おまえ、何をしている？　靴下を脱ぐ前にもう一方の靴を脱げって言ってるだろ！」

「あっ。はいすみません。じゃあ、この靴下はどうしましょう？　もう一度履きましょうか？」

「馬鹿か？　一度脱いだものは履かなくていい。そこに置け」

雲英は二吉が置いた靴下を確認した。

「さあ。もう一方の靴も脱げ」

二吉は靴に手を掛けた。ごそごそと手間取っている。

「何をしてるんだ？」

「すみません。足が痛くて」

「じゃあ、足首から切り落としてやろうか？」雲英が凄んだ。

「すみません」ドアが開いた。

年配の男性がこちらを見ていた。

「すぐに誰かを呼んでください!!　こいつは雲英という名前の殺人鬼です!!」二吉が叫んだ。

「畜生!!　おまえ記憶が飛んでなかったのか！」

「さあな」

確かに一度は飛んだささ。だけど、二度目は演技だよ。おまえを騙すためのね。だけど、いちいち教えてやる必要はないだろう。

男性はきょとんとこちらを見ていた。

まあ、突然そんなことを言われたら、当然の反応だろう。

「待ってください。誤解なんですよ」雲英が言った。

「駄目だ！　騙されないで！　そいつはナイフを持っている!!」二吉は叫んだ。

「このナイフはこの人が持ってたんです。それをわたしが取り上げたんですよ。ほら。こうやって床に置きます。これなら大丈夫でしょう。とにかく入って確認してください」

男性はまだ悩んでいるようだった。

「先生に用があって来たんだ。課題の十分間スピーチの動画のアップの仕方がよくわからなくて」男性は呟くように言った。

「ああ。それなら、わたしがお教えしましょう。こちらに来てください」

「駄目だ！　騙されるな！」二吉は叫んだ。

男性は立ち尽くしたまま、二吉と雲英を見ている。

「どういうことだ？」

「それについて、今から説明します。さあ。こちらへ」雲英は男性に近付いた。そして、促すように男性の肩に手を置いた。

「おまえはこの部屋に来たが、誰もいなかったので、諦めて家に帰ることにした。胸騒ぎがするので、一刻も早く帰らなければならない」

男性は白目を剝き、痙攣を始めた。

雲英は男性の両肩を摑んで、方向転換させ、ドアの外を向かせ、押し出すとドアを閉めた。

数秒後、静かに立ち去っていく足音が聞こえた。

「おまえ、何をしたんだ？」二吉は尋ねた。

「だから、あいつの記憶を上書きしたんだよ」

「どうやったんだ？」

「今、見てただろ」

「薬か何かを使ったのか？」

「いいや。俺の超能力だ」

「信じられない」

「今、見ただろ」

「もし今のが本当なら、怖いものなしだな」

「そうでもない。改竄できるのは脳内の記憶だけだ。物理的な記録や痕跡は改竄できないんだ」

「だが、記憶がなければ、そもそも誰も物理的な記録や物証を調べたりしない」

「そう、その通りだ。だから、一度、『自分の記憶は疑いようがない』という前提が崩れると、俺の無罪工作は非常に脆《もろ》いものとなるんだ」

「だから、おまえは絶対に誰にも疑われてはいけないんだな。いったいどれだけの罪を犯してきたんだ？」

「さあな。数えたことがない。なにしろ、俺は飯を食うように、息をするように犯罪を行ってきたからな」雲英はにやりと笑った。「さて。もうおまえに打つ手はない。メディアはどこに隠してあるか言えよ」

「だから、忘れたって言ってるだろ」

「だとしても、絶対にメモを残しているはずだ」

「きっとメモをとるのも忘れたんだ」

「おまえは抜け目ない。さっきの破れたページをどこかに隠しているはずだ。そして、それはおそらくもう片一方の靴の中だ」

完全に見抜かれてしまった。

二吉は絶望した。だが、諦めてはいなかった。

考えるんだ。まだ何か手はあるはずだ。

「雲英、これはチャンスじゃないか？」

「何の話だ」

「普通の人間に戻るチャンスだ。もし、おまえが今後絶対に罪を犯さないと約束するなら、俺はおまえのことを秘密にする」

「取り引きしているつもりか？　その取り引きは俺にメリットがないな」

「そんなことはない。今まで、おまえは自分を絶対に安全だと思っていたはずだ。違うか？」

「これからも絶対に安全だよ。おまえと動画データを始末さえすれば」

「そんなことはないんだ。現に俺が現れた。ということは、必ず第二、第三の田村二吉が現れる」

「何が言いたいんだ？」

「次の田村二吉は俺ほど優しくないかもしれないということだ。今、犯罪をやめれば、俺は見逃すが、俺を殺して犯罪を続けてたら、いつか報いが来るだろう。俺と同じ記憶障害を持った人間がおまえを追い詰める」

「つまり、おまえは仮定の話を取り引きに持ち込もうとしているのか？」雲英は笑った。

「かなり確実性が高い話だ。おまえのような能力を持っている者に較べれば、俺のような病気を持つ人間はわんさといる」

「そんなことはない。健忘症の人間は珍しくないかもしれない。だが、おまえほど冷静で洞察力のある人間はそうはいない。おまえは持ち前の知能と病気との絶妙な組み合わせで、ある意味、俺に匹敵する超能力者になったのだ。おまえと俺は謂《い》わば同類だ。むしろ一対の怪物と言ってもいいかもしれない」

「俺は元々洞察力などなかったよ。ただ、記憶障害を補うために推理力が発達したのだろう。きっと、他の記憶障害者も同じようなものだ」

「そんな話を信じる理由があるか？」

「証拠はない。信じるも信じないもおまえ次第だ」

「とりあえず、そのことについて考えるのは後にしよう。まずはメディアのありかだ。靴の中を見せろ。さもないとおまえの喉を切り裂いてから、靴の中を確認することになる」

畜生！

二吉は心の中で毒づいた。だが、ここは雲英の良心に期待するしかない。二吉は靴を脱ぎ、床の上に置いた。

「ほう。やはり靴の中だったか。ありふれた場所だ。だが、ありふれた場所でなければ、おまえ自身が見つけられなくなるから、仕方のないことだがな」

雲英は紙片を広げた。「『上から二つ目の引き出し』？　どの引き出しだ？」

「忘れた」

「そう言うと思ったよ。いいか。俺はこれから机の引き出しを開けて回る。その間は逃げるな。その足だと逃げてもすぐに俺が追い付くことになる。苦しんで死にたくはないだろう」

逃げるのではなく、大声を出すのも一つの方法かもしれない。さっきの男性のように近くに誰かがいる可能性は高い。だが、大声を出したら、雲英は即座に殺すだろう。こいつにとって、もはや俺の存在価値はなきに等しい。

「おお。ここにあった。案外簡単に見付かったな。どうしてこんなところに隠したんだ？　こんなところに隠すなら、さっさとネットのどこかのサーバにアップすればよかったのに。ひょっとすると、サーバにアップロードする方法を知らないのか？」

「たぶん知らないんだろうな。少なくとも、できる気はしない」

「それがおまえの不運だったな。せめて協力者がいればなんとかなったかもしれないのに。そうだ。古田には頼まなかったのか？」

「古田が誰か知らないんだよ」

「まあ、今頃、古田もどこかで自殺しているだろうがな」

貴様、他人を自殺に追い込んでおいて、平然とそれを喋るのか？　正気とは思えない。

「で、このメディアだが」雲英はメディアを床に落とした。「これで俺は安泰だ」

雲英は踵でメディアを踏み付けた。

破片が飛び散った。

この程度の破損なら、まだ可能性があるかもしれない。なんとか雲英の隙をついて集められないか？

「もちろん破片も回収する」雲英は言った。「どんな分析法があるかわからんからな。この破片は全部俺が持って帰って完全に腐食させる」

「俺と取り引きする決心は付いたか？」

「おまえと取り引きする意義はないと、とっくの昔に気が付いていたさ。仮にこれから罪を犯さないと決心したとして、おまえを生かしておく意味はあるのか？」

「俺を殺したら、さらに罪を重ねることになるぞ」

「おまえ一人なんか誤差の範囲だ」

「人一人殺すのと殺さないのとでは全然違うぞ」

「おまえを殺さなかったら懲役五千年で、殺したら五千十五年だとしたら、殺さないでおく意味があると思うか？」

「日本だと死刑があるぞ」

「だったら、どっちにしても死刑だろうよ」

「大声を出すぞ」

「やってみろよ。厄介だが、さっきのやつのようにどうとでもなる。ただ、面倒なことをした場合、俺はおまえを苦しんで死なせることにする。身体の末端から少しずつ削り落として欲しいか？」

「やるならひと思いにやって欲しいな」

「だったら、静かにしろ」

こいつ、本当に楽に殺すつもりなんだろうか？　それとも、俺の油断を誘って、声帯でも潰すつもりだろうか？　声帯を潰されたら、声を出せなくなるので、ずっといびられることになる。

ここはむしろひと暴れして、雲英を激昂させて、急所をつかせるのが正しい選択なのかもしれない。

「さあ。やっと、ここまできたぞ。俺はおまえを始末する方法をずっと探していたんだ」雲英が近付いてきた。「まずは……」

雲英の動きが止まった。

「どうした？」

「また、誰か来る。いいか絶対に余計なことをするな。おまえは椅子に座ったままでいろ」

「脚が見えない角度で座るんだ。なに、ほんの数分やり過ごせばいいんだ。多少の出血なんか気にするな」

ドアが開いた。

そこには女性が立っていた。「あら。お二人でここにいらしたの？」

誰だ？

「そうですよ。北川先生」雲英が言った。

北川先生。……誰だか知らないが。そもそも何の先生だ？

雲英が耳元で囁いた。「いいな。おまえが余計なことをしたら、あの女も惨殺する。絶対に余計なことはするな」

この女性とは知り合いなんだろうか？　この人が惨殺されるなんて、想像すらしたくない。

「今から、授業があるんですか？」雲英が言った。

「いいえ。今日の授業は終了しています。ただ、一件だけ雑用を済ませてから帰ろうと思って……」

「掃除か何かですか？」

「いいえ。そうじゃないんですよ」北川先生は部屋の中に入ってきた。

二吉と目が合った。

二吉はアイコンタクトで危機を伝えようとした。

早く逃げて。

だが、北川先生は二吉に微笑み掛け、そのままパソコンへと向かった。

「パソコンですか？」

「ええ」北川先生はパソコンを立ち上げた。「すっかりアップしたつもりになっていて」

「何かのデータですか？」

「スピーチの動画データです。自分でアップの方法がわからない方の分はわたしが代わりにサーバにアップするんです」

パソコンの立ち上げが終わったようだ。

北川先生はぱちぱちと操作を始めた。

「ハードディスクの中に入れてあるんですか？」

「いえ。メモリで貰ってあるんですよ」

北川先生の言葉に何か胸騒ぎを感じた。だが、その理由はわからない。きっと、すでに忘れてしまった記憶の断片が疼《うず》いているのだろう。

北川先生の顔にディスプレイの光が当たった。二人の位置から画面は見えないが、結構光量のある映像らしい。

その姿を見ながら、二吉は、死ぬ前にこの人と知り合いになれてよかった、と思った。

彼女は眉を顰めた。

「どうかされました？」雲英が尋ねた。

「いえ。何でもありません。煩いかもしれませんので、イヤホンで聞きますね」北川先生はイヤホンを取り出した。

「別に構いませんよ」雲英が言った。

「いえ。音量を絞ると、聞き取りにくくなりますし、この方がいいんです」

「ここって、パソコンもあるのに、鍵を掛けてないんですね」

「本当は部屋を出る時は鍵を掛けなくちゃいけないのに、わたしがずぼらなだけです。時間が空いた時は一階の喫茶店で、書き物なんかをしてるんですよ」

「何を書かれているんですか?」

「スピーチの原稿とか……」先生の表情が固まった。「すみません。編集しなくてはならないので、少し静かにしていただいていいですか?　ほんの数分で済みますから」

「ええ。いいですよ」雲英は言った。

「お忙しいようですから、われわれは外に行きましょうか?」二吉は提案した。

「いや。先生にも少し話があるので、待たせて貰おう」雲英は二吉を睨み付けた。

まずいな。どうすれば、先生を助けられるんだろう?

それから、五、六分雲英は椅子に座って待っていたが、そろそろ我慢の限界に近付いてきたようで、苛々とした様子で立ち上がり、先生に近付いた。「おや。肩に何か付いてますよ」

　北川先生はさっと飛び退《の》いた。「触らないで」

「わたしは別に……」

「田村さん！」北川先生が言った。

「はい」二吉は答えた。

「わたしのこと覚えてますか？」

「いいえ」

「わたしは北川京子です。わたしはあなたの味方です」

「はっ？」

「敵じゃないってことです」京子は雲英を指差した。「この人は誰か知ってますか？」

「わたしは染谷ですよ」雲英は京子に近付こうとした。

「動かないで‼」

　雲英は呆然とした。

「ねえ、田村さん、この人は誰？」

「雲英といいます」

「この人に特殊な力があることは知ってる？」

「なぜ、それを⁉」雲英は驚愕した様子で二吉を睨んだ。「おまえ、何をした？」

二吉はただ首を振るばかりだった。

「田村さんはあなたが考えているよりずっと抜け目がないのよ。それに較べると、わたしは迂闊だった。あなたに田村さんの病気のことを喋ってしまうなんて」

「いったい何があったと言うんだ？」

「田村さんはさっき動画データをここに持ってきたのよ」京子は記録メディアを見せた。

「これにあなたが他人を思い通りに操る様子が撮られていたのよ」

「いつ、それを見たんだ？」

「今、ここでよ。貰った時にすぐ見ればよかったと思うわ」

「そのメディアはさっき俺が壊したはずだ」

「じゃあ、きっとあなたは別のメディアを壊したのよ」

「おまえ、どうして嘘を書いた？」雲英は二吉を睨んだ。

二吉は首を振った。「いったい何の話をしているのか全然わからない」

「たぶん、田村さんは本当のことを言ってるわ」京子は言った。

「ノートに嘘を書いたのか？」雲英は言った。

「あなた、田村さんのノートを見たの？　だとしたら、田村さんはあなたがノートを見るのを予想していたんだと思うわ」

なるほど。前向性健忘症である俺はノートに頼るしかなく、そこに嘘を書くはずがない。誰もがそう思うだろう。俺はそれを逆手にとったんだ。

先生にメディアを渡した後、メディアを雲英の手から守るために、そのことはわざとノートに書かずに、自分自身も忘れ去った。そして、おそらく本物の代わりに持っていたダミーのメディアを俺自身も本物だと思い込んだ。本人である俺が騙されているんだから、雲英が騙されるのは無理もない。「敵を欺くにはまず味方から」と言うが、俺は自分自身を欺いたのか。凄いぞ、俺。

雲英はしばらくきょとんとしていたが、突然げらげらと笑い出した。

「何がおかしいの。あなたは負けたのよ」

「まだ負けていない。多少は驚いたが、状況は先ほどと殆ど変わっちゃいない」

「どうして、そんなことが言えるの？」

「俺はまだ状況を掌握しているんだよ。さっきまでは俺の秘密を知っているのは、この田村一人だった。それが二人になっただけだ」

「一人と二人は大きな違いよ」

「普通はそうだろうな。だけど、俺にとっちゃたいした違いじゃない。考えれば、俺の正体を田村に知られていることに俺が気付いていない状態が最も危険だったんだ。そのことに気付いてしまえば、たいした問題じゃない。なにしろ、こいつの記憶は俺が書き換えるまでもない。勝手に消えるんだ。ノートを始末すればそれでいい」

「でも、田村さんと違って、わたしの記憶は消えないわ」

雲英は出口のドアの近くに移動した。「俺が書き換えるさ」

「いいえ。わたしは絶対に忘れない」

「ひょっとすると、そうかもな。俺は今まで俺の能力に気付いている人間の記憶を操作したことはなかった。俺の能力を知っている人間には記憶改竄能力は効かないのかもしれない」

「あなたの能力は記憶改竄能力なのね」

「映像を見てわからなかったのか？」

「映像だけじゃわかりにくかったのよ。他人を服従させる能力かと思ったわ」

「まあ、たいした違いはない。うまく応用すれば、他人を服従させることも可能だ」

「わたしは服従しない」

「そうかもな」

「あなたは終わりよ」

「どうして、そう言える？」

「あなたの能力が公になれば、今まで通りにはいかないわ。きっといろいろな罪を犯してきたんでしょ」

「あんたは一を聞いて十を知るタイプの人間のようだな。この田村と同じタイプだ」雲英は京子との距離を詰めた。手が届きそうな距離だ。

「誉めてくれるの？　ありがとう」京子は後ずさりして、距離を開ける。

「だが、そんな賢《さか》しらは役に立たない。俺の罪は決して公にならない」

「証拠の映像があるのよ」

「そんなものは捏造だと言えばいい」

「本気で言ってるの？　捏造だとしたら、この映像はあなたの協力なしには作れないわ」

「冗談で作ったんだ」

「何を言っても、一度疑いを持たれたら、もうおしまいよ。あなたはもう信用されない」

「だったら、話は簡単だ。まず、あんたを殺す。そして、罪を田村になすり付ける。たぶん、こいつ自身も自分が殺《や》ったと思い込むだろう。そして、メモリは俺が処分する。これですべて解決だ」

「わたしはそう簡単には殺せないわ」

「俺は殺し慣れている」

「大声を出すわよ」

「誰か来ても構わない。田村の犯行の目撃者にでっち上げるだけだ」

「何の見落としもないと思ってるの？」

「ああ。いつも俺は完璧に事態をコントロールしてきた」

「でも、今回は失敗したのよ」京子はコンピュータの電源コードを引き抜いた。

「なぜそんなことを？」

「映像データのアップロードが今完了したからよ。証拠の映像はサーバ上にあって、誰もが閲覧できる状態になったわ」

雲英はナイフを京子に向けた。「今すぐ消去しろ」

「嫌よ。消したら、すぐにわたしを殺すんでしょ」

「消さなくても殺すぞ」

「どうせ殺されるなら、消さない方をとるわ。どうする？　自分でパソコンを立ち上げたら、なんとか自力で消せるかもしれないわ」

「パスワードはパソコンに保存してあるのか？」

「さあ、どうだったかしら？」

「パスワードを保存しているはずがない。俺がパソコンを立ち上げている間に逃げようという魂胆か？」

「好きに想像して」

「だが、そいつは足を怪我して逃げ切れないぞ。おまえが逃げたら、こいつを殺す」

「どっちにしてもあなたはもうおしまいなのよ。これ以上罪を重ねても何の得もないわ」

「確かに何の得もない。だが、損もない。俺は、今更一人や二人殺しても何の影響もないぐらい殺しまくってるんだよ。腹いせに殺してやる」

二吉は雲英と京子が話している間にゆっくりと移動を開始していた。

京子は気付いてるはずだが、敢えて視線を向けてこない。

おそらくチャンスは一度だけだ。

「わたしたちを殺さなかったら、裁判で情状酌量を訴えてあげてもいいわ」

「あんたが情状酌量を訴えても何の足しにもならない。それよりは、今すかっとした方がましだな。ところで、あんた何を企んでいる？」

「何も企んでないわ。映像データのアップロードですべては終わったのよ」

「いや。あんたは明らかに時間稼ぎをしている」

「だから、もうアップロードは終わったんだから、時間稼ぎの必要はないわ」

俺は気配を消して、雲英の真後ろに立った。このまま絞め技を掛ければなんとかなりそうだ。

「いや。あるね。俺もこの瞬間を待ってたんだ」雲英は突然身体を落としながら、振り向いた。

しまった。気付かれていた。

俺は慌てて逃げようとした。

だが、雲英の動きは素早く、腹に一撃を食らってしまった。

「俺は殺し慣れていると言っただろう。揉み合いになったことも何度もある。他人の殺気にだって敏感なんだよ」雲英は勝ち誇って言った。

いや。そうでもない。渾身の一撃のつもりかもしれないが、たいして衝撃はなかった。がつんとくるのではなく、軽い感じだ。

よし。相手が油断しているうちに反撃してやる。

二吉は雲英の頭上に拳を振り下ろそうとした。

だが、力が入らず、そのままへなへなと跪《ひざまず》いてしまった。

どうした？　腰が抜けたのか？

京子が悲鳴を上げた。

大丈夫です。ただ、ちょっと力が入らないだけです、と言おうとした。

だが、声が出ない。

床に手をついて立とうとした。

床が濡れている。

足の出血がまだ続いているのか？　それで、貧血を？

二吉は傷の様子を見ようと下を向いた。

腹部にナイフが刺さっていた。

「あっく」二吉は声にならない声を上げた。

雲英は腹を殴ったのではなく、ナイフを刺したのだ。だから、殆ど衝撃がなかったのだ。

突然、激痛が襲ってきた。

まずい。これでは死んでしまう。

雲英はにやりと笑ってナイフの柄をつかんだ。

ナイフを引き抜くつもりだ。今引き抜かれたら、大量に出血してしまう。

二吉はナイフを引き抜かれないよう、雲英の手首を摑んだ。

「くそっ！　放せ、この野郎」雲英は二吉の足を蹴った。

だが、二吉は雲英の手首にしがみ付き、絶対に放さなかった。

先生、今のうちだ。早く逃げてください。

ところが、京子は逃げなかった。なんと、椅子を摑んで、雲英に叩き付けてきた。

駄目だ。こいつはただの人間じゃない。怪物だ。人を殺すのに、何の抵抗もない。

雲英は身体を回転させるようにして、京子の足首を蹴った。

京子はバランスを崩して、そのまま床に倒れた。

雲英は二吉の手から自分の手をなんとか振りほどくと、京子の上に馬乗りになった。

「別にナイフなんかなくても、女の一人ぐらい簡単に殺せるんだよ」雲英は京子の首に手を掛けた。

「くっ！」二吉はなんとか起き上がろうとした。だが、力が入らない上に腹部の痛みが尋常ではなくなってきた。

ごろごろと転がって雲英に体当たりする。

だが、雲英はびくともしない。

京子は手足をばたつかせて激しく抵抗していたが、それもだんだんと弱々しいものになっていった。

畜生！　記憶にはないが、おそらく俺と雲英は長い戦いを続けていたんだろう。そして、今日、漸く決着の日が来た。その最後の最後に第三者である先生を巻き込んでしまった。これでは何にもならない。先生の機転で、雲英は破滅だろう。だが、先生が死んでしまっては何にもならない。俺はどうなってもいい。先生だけでも、助けなくては……。

二吉は雲英の肩に手を掛け、身体を持ち上げた。だが、雲英は気にせず、京子の首を絞め続けた。

もはや、雲英は二吉を全く脅威と見做《みな》していないようだ。京子を殺害した後、ゆっくりと始末するつもりだろう。雲英の服には二吉の血がべっとりと付いているが、これは正当防衛か何かで、ごまかすつもりだろう。

京子の手足の動きが止まった。

駄目だ!!

二吉は全身の力を込めた。

だが、それ以上、一ミリも動けなかった。

その時、一脚の椅子が雲英の頭上に振り下ろされた。

そこには、先ほど雲英に記憶を書き換えられて、帰っていった年配の男性が立っていた。

雲英は頭を押さえ転がった。

男性はじっと様子を見ている。

「おまえ、帰ったんじゃないのか?」雲英が言った。

「いいや。帰らなかったよ」

「どうして、記憶操作が効かないんだ?」

「効いてたよ。わしの脳には、部屋の中に誰もいないという記憶はちゃんと書き込まれていた」

「だったら、なぜ帰らなかったんだよ」

「それを偽の記憶だと思ったからに決まっとる」

「だから、なぜ偽の記憶だとわかったんだ？」

「おまえが超能力者だと知っていたからだよ、染谷」

「彼の本当の名前は雲英です」息も絶え絶えの京子が言った。

「まあ。偽名を使っているのは予想の範囲内だな」

「じじい、なんで俺の秘密を知ってたんだ？　映像が公開されたのは、ついさっきだぞ」

「おや。映像は公開されたのか？　それはめでたい」

「俺の質問に答えろ！」

「答える義務はないが、教えてやろう。このノートを読んだからだ」

「いつ読んだんだ？」

「最初に読んだのは何週間も前かな。最近はほぼ毎日読んでいる」

「すみません。あなたと田村さんはお知り合いなんですか？」京子が尋ねた。

「ああ。そうだよ。もっとも田村君の方はわしのことは知らないだろうが、わしは岡崎徳三郎という者じゃ。徳さんと呼んでくれ」

　聞いたことのない名前だ。この人物にも見覚えはない。だけど、たぶん言っていることは本当なのだろう。

「おまえら、ぐるだったのか？」雲英が言った。

「北川先生は関係ない。わしと田村君で仕組んだことだ」

「おまえら皆殺しだ‼」雲英は目にも留まらぬ速さで、徳さんに突進した。

が、雲英は突然、ひっくり返った。

　雲英の突進する進路に徳さんが拳を突き出しており、それが雲英の顔面を直撃したのだった。

　徳さんは倒れた雲英の顔面をさらに蹴り上げた。

　雲英は顔面を押さえ、のたうち回った。

　徳さんはポケットから手錠を取り出すと、雲英の両腕を背中に回して拘束した。

「あなた、刑事さんなんですか？」京子が尋ねた。

「いいや。ただの暇人だよ」

「じゃあ、どうして手錠なんか持ってるんですか？」

「今日、こいつと対決しなくてはならないのを知ってたからだよ」徳さんは携帯を取り出した。「まずは救急車だ。それから警察かな？」

徳さんはその二か所に電話を掛けた。

「警察が来たら、何と言います？」京子が尋ねた。

「さっき言ってた動画を見せればいいだろう。それを見てあんたも事態を把握できたんだから、そこそこ説得力があったんじゃないか？」

「ええ。でも、それだけじゃ納得して貰えないかもしれません」

「だったら、この部屋であったことを見せればいい」徳さんは部屋の隅に行くと、小型のビデオカメラを拾い上げた。「さっきこの部屋に来た時に仕掛けておいたんだ。超広角レンズだから、だいたいは映っているだろう」

「全部予定通りだったんですか？」

「まさか。あんたが巻き込まれたり、田村君が刺されたりしたのは、予定外だった。だが、概《おおむ》ねわしの書いた筋書通りに事は進んだようじゃ」

「あなたが考えたんですか？　田村さんじゃなく？」

「計画の大筋を考えたのはわしじゃ。田村君も頑張ったがね。カメラの使い方なんか猛特訓してなんとか手続き記憶として覚えられたんじゃよ」

「その様子はこのノートを読めばわかるんですか？」

「その様子はノートには書いとらん」

「どうして書かなかったんですか？」

「そんなことを書いてもし殺人鬼に見られたら、田村君に協力者がいることがわかってしまうじゃないか」

「なるほど。でも、ノートに書かないと、田村さん自身も自分に協力者がいることがわかりませんね」

「そう。それでよかったんだ。知らないことは絶対にばれないからの」

「田村さんは自分自身を二重に騙していたということですか？」

「そう。そして、そのことに自分では全く気付いていなかった」

「なんだか、こんがらがってきますね」

「記憶を持たない英雄と記憶を操る怪人の対決だ。こんがらがらない方がおかしいというものだろう」

「それも今日で終わりですね」

救急車のサイレンが近付いてきた。

「それで、このノートのことだが、どうする、田村君？」徳さんが言った。

「何のことです？　今は混乱していて、ちゃんと物事が考えられないんですが」とりあえず危機が去ったことで、二吉は少し落ち着いて、話もできるようになっていた。

「あんたはいつもたいてい混乱しているじゃないか」

「覚えてませんが、きっとそうなんでしょうね」

「今回の事件のことだが、どうしておこう？」

「事件は警察に任せるしかないでしょ」

「そういう意味じゃなくて、ノートにどう反映させるかということだ」

「やっぱり、意味がわかりませんが」

「事件をノートに反映するに当たっていくつかの方法があるということだ。一つは現状のまま手を付けず、そのままにしておく方法。これだと、あんたは自分一人で怪人に対峙し、そしていつの間にか勝利したことになる」

「それでも、別に構わないような気がします。他の方法とは？」

「事件のことはいっさい消してしまう」

「それにどういう意味があるんですか？」

「事件の記憶がいっさい消えてしまえば、あんたは平穏な生活が送れるぞ。怪人に殺されかかった嫌な記憶なんか別に要らんだろ」

「記憶と言っても、ノートの記述に過ぎないんですから、わたしにとっては単なる読み物みたいなものなんじゃないですか？　それがトラウマになったりはしないと思いますよ。他にもあるんですか？」

「ありのままをすべて書き込む」

「それが一番いい気がしますね。でも、誰が書き込むんですか？　わたしは何も覚えてませんよ。今、この状況だって、すぐに忘れてしまいます。なにしろ、今書くなんて気力は全くないですからね」

「よかったら、わしが書いてやろうか？」

「そこだけ、筆跡が変わったら不自然でしょう」

「大丈夫。わしはあんたの筆跡を練習して、完璧に書けるようになったから」

「えっ？」二吉は嫌な気分に包まれた。「なんでそんな練習を？」

「わしがあんたの筆跡でこのノートに書き込んでおけば、あんたはそれを自分の考えだと思い込んでくれるからの」

二吉は吐き気を覚えた。

いったい自分は何と戦っていたのか？　自分の本当の意思は何なのか？

「つまり、わたしはあなたに操られていたんですか？」

「人聞きの悪いことを言わんでくれ。わしはあんたのことを慮《おもんぱか》って書いたんじゃよ」

「いったい何を書いたんですか？」

「今回の作戦のだいたい全部じゃ。一部、あんたの考えもあるがの。それから、雲英の動画を撮影してから後は全部あんた自身が考えた作戦だ」

「わたしが何か作戦を考えたんですか？」

「雲英が能力を使用する動画を撮った後、あんたはすぐにここに来て、北川先生に課題のスピーチの動画のデータだと言ってメディアを渡したんだ。そして、賢明にもそのことをノートにメモしなかった。カメラには予備のメディアを入れておいた」

「どうしてそんなことを？」京子が尋ねた。

「それが一番安全な隠し場所だと思ったんだろう。田村君自身がダミーのメディアを本物だと思い込めば、雲英もそう思い込む。田村君はダミーのメディアを必死に守ろうとし、雲英は必死に奪おうとする。結果的に二人とも全く無駄な努力をすることになるが、必死に努力をすればするほど、真のメディアは安全になる。田村君は雲英の正体を知っていることを雲英自身に悟られてしまい、命からがらこの部屋に逃げ込んだんだ。そして、ダミーのメディアを机の引き出しに隠し、それをノートにメモした」

「ノートにメモした時、わたしはそれがダミーだと知ってたんですか？」二吉が尋ねた。

「あんた自身が知らんのに、わしにわかる訳がなかろう。だが、どっちにしても、それで真のメディアを守ることができたのだから、結果オーライじゃ」

「でも、責任を感じます」京子が言った。「メディアを渡された時、すぐ中身を確認していたら、田村さんは危ない目に遭わなくて済んだかもしれないのに」

「あんたはメディアの中身について、いっさい知識がなかったのだから、すぐに見ようとしなくても責められるべきじゃない」

「この部屋に戻った時、田村さんと染谷さん――雲英がいて、少し不自然な雰囲気だったんです」京子は言った。「そして、田村さんから預かったメディアの中身を確認して、スピーチじゃないようだったので、何かおかしいと思って、いったん止めて、ヘッドホンで音を聞きながら再生したんです。そしたら、雲英が若い男性をいたぶりながら、操っているのを隠し撮りしているような動画でした。初めは田村さんと染谷――雲英が趣味で自主製作映画のようなものを作ったのかとも思ったんですが、田村さんの症状を考えると、そんなことをすると、映画を真実だと思いかねない。そんな危険なことをわざわざするとは思えない。ということは、この動画はおそらく真実なんだろうと気付いたんです。それに万が一、映画だとしても、それを真剣にとっても特に実害はありません。ただ、わたしが間抜けだったと笑い話になるだけです。一方、真実を映画だと誤認した場合、怪物を野放しにすることで、わたしたち自身も含めて非常に危険な状態に身を置くことになります。それで、わたしはこの動画が真実であると断定して行動しようと決心したんです」

「先生、あんたは極めて聡明な方だ」徳さんは心底感心したようだった。「しかも、咄嗟の判断で動画を即座にサーバにアップした」

「いえ。あれはは ったりです。動画の中身を確認するのが精一杯でアップするまでの余裕はありませんでした」

「なるほど。しかし、そのはったりのおかげで、こいつが証拠隠滅するのを防げたのだから、たいしたもんだ」

「畜生!!」雲英が叫んだ。「覚えてろ! この糞女! 絶対に仕返ししてやる!!」

徳さんが雲英の顔に蹴りを入れた。

鼻血が噴き出した。

「ああ。捕まえる時に抵抗されたんで、正当防衛で顔を蹴っちまった。先生、とりあえず本当にデータをアップしとこう」

「ええ」京子は作業を行った。

やがて、救急車のサイレンがさらに近付いてきた。

「病院にはついていってやりたいが、まずこの怪人を警察に引き渡さなくちゃならない。しかも、取り扱い説明をしないといけないときている。先生もここにいて貰った方がいいだろう。なにしろ、二人で説明しても信じて貰えるかどうかという話だからの」

「わたしのことは構いません。とりあえず、その怪人が野放しになることがないようにしてください」二吉が言った。

「考えたんじゃがの」徳さんが言った。「こいつを警察や司法に任せておくのはちと不安じゃないか？」

「それは確かに。特殊能力を持ってますからね。警官や弁護士、下手をすると検事や判事まで操るかもしれませんし……」

「だったら、こいつはここで始末するのが一番じゃないか？」

「えっ？」

「こいつのためにもなる。これ以上、罪を重ねるのを止めてやれるんだからな。一種の安楽死じゃ」

「でも、殺人なんかしたら、こいつと同じになってしまう」

「そう。人を殺したりしたら、その思いは一生その人間に付き纏って、耐え難い人生になるだろう。だが、ここに一人だけ、その苦しみを背負わなくて済む人間がいる」

「わたしに殺せと言ってるんですか？」

「自殺したことにすればいい。わしらはあんたが殺したとは証言しない。そして、あんたはすっかり忘れてしまう。良心の呵責《かしゃく》も何もなしじゃ。そして、社会のダニは消え去る。誰も損をしない。完璧な作戦じゃろ」

「真っ平御免です」二吉は即答した。

「どうして？　心の負担はなしじゃぞ。しかも、世のため人のためになる」

「仮令自分が忘れたとしても、殺した事実には変わりありませんよ。そして、記憶が消えるまでは、仮令数分であっても、どす黒い記憶に苛《さいな》まれることになる。絶対にやりません」

「罪を犯した自覚・記憶がないのなら、それは無罪と等価だと思うがの」

「わたしも反対です」京子が言った。「仮令記憶がなくなったとしても、わたしは田村さんに殺人を犯して欲しくありません」

「そうか。みんな反対か。いい考えだと思ったんじゃがの」

「いいことを聞いた」雲英が言った。「犯罪の自覚・記憶がなければ、それは無罪と同じなんだな」

「おまえはいったい何を聞いてたんだ？」二吉が呆れた。

「おまえの話はどうでもいい。そっちの爺さんの言葉に感銘を受けた」

「わしはだいたい常にいいことを言うからな」

「つまり、罪を犯した自覚も記憶もないものをおまえたちは裁くことができるのか、ということだ」

「無意識のうちに罪を犯していたというのなら、無罪という可能性もある。だが、単に記憶がないというだけで無罪にはならないじゃろう」

「例えば、多重人格の一人が犯罪を行ったら、残りの人格も有罪なのか？」

「その場合はおそらく心神喪失か何かになるんじゃないかの？」

「罪を犯した時点で多重人格でなくても、犯罪を行った後に人格が変わったら、その新しい人格は無罪なんじゃないか？」

「そんな特殊状況は考慮しなくていいじゃろう」

「いいや。特殊だが、考慮すべき案件だよ。いいか。今から俺は自分の記憶を改竄する」雲英は目を瞑った。「俺は記憶を上書きする特殊能力など持っていない。俺は今まで一度も犯罪に手を染めたことはない。俺は完全な善人だ」そして、がくりと項垂れた。

「本当かしら？　ただの演技じゃないの？　だって、この人、自分に記憶改竄能力があることを知ってるんでしょ？　さっき、記憶改竄能力のことを知っている人間の記憶は改竄できないかもしれないって言ってたわ」

「それは確かにそうじゃ。田村君には効かなかったし、わしにも効かなかった」

「だったら、この人にも」

「我々は記憶改竄に抗《あらが》ってた。じゃが、こいつは自分の記憶を改竄したがっていた。そこは大きな違いなのかもしれない。そもそも普通の人間でも、記憶は自分の都合のいいように改竄されるもんじゃ。それは特殊能力でも何でもない。雲英のような特殊な人間がそれを強く望んだとしたら、何が起きるかわからない」

「じゃあ、能力自体も消えてしまったんですか?」

「それもわからない。消えたのかもしれない。ひょっとすると、全部雲英の芝居なのかもしれない」

「どうしたんですか?」突然、雲英が顔を上げた。「どうしてわたしは縛られているんですか?」

「その人を刺したからよ」京子が二吉を指差した。

「田村さん、いったいどうしたんですか⁉」

「だから、あなたが刺したからよ」

「まさか、どうしてわたしが田村さんを?」

「あなたが他人に見られたくない動画を公開しようとしたからよ」

「そんな馬鹿な‼ わたしには後ろめたいことなど何もありません」

「この人にさっきの動画見せてもいいかしら?」

「いや。それは後でもいいじゃろう。こいつの精神に負担を掛け過ぎたら、取り調べに耐えられなくなるかもしれんからの。そもそもさっき、こいつの言った記憶改竄が本当に行われたとすると、相当無理のある記憶改竄だ。あまりに矛盾点が多いので、こいつの精神がもたないかもしれない。あるいは、自己防衛のために、改竄が解けてしまうかもしれんの」徳さんはノートを手に取った。「まあ、雲英のことは心配する必要はないじゃろ。問題は田村君の方だ。彼の過去をどうしたらいいと思うかの？」

「もう何もしないでください」

「そういう訳にはいかない。他人の過去を自在に作り上げるなんてそうそうできる体験ではない」

「それじゃ。雲英と同じではないですか」

「こいつとは違う。わしは誰も不幸にならないように、うまく辻褄を合わせてやるから」

「ありがた迷惑です」

「心配せんでもいい。目を覚ました時にはもうすっかり忘れとるから」

救急隊員の足音が聞こえた。

「そのノートにわたしが書き込んでもいいんですか？」京子が言った。

「もちろんじゃ。筆跡をうまく真似できないなら、わしが代筆してやろう」

「まあ」京子は目を輝かせた。

二吉は意識を失った。

28

「どなたですか?」二吉はドアホンに出た。

「岡崎徳三郎という者じゃ。徳さんと呼んでくれ」

「あの。ひょっとして、わたしの知り合いの方ですか?」

「古い知り合いじゃ。ところで、あんた、もうノートは読んだかの?」

「えっ? あっ。はい」

「あんたが殺人鬼と戦っとることはもう読んだかの?」

「はい」

「だったら、話は早い。わしは味方じゃ」

おっと危ない。

「味方だという証拠はありますか?」

「わしが味方でないとしたら、何だと言うんじゃ?」

「殺人鬼本人かもしれません」

「殺人鬼の写真とわしが似とるか？」

「殺人鬼側の協力者かもしれません」

「好き好んで、あんな怪物の協力者になるやつなんているもんか」

「操られているのかもしれません」

「殺人鬼があんたを騙す計略をわしの頭に叩き込んだって？　そんな複雑な記憶操作をしたら、精神が崩壊しちまうぞ」

「そもそも、わたしに味方がいるのなら、ノートにそのことが書いてあるはずです」

「もし、そのノートが殺人鬼に見つかったらどうするんだ？　協力者がいることを敵に知られていないというのは、凄く有利なこととは思わんかの？」

「確かに、そうですが……」

「わしを信用できんと？」

「正直に申しますと、そうです」

「あんたが、生き延びてこられたのもその慎重さによるところが大きいんじゃろうな」徳さんは頷いた。「もし、わしがしょっちゅう、その部屋に入ってると証明したら、どうじゃ？　わしがあんたに危害を加えるつもりだったとしたら、その時にやっとるはずだ」

「ええ。もし、この部屋に入っているのなら、あなたは敵対的ではないということになりますね」

「これを見ろ。そのノートのコピーじゃ。その部屋に入らないと手に入らないものじゃ」徳さんは紙の束を取り出し、カメラに近付けた。

確かに、このノートのコピーだ。ノートを自由にコピーできたということは、二吉から取り上げることもできたはずだ。それをしなかったということは二吉の味方だと判断できるような気がした。

本当に？

この徳さんと名乗る人物がなんらかの方法を使って、このノートのコピーを入手した可能性はまだ残っている。例えば、真の協力者が他にいて、その人物から奪ったとか。あるいは、二吉自身がどこかのコンビニでコピーして忘れてきてしまったのかもしれない。

二吉は考えた。

だが、殺人鬼と戦うのに協力者がいると有難いのは確かだ。徳さんを疑えばきりがないが、それを言ったら、俺は生涯、誰も信用できないということになる。ここは賭けるしかないだろう。

「わかりました。ドアを開けます」

徳さんはにやにやしながら、部屋に入ってきた。そして、すぐに鍵を掛けた。

やはり迂闊に部屋に入れたのはまずかったかも……。

二吉は少し不安になり、後悔した。

「さっそく、打ち合わせに入ろう」

「何の打ち合わせですか？」

「もちろん、殺人鬼を倒すための打ち合わせじゃ。倒すと言っても、暴力を使う訳じゃないぞ。計略で引っ掛けて破滅させるんだ」

「では、やっぱり殺人鬼は実在するんですね」

「あんたがそんなことを言っては困る。わしだって、あんたのノートを通じてしか、怪人の正体を知らんのだ」

「このノートを信じるんですか？」

「あんたにとってこのノートは生命線だ。わざと嘘を書いたりすると思うか？」

「自分を騙すために？　まずそんなことは考えられませんね」

「だから、わしも信じた。そして、そいつと戦う方法を一緒に考えることになったんじゃ」

「でも、ノートにそれらしきことは全く書いてませんね」

「わしが書くなと言ったんじゃ。あんたはそのノートを肌身離さず携帯する必要がある。つまり、そのノートの存在を敵である殺人鬼に悟られる危険性が高いということじゃ。さっきも言ったように、もし、殺人鬼がそのノートの存在に気付き、中身を読んだとしたら、わしという協力者の存在まで知られてしまう。そのリスクを冒してまで、わしの存在をノートに記す必要はないと考えたのじゃ」

「それは理解できます。だけど、それだと、この家に来る度に、わたしに一から説明しなくてはならなくなりますね」

「多少面倒だが、背に腹はかえられない。このノートに書いてあることが本当なら、この男は非常に危険だ。覚悟して掛からないと、二人ともあっという間に殺されてしまうだろう」

「あなたのことがノートに書いていない理由については、理解しました。ところで、あなたはいったい何者なんですか？」

「通りすがりの物好きじゃ」

「どうして、わたしのことを知ったんですか？」

「わしの娘はパン屋で働いとるんじゃ。そこに数日毎にパンを買いにくる客の様子がおかしいので、調べてくれと言ってきてな」

「あなたは探偵なんですか？」

「いや。さっきも言った通りただの通りすがりの物好きじゃ。ちょっとした張り込みや聞き込みをしたら、すぐあんたに辿り着いた」

「すぐにですか？」

「ほんの数日じゃ。あんたは自分が思っとるより遥かに有名人なんじゃよ」

「そうなんですか？　殺人鬼に見つからなかったのは運がよかったんですね」

「運？　とんでもない。わしが守ってやってたからじゃよ」

「そうなんですか？　自分の力で隠せていると思ってたので、少しがっかりしました。……で、殺人鬼と戦う方法というのは？」

「動かぬ証拠を手に入れることだ。殺人鬼は記憶を書き換える能力を持っているらしい。ということは、証人の証言は役に立たないということじゃ。逆に言うと、物的証拠があればやつにはどうしようもないことになる」

「具体的には何ですか？」

「やつが犯罪を行っているビデオだ。できれば能力を使っている現場が望ましい」

「撮影しているのに気付いたら、犯罪は行わないでしょう」

「当たり前だ。だから、隠しカメラを使う。ノートにカメラを購入するようにと書いてたから、もうカメラを買ってるんじゃないかの？」

「さあ。どうでしょうか？」二吉は机の上を探した。「あっ。ありました。パソコンもあります」

「ちょっと見せてくれ」徳さんはカメラを手に取った。「これは一番使い方が簡単なタイプじゃな。使ってみせてくれ」

二吉は手渡されたカメラを少し弄ったが、すぐに諦めた。「ちんぷんかんぷんです」

「そこに説明書があるんじゃないか？」

「結構分厚いですね。読んでいる間に忘れてしまいそうです」

「本当に必要な部分は僅かじゃろ。基本的に録画と再生と充電ができればなんとかなる。ちょっと貸してくれんかの？」徳さんは説明書をぱらぱらと捲ると、赤ペンで何か所か印を付けた。「わしが印を付けたところをノートに書き写すんじゃ。たぶん一ページ以内に収まるじゃろう」

二吉は言われたとおりに書き写した。

「次はこれを読んで撮影して、再生してみせてくれ」

二吉は言われるがままに撮影し、再生した。

「ほら。もう使えるようになった」

「でも、すぐに忘れそうです」

「忘れたら、このページを見ればいい。それに、毎日練習すれば、手続き記憶で手が勝手に動くようになるかもしれん」

「でも、うまく扱えるようになったとしても、これは隠しカメラじゃないですよね」

「そこに鞄があるじゃろ。持ってきて、中を見てみてくれんかの」

鞄を開けると、底の方にポケットのようなものがあった。

「そこにカメラを録画状態にしてからセットすればいい」

「なるほど。小さな穴が開いてますね。カメラのレンズがここに来るようにすればいいんですね」

「そうじゃ。あんたが自分でやったのは、不細工な形になっていて、レンズがずれるんで、わしがちゃんとした形に直したんじゃ」

「たぶんそうでしょう。わたしはこういうの苦手なんで」

「疑似シャッター音や操作音が出ないようにスピーカーを殺しておかなくてはな」徳さんはポケットから小さな工具類を取り出すと、カメラを弄った。「これでよしと」

「あとはどういうシチュエーションで撮影するかということですが」

「あんたのノートに古田という人物についてのメモがあった」

「誰ですか？　まさか、殺人鬼の名前ですか？」

「違う。殺人鬼に殺されかかった上、殺人未遂の犯人にでっち上げられた男じゃ」

「捕まったんですか？」

「証拠不十分で釈放されとる」

「その人が何か？」

「その男を殺人鬼の前に呼び出すんじゃ」

「どうして、そんなことを？」

「殺人鬼は古田を殺すつもりじゃったし、殺したと思っとる。だから、殺人鬼は古田の記憶をそのままにしておる。この状況で、殺人鬼が古田に会ったら、どうすると思うかの？」

「もう一度、殺そうとするか、少なくとも記憶を改変するでしょうね」

「そうじゃ。その様子を撮影すれば、立派な証拠になる」

「だが、危険じゃないでしょうか？　下手をすると、古田氏は本当に殺されてしまうかもしれません。わたしにしたって、もし撮影していることがばれたりしたら、殺される可能性があります」

「そう。危険じゃ。じゃが、やつを野放しにしておくことの方が遥かに危険じゃ」

「しかし、これで古田氏に危害が加えられたりしたら、どうすればいいんでしょうか？」

「そうならないように、精一杯頑張るしかないじゃろ」

「わたしにできるでしょうか？」

「やるしかない。ビデオの撮影さえうまくいけば、もはや勝ったも同然だ。多少のリスクはとらなければ成功はない。『虎穴に入らずんば虎子を得ず』じゃ」

二吉はしばらく躊躇した後言った。「わかりました。やるしかないですね。とりあえず、今の計画を簡単にノートにメモします。詳細な計画はその後で練りましょう」二吉はボールペンを取り出した。

「ああ。メモはとらなくていいんじゃよ」

「えっ？　どうしてですか？　メモをとらないと忘れてしまいます」

「今回は忘れてもいいんじゃよ」

「どうしてですか？　せっかく殺人鬼と戦う計画を考えたのに」

「でも、今回は再現だから、手間を掛けなくていいんじゃよ」

「再現？　何のことですか？」

「前にやったことの再現じゃよ」

「前にやった？　何をですか？」

「今の話し合いじゃ」

「えっ？　この話し合い前にもやったんですか？」

「そうじゃよ」

「どうして、そんな無駄なことするんですか？」

「いや。繰り返しやると、展開が変わるのかどうか、興味があっての」

「ちょっと待ってください。そんなくだらない興味のために、わたしは茶番劇に付き合わされたんですか？」

「いいじゃろ。時間はたっぷりある」

「殺人鬼が野放しになっているというのに、そんな暢気《のんき》なことでいいんですか？」

「殺人鬼は捕まったよ。もう裁判も始まっとる」

「えっ？」

「わしらの立てた作戦はうまくいった。動画はすでに一般に公開されている」徳さんはスマホを取り出し、二吉に動画を見せた。

「でも、わたしはカメラをうまく扱えなかった」二吉は反論した。「本当なら、手続き記憶で使えるようになっているのではないですか？」

「ああ。もしカメラが簡単に扱えたら、設定に矛盾が出てくるからの。それはわしが用意した新しいカメラじゃ」

「犯人の逮捕はすんなりいったんですか？」

「そんな訳はなかろう。あんたは脚と腹に大怪我を負ったんだ」

「えっ？」

「自分の腹を見てみろ」

　二吉は服を脱いだ。

　腹部に無残な傷跡があった。

「あの後、五時間も掛けて手術したんじゃぞ」

　二吉は気分が悪くなった。

「古田という人はどうなったんですか？」

「殺人鬼に女性を殺そうとしたという記憶を植え付けられて、危うく自殺するところじゃったが、すんでのところで、あんたに救われたんだ」

「わたしが救った？　どうやって？」

「簡単なことだ。この動画を見せたんじゃよ。当初は混乱していたが、自殺だけは思い止まったんじゃよ」

「この動画は裁判で証拠として扱われたんですか？」

「ああ。じゃが、事件の性質から言って、今回の裁判では証言はどれ一つとして信頼できない。検察は一つ一つの物的証拠を集めるのに必死だ。しかも、対象となる事件は百以上あるときている」

「あなたの証言も信頼されてないんですか？」

「ああ。わしと北川京子は記憶を改変されてないから信頼されてしかるべきだが、改変されてないと証明するのは難しいからの」

「北川京子って誰ですか？」

「話し方教室の先生じゃ。ノートに書いとるじゃろ」

「いや。ノートの全部は把握してませんよ」

「まあ。そうじゃろうな」徳さんはにやりと笑った。「じゃが、心配することはない。とにかく、殺人鬼はもう捕まったんじゃ。それに、これからあんたの面倒はわしらがみてやるからの。そもそも、ここのマンションを世話したのもわしじゃ。ここはわしの家から近くて都合がいいからの」

安堵と不安が同時に押し寄せてきた。

29

田村二吉は見覚えのない部屋で目覚めた。

軽いパニックになり、きょろきょろと部屋の中を見回す。

他には誰もいない。自分だけだ。

酷く酔ったのだろうか？

二吉は昨夜のことを思い出そうとした。

そう。友人が繁華街でチーマーに絡まれているのを助けようとしたんだった。

じゃあ、ここは病院だろうか？　しかし、そんな様子はない。むしろ普通の部屋のように見える。じゃあ、誰か知り合いに助けられて、この部屋に泊めて貰ったのだろうか？

その時になって、二吉は自分が見覚えのない服を着ているのに気付いた。おそらくパジャマだろう。

着ていた服は破れたか、血か泥で汚れてしまったのかもしれない。

ベッドは清潔そうだったが、やはり病院のものとは思えない。

二吉は立ち上がると、頭や胴体に触れて怪我がないかを調べた。

特に痛みはない。

ふと枕元を見ると、使い込まれているらしい大学ノートが置いてあった。

表紙にはマジックで大きく感嘆符と三桁の数字が書かれていた。

何だ、これは？　誰かが置き忘れていったのか？　それとも、俺に読めということか？

二吉はノートの中を確認するかどうか一分間ほど悩んだが、結局読んでみることにした。

この部屋に関する手掛かりらしきものは、今のところこのノートしかないし、枕元に置いてあったのは中を読めという意味なのかもしれない。仮にそうでなかったとしても、この状況下では、読んだことを強く咎められることはないだろう。

二吉は表紙を捲った。

警告！

・自分の記憶は数十分しかもたない。思い出せるのは事故があった時より以前のことだけ。
・病名は前向性健忘症。

ああ。そういうことだったのか。これは俺の字だ。俺は記憶に障害があって、このノートを頼りに生活しているらしい。ひょっとすると、俺は毎朝、こうやって自分の状態を再確認しているのか？　いったい何日経ってるんだ？　それとも、何年もか。

・表札は出していないし、郵便受けにも名前はない。
・名前を出していないのは、このノートに名前を書かないのと同じ理由だ。
・理由について、知りたければ七ページを参照のこと。

七ページにいったい何が書いてあるんだ？

二吉は震える手で、ページを捲った。

・真相は八ページ目に載っている。しかし、刺激が強いので、まず深呼吸してから読むこと。

なるほど。物凄くショッキングなことが書いてあるに違いない。だが、躊躇っていても仕方がない。どうせ読まなくてはならないのだ。

二吉は思い切って、八ページ目を開いた。

・今、自分は殺人鬼と戦っている。

ああ。嫌なことが書いてある。だが、最悪ではない。こうして生きているからにはまだ俺は負けていないのだ。

突然、手首を摑まれた。

二吉は心臓が止まるのではないかと思った。

どうやら、この部屋の中に殺人鬼がいたらしい。

どうする？　戦うか？　なんとか逃げるか？　それとも、諦めるか？

とにかく状況の把握が最優先だ。何をするのか、決めるのはその後でいい。

「あらあら。この文章まだ消してなかったの？」

目の前に見知らぬ女がいた。

「あの。どなたですか？」二吉はどぎまぎと尋ねた。

「そうね。あなたの奥さんと言えばいいのかしら？」

「わたしが結婚を？」

「正確に言えば、事実上の奥さんかしら？　それとも、婚約者と言った方が聞こえはいいかもしれないわね」

「何があったんですか？」

「あなたは殺人鬼に勝利し、わたしたちは一緒に暮らし始めた。それだけのことよ」

「勝利？　勝ったんですか、殺人鬼に？」

「ええ。まだ裁判中だけれど」

「殺人鬼は何人殺したんですか？」

「さあ。確か百人以上とか言ってたんじゃないかしら」

「わたしは、そんな恐ろしい人物と戦ったんですか？」

「そうよ。あなたは凄く勇気がある」

「と言われても全く実感がありません」

「しかも、この殺人鬼は普通じゃなかった」

「百人も殺したんですからね」

「数ではなくて、能力の話よ。殺人鬼は超能力者だったのよ」

「それ、わたしを担ごうとしているでしょ」

「あなたが撮った動画を見れば納得できると思うわ」

「動画？　犯人を撮った動画ですか？」

「ええ。そうよ」

「わたしに動画を撮るほどの余裕があったんですか？」

「まあ、それほど余裕はなかったと思うけど、あの時は撮る以外、方法がなかったのよ」

「混乱することばかりですが、おいおい理解していきます」

「でも、『おいおい』だと全部理解する前に忘れてしまうかもしれないわ」

「じゃあ、大急ぎで全体像を把握しなければいけませんね」

二吉は少し焦った。

俺は自分のことが全くわからない。この妻だと名乗る見知らぬ女性が頼みの綱なのだ。

「いいえ。もう危機は去ったんだから、理解する必要はなくなったのよ。そんな無駄なことに時間を費やす意味はないわ」

「では、わたしは何をすればいいんですか？」

「何でも好きなことをすればいい。あなたは充分厄介なことを引き受けたんだから、そうする権利があるのよ」

「しかし、何かを成し遂げた達成感は別にありませんが」

「それはそういうものなのよ。さあ。殺人鬼のことはもう忘れましょう。ノートから消してしまうのが一番ね」

「消すことはないんじゃないですか？　実際に起こったことだとしたら」

「でも、意味がないのよ。それとも、あなたは毎日こんな会話を繰り返すべきだと思うの？」

「それは嫌ですね。でも、完全になかったことにするのは、おかしいと思います」

「どうして？」

「そうですね」二吉は考え込んだ。「つまり、一種の気持ち悪さです。事実が自分の記憶から完全に消失してしまう訳です。本当は起こったことなのに、わたしにとって起こってないことになる。それが気持ち悪いのです」

「そんなことは気にしなくていいのよ。今、感じている気持ち悪さもすぐに忘れてしまうから。そして、ノートから殺人鬼に関する記述を消してしまえば、もうそれを気に掛けることすら永遠にあり得ないのよ」

「しかし、自分の記憶は自分のものです。自分で管理するしかないじゃないですか？」

「あなたはもうそんな苦労しなくていいのよ。そのためにわたしがここにいるのだから」女は二吉を抱き締めた。

二吉は違和感を覚えながらも、なすがままにされた。

もし、この女性が嘘を吐いていたら？　だが、もはやそれを検証することは不可能に近いだろう。そう。俺はこの人に頼って生きていこう。とりあえず今は。

「わたしはあなたの記憶を立派に守ってあげるわ。そして、ちゃんとした記憶に仕立ててあげる。あなたに相応《ふさわ》しい立派な記憶に」

女は黄色い歯を見せて笑った。

解説

西上心太

文庫の扉を開くと、いきなり大きなゴシック文字が目に飛び込んできて驚くことだろう。本書、小林泰三の『殺人鬼にまつわる備忘録』は、文庫化に際し初刊時（二〇一五年）の『記憶破断者』を改題した作品であるが、新旧二つのタイトルが内容のすべてを物語っている。

ゴシック文字と巻頭の数ページを読めば、本書の主人公・田村二吉の置かれた状況がすぐにわかり、きっとあなたはページをめくる手を止められなくなるに違いない。

田村二吉は繁華街で友人がチーマーに暴行を受けているところを目撃、止めに入ったが自分も同じ目にあい、金属製の棒で頭を殴られ瀕死の重傷を負ってしまう。

怪我からは回復したが、脳を傷つけられたことが原因で前向性健忘症になってしまった。そのため彼の記憶は数十分しか保てない。すぐにリセットされてしまう記憶を補うために、記録用のノートを用意している。ノートには記憶をなくした自分に向けた、自身の手によるさまざまな内容が記されているのだ。

現在の状況はノートの最後の書き込みで確認すること、最初の十ページには特に重要な事柄が書いてあること、ノートを新しくしたときは、最初の十ページを書き写し、表紙に通し番号を記入すること、などである。だが、ノートには決して名前を書かないこと、通っている病院の医師にも見せないこと、現在の住まいは前向性健忘症を発症してから移り住んだ土地勘のない場所であることなど、ハンデを負った人間にとって理屈に合わないようなことも記されていた。そしてノートを読んでいくと、最大の驚きが待っていた。「今、自分は殺人鬼と戦っている」とあったのだ。

その殺人鬼とは雲英《きら》光男。「きら」＝「Killer」を象徴したネーミングであろう。彼には特殊な能力があった。相手に触れた状態で語りかけると、その言葉が「真実」として相手の記憶に植えつけられてしまうのだ。コンビニで万引きをしても店員に触れて「金は払った」というと店員の記憶が自ら改変されてしまう。この能力を悪用し、雲英は通りすがりの男から金を奪い、女性を犯した後に殺害する。人をいたぶり、傷つけ、さらには命を奪うことにすら何ら頓着しないのだ。しかもその行動は実に短絡的である。すぐに怒りを爆発させ、衝動の赴くままに振る舞うところなどは幼児性が強く感じられる。だが防犯カメラの存在には注意を払うなど、周到なところや知的な一面も持ちあわせている。それに加えて特殊な力を持っているのだから、まさに始末に負えない凶悪なサイコパスなのである。

雲英と田村との出会いは駅の側の喫茶店だった。雲英が駅のホームから男を蹴り飛ばして線路に落とそうとして失敗し、逃げ込んできたのだ。雲英は店にいた店主や客に、一時間前からここにいたという偽のアリバイを植えつける。だが雲英の能力は田村にはあまり効果を及ばさなかった。なぜなら彼の記憶は数十分間しか保てないからだ。

この出来事がきっかけとなり、田村は雲英の存在を知る。やがて田村が通う話し方教室があるビルで殺人が起きる。その犯人も雲英だった。雲英は田村を含む目撃者に偽の記憶を植えつけるが、後にノートを参照した田村はその男が喫茶店の男と同一人物であることを推測する。田村は話し方教室の講師北川京子に会うたびに、淡い想いに駆られるのだが、彼女に雲英が興味を持ったことを知った田村は、ついに特種能力を持つ殺人者に挑もうとする。

短時間しか記憶を保てない男と、ひとたび相手に触れれば自分が呟いた言葉通りに記憶を改変できる男。田村二吉はこれだけのハンデがありながら、こんな男にどのように対抗していくのか、そこが本書最大の読みどころだ。

作者の小林泰三は一九六二年生まれ。一九九五年に第二回日本ホラー小説大賞短篇賞を「玩具修理者」で受賞。翌年に受賞作を収録した『玩具修理者』でデビューを果たした。本書はベストセラーを記録し、二〇〇一年には映画化された。

その後は『肉食屋敷』（一九九八年、角川ホラー文庫）や『脳髄工場』（二〇〇六年、同）などのホラー小説、『密室・殺人』（一九九八年、創元推理文庫）、「不思議の国のアリス」をモチーフにした三部作『アリス殺し』（二〇一三年、東京創元社）『クララ殺し』（二〇一六年、同）『ドロシイ殺し』（二〇一八年、同）などのミステリー、第四十三回星雲賞日本長編部門を受賞した『天国と地獄』（二〇一一年、ハヤカワ文庫）などのSF、その他ファンタジーや恋愛小説まで、さまざまなジャンルのエンターテインメントを精力的に発表している。多くの作品で、ジャンルの越境性が見られるのが特徴で、単純なジャンル分けにそぐわない作家ではある。

本書も超能力というSF的な要素が加味されているし、「記憶」の不確実性もテーマの一つとなっているので、主な視点人物である田村二吉をどこまで信頼していいのかという思いもわき上がり、殺人鬼とハンデを負った者との闘いを描くサスペンス小説という器には収まらないことにも気づいていく。

また小林泰三という作家は、同一人物（と思える）キャラクターを、似通った状況で別の作品に登場させることがよくあるので、油断がならない。好例が本書の主人公である田村二吉だ。彼は『忌憶』（二〇〇七年、角川ホラー文庫）所収の「垝憶」で初登場した。「垝憶」の冒頭は本書とほとんど相似形で描かれている。彼が住む部屋の様子も一緒であるし、同一の世界であるかのように読めるのだ。だが「垝憶」では、「自分は殺人を犯した」とノートに記されているのだ。

田村二吉は『大きな森の小さな密室』（『モザイク事件帳』改題　二〇一一年、創元推理文庫）所収の「遺体の代弁者」と「路上に放置されたパン屑の研究」にも登場する。前者は奇想天外なSFミステリー。後者は田村の部屋の中で展開される日常の謎ミステリーで、本書で田村に協力する岡崎徳三郎も登場する。「垝憶」、「路上に放置されたパン屑の研究」、そして本書は、同一の世界であるのか、あるいは並行世界であるのか、さまざまな可能性が考えられる判然としない関係にあるようなのだ。

それというのも本書は一応のエンディングを迎えるが、どうにも解明できない謎がいくつか残るからである。とはいえ、姉妹編ともいえる「垝憶」と「路上に放置されたパン屑の研究」を読むと、腑に落ちる点もあるのだが、すべての疑問が補完されるわけではない。明らかに通常のサスペンスでは飽き足らない作者の狙いが秘められているのだろう。この先、田村二吉シリーズをさらに補完させるような物語が用意されているのかもしれない。

このような方法で読者を不安定な立場に置き、田村二吉だけでなく、読者の記憶のあやふやさも露呈させているのではないだろうか。ともあれ本書をより深く理解するために、田村二吉が登場する先行作品を一読することをお勧めする。

なお岡崎徳三郎も『密室・殺人』では別荘の管理人として初登場し、『家に棲むもの』（二〇〇三年、角川ホラー文庫）の表題作では登場人物の口から、一言言及される。そして『大きな森の小さな密室』の表題作では村に住むパソコンに強い老人として登場し、金貸しの別荘で起きた殺人事件を解く探偵役を務めるのだ。

アイデンティティの根本でもあり、すべての行動や言動の根本となるのが人それぞれが保っている記憶である。本書は犯罪を描くサスペンス小説でありながら、誰もがよりどころにする「記憶」への信頼感を揺さぶる問題作なのである。

――書評家

この作品は二〇一五年八月小社より刊行された
『記憶破断者』を改題したものです。

幻冬舎文庫

●最新刊
放課後の厨房男子
野獣飯？篇
秋川滝美

通称・包丁部の活動拠点である調理実習室には今日もとっくに引退した3年生が入り浸る。存続の危機に直面する男子校弱小部を舞台に繰り広げられるガッツリ美味な料理に垂涎必至のストーリー。

●最新刊
銀色の霧
女性外交官ロシア特命担当・SARA
麻生　幾

ロシア・ウラジオストクで外交官の夫・雪村隼人が失踪した。調査に乗り出した同じく外交官の紗羅はハニートラップの可能性を追及する中で事件の核心に迫っていく。傑作諜報小説。

●最新刊
［新版］幽霊刑事《デカ》
有栖川有栖

美しい婚約者を遺して刑事の俺は上司に射殺された。が、成仏できず幽霊に。真相を探るうち俺を謀殺した黒幕が他にいた！　表題作の他スピンオフ「幻の娘」収録。恋愛&本格ミステリの傑作。

●最新刊
二千回の殺人
石持浅海

復讐の為に、汐留のショッピングモールで無差別殺人を決意した篠崎百代。最悪の生物兵器《カビ毒》を使い殺戮していく。殺される者、逃げ惑う者、パニックがパニックを呼ぶ史上最凶の殺人劇。

●最新刊
十五年目の復讐
浦賀和宏

ミステリ作家の西野冴子は、一切心当たりがないまま殺人事件の犯人として逮捕されてしまう。些細な出来事から悪意を育てた者が十五年の時を経て、冴子を逃げ場のない隘路に追い込む……。

幻冬舎文庫

●最新刊
800年後に会いにいく
河合莞爾

「西暦2826年にいる、あたしを助けて」。残業中の旅人のもとに、謎の少女・メイから動画メッセージが届く。旅人はメイのために〝ある方法〟を使って未来に旅立つことを決意するのだが――。

●最新刊
告知
久坂部 羊

在宅医療専門看護師のわたしは日々、終末期の患者や家に籠る患者とその家族への対応に追われる。治らないがん、安楽死、人生の終焉……リアルだが、どこか救われる6つの傑作連作医療小説。

●最新刊
神童
高嶋哲夫

人間とAIが対決する将棋電王戦。トップ棋士の取海は初めて将棋ソフトと対局するが、制作者は二十年前に奨励会でしのぎを削った親友だった。因縁の対決。取海はプロの威厳を守れるのか？

●最新刊
東京二十三区女
長江俊和

ライターの璃々子はある目的のため、二十三区を巡っていた。自殺の名所の団地、縁切り神社、心霊写真が撮影された埋立地、事故が多発する刑場跡……。心霊より人の心が怖い裏東京散歩ミステリ。

●最新刊
作家刑事毒島
中山七里

編集者の刺殺死体が発見された。作家志望者が容疑者に浮上するも捜査は難航。新人刑事・明日香の前に現れた助っ人は人気作家兼刑事技能指導員の毒島真理。痛快・ノンストップミステリ！

幻冬舎文庫

●最新刊
霊能者のお値段
お祓いコンサルタント高橋健一事務所
葉山　透

友人の除霊のため高校生の潤が訪ねたお祓いコンサルタント高橋健一事務所。高額な料金を請求するスーツにメガネの霊能者・高橋は霊を祓えるのか？　霊と人の謎を解き明かす傑作ミステリ。

●最新刊
午前四時の殺意
平山瑞穂

義父を殺したい女子中学生、金欠で死にたい30代男性、世は終わりだと嘆き続ける老人……。砂漠のような毎日を送る全く接点のない5人が、ある瞬間から細い糸で繫がっていく群像ミステリー。

●最新刊
サムデイ
警視庁公安第五課
福田和代

訳ありなVIP専門の警備会社・ブラックホークに、新しい依頼が舞い込んだ。警護対象は、警察トップの警察庁長官。なぜ、身内である警察に頼らないのか。不審に思う最上らメンバーだったが……。

●最新刊
ヒクイドリ
警察庁図書館
古野まほろ

交番連続放火事件、発生。犯人の目処なき中、警察内の2つの非公然諜報組織が始動。元警察官僚の著者が放つ、組織の生態と権力闘争を克明に描いた警察小説にして本格ミステリの傑作！

●最新刊
ある女の証明
まさきとしか

主婦の芳美は、新宿で一柳貴和子に再会する。中学時代、憧れの男子を奪われた芳美だったが、今は不幸そうな彼女を前に自分の勝利を嚙み締めた――。二十年後、盗み見た夫の携帯に貴和子の写真が。

幻冬舎文庫

●最新刊
財務捜査官 岸一真
マモンの審判
宮城 啓

フリーのコンサルタント・岸一真が、知人を介して依頼された仕事は、史上稀に見る巨額マネーロンダリング事件の捜査だった――。期待の新鋭が放つ興奮の金融ミステリ。ニューヒーロー誕生！

●最新刊
ウツボカズラの甘い息
柚月裕子

鎌倉で起きた殺人事件の容疑者として逮捕された主婦の高村文絵。無実を訴えるが、鍵を握る女性は姿を消していて――。全ては文絵の虚言か、悪女の企みか？　戦慄の犯罪小説。

●幻冬舎アウトロー文庫
激しき雪
最後の国士・野村秋介
山平重樹

新右翼のリーダーで、三島由紀夫と並び称される憂国の士の苛烈な生涯――少年期から朝日新聞社での拳銃自決までを晩年最も身近にいた作家が没後23年にして描き切った衝撃のノンフィクション。

●好評既刊
ツバキ文具店
小川 糸

鎌倉で小さな文具店を営みながら、手紙の代書を請け負う鳩子。友人への絶縁状、借金のお断り……。身近だからこそ伝えられない依頼者の心に寄り添ううち、亡き祖母への想いに気づいていく。

●好評既刊
キングダム
新野剛志

岸川昇は失業中。偶然再会した中学の同級生、真嶋は「武蔵野連合」のナンバー2になっていた。闇金ビジネスで荒稼ぎし、女と豪遊、暴力団にも牙を剝く……。欲望の王国に君臨する真嶋は何者か！

幻冬舎文庫

●好評既刊
花房観音
どうしてあんな女に私が

一人の醜女が起こした事件が火をつけた女達の妬み、嫉み。——どうしてあんな女に私が負けるのか。その焦りが爆発する時、女達の醜い戦いが始まる。男、金、仕事……女の勝敗は何で決まる？

●好評既刊
林 真理子
ビューティーキャンプ

苛酷で熾烈。嫉妬に悶え、男に騙され、女に裏切られ。選りすぐりの美女12名から1人が選ばれるまでの運命の2週間を描く。私こそが世界一の美女になってみせる——小説ミス・ユニバース。

●好評既刊
はらだみずき
あの人が同窓会に来ない理由

同窓会の幹事になった宏樹は、かつての仲間たちの消息を尋ねることに。クラスの人気者、委員長、落ちこぼれ……。だが、それぞれが思い出したくない過去や知られたくない現状を抱えていた。

●好評既刊
南 杏子
サイレント・ブレス
看取りのカルテ

大学病院から在宅医療専門の訪問クリニックへ〝左遷〟された水戸倫子。彼女は、死を待つ患者たちの最期の日々とその別れに秘められた切ない謎を通して、医師として成長していく。感涙長篇。

●好評既刊
唯川 恵
啼かない鳥は空に溺れる

愛人の援助を受けて暮らす千遥は、幼い頃から母の精神的虐待に痛めつけられてきた。早くに父を亡くした亜沙子は、母と助け合って暮らしてきた。二組の母娘の歪んだ関係は、結婚を機に暴走する。

殺《さつ》人《じん》鬼《き》にまつわる備《び》忘《ぼう》録《ろく》

小《こ》林《ばやし》泰《やす》三《み》

平成30年10月10日　初版発行
令和3年7月25日　6版発行

発行人——石原正康
編集人——袖山満一子
発行所——株式会社幻冬舎
〒151-0051東京都渋谷区千駄ヶ谷4-9-7
電話　03(5411)6222(営業)
　　　03(5411)6211(編集)
振替00120-8-767643
印刷・製本—中央精版印刷株式会社
装丁者——高橋雅之

検印廃止
万一、落丁乱丁のある場合は送料小社負担で
お取替致します。小社宛にお送り下さい。
本書の一部あるいは全部を無断で複写複製することは、
法律で認められた場合を除き、著作権の侵害となります。
定価はカバーに表示してあります。
Printed in Japan © Yasumi Kobayashi 2018

幻冬舎文庫

ISBN978-4-344-42792-1　C0193　こ-42-1

幻冬舎ホームページアドレス　https://www.gentosha.co.jp/
この本に関するご意見・ご感想をメールでお寄せいただく場合は、
comment@gentosha.co.jpまで。